회귀 경찰의 리셋 라이프
The Reset Life

회귀 경찰의 리셋 라이프 46

초판 1쇄 발행 2025년 5월 26일

지은이 | 한길
발행인 | 최원영
편집장 | 이호준
편집디자인 | 박민솔
영업 | 김민원 조은걸

펴낸곳 | ㈜ 디앤씨미디어
등록 | 2002년 4월 25일 제20-260호
주소 | 서울시 구로구 디지털로32길 30 코오롱디지털타워빌란트 1301-1308호
전화 | 02-333-2513(대표)
팩시밀리 | 02-333-2514
E-mail | papy_dnc@dncmedia.co.kr
블로그 | blog.naver.com/gnpdl7

ISBN 979-11-364-6208-4 04810
ISBN 979-11-364-2581-2 (SET)

※ 저자와 협의하여 인지는 붙이지 않습니다.
※ 이 책은 ㈜ 디앤씨미디어(파피루스)가 저작권자와의 계약에 따라 발행한 것으로 본사와 저자의 허락 없이는 어떠한 형태나 수단으로도 내용을 이용할 수 없습니다.

한길 현대 판타지 장편소설
Papyrus Modern Fantasy

회귀 경찰의

리셋 라이프

46

PAPYRUS
파피루스

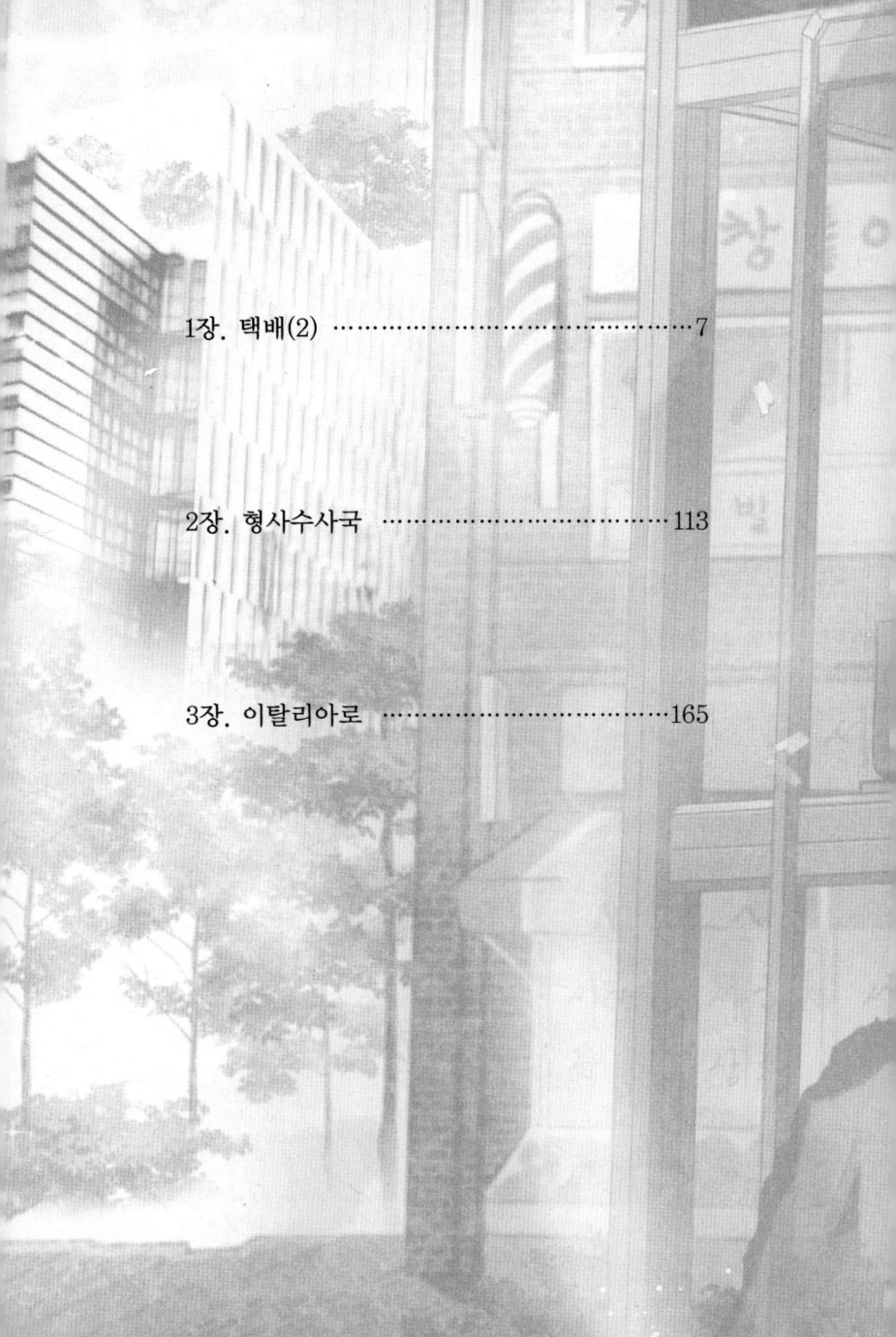

1장. 택배(2) ·················· 7

2장. 형사수사국 ·················· 113

3장. 이탈리아로 ·················· 165

1장. **택배(2)**

택배(2)

"……일단 이야기부터 들어 보지."

한참을 침묵하던 무로이의 말에 종혁은 어이없다는 듯 웃었다.

"그래요. 들어가서 이야기합시다."

어느새 숙소 앞에, 도쿄 내에 있는 료칸 앞에 멈춰 선 차량.

"와! 죽이네!"

"크! 외관 봐라! 그래, 이게 일본이지!"

"부국장님, 여기가 저희가 머물 숙소란 말이죠?"

눈에 확 들어오는 일본식 건물에, 3층짜리 료칸을 보며 발을 동동 구르는 외사국의 형사들.

차에서 내린 종혁이 의아해한다.

"그동안 일본에 출장 오면서 이런 료칸도 안 와 보셨어요?"

"에이. 저희가 그럴 돈이 어디 있습니까?"
3성급 비즈니스호텔도 감지덕지였다.
"동네 목욕탕이나 가면 그게 온천욕이었죠."
"아, 일본 목욕탕……."
형사들이 그때의 경험을 떠올리며 헛웃음을 터트린다.
"뭔 놈의 카운터랑 탈의실이 연결되어 있는지…… 난 아줌마가 나 쳐다보는 거 보고 식겁했잖아."
"난 제일 놀란 게 여탕이랑 남탕이 문 하나로 연결되던 건데? 진짜 그러고도 괜찮나?"
"저는 문신 있다고 쫓아내는 거 보고 놀랐습니다. 하, 이건 배워야 하는 건데……."
"박 경위, 너 몸뚱이에 그림 그렸어?"
"형님은 없으십니까?"
종혁은 참 독특하지만, 참 저렴한 경험을 하고 다닌 형사들을 애잔한 눈빛으로 바라봤다.
짜악!
종혁이 박수를 치자 입을 다물며 쳐다보는 외사국 형사들.
"현재 시각이 오후 3시 30분, 이번 수사가 종료될 때까지 료칸 전체를 통으로 빌렸으니 오후 7시까지 짐 풀고, 온천욕 좀 한 다음 미팅룸에 모이기로 합니다. 이의 있습니까?"
"없습니다!"
"오케이. 가장 먼저 키를 받아 든 사람이 제일 좋은 방을……."

후다닥!

"에라이."

말이 끝나기도 전에 안으로 튀어 들어가는 형사들을, 분명 자신의 옆에 있었음에도 선두에서 달리는 최재수를 보며 입술을 이죽거린 종혁은 무로이 코헤이와 경시청 형사들을 봤다.

"어차피 이번 수사 끝날 때까지 우리랑 함께 있어야 하죠?"

공조 수사를 요청하고 무로이 코헤이들이 공조 협력 인력들로 배치된 이상 당연한 일이지만, 그 외에도 경시청 형사들에겐 한 가지 명령이 별도로 내려진 상태다.

바로 한국에서 온 경찰들이 쓸데없는 짓을 벌이지 않도록 감시하고 제어하는 것이었다.

더욱이 종혁은 이미 일본에서 유명한 사고뭉치다. 그것도 돈이 썩어 넘쳐 나는 사고뭉치.

감시와 제어는 필수였다.

"으음......"

모든 게 들통난 무로이 코헤이는 본의가 아니라는 표정을 지었고, 종혁은 키득키득 웃으며 신경 쓰지 않는다는 듯 손을 저었다.

"알았으니까 형들도 여기다 짐 풀어요."

"음? 우리 방까지 있다고?"

"방금 제가 하는 말 들었잖아요. 여기 료칸을 통으로 빌렸다고. 수사가 끝날 때까지."

앞으론 이곳 료칸이 이번 한일 공조 수사의 합동 본부였다.

"……그게 가능한 일이야?"

딱 봐도 공들여 지은 티가 나는 료칸이다. 종혁이 아무리 돈이 많다지만, 료칸 측에서 그런 계약을 용납하지 않을 거다.

언제 끝날지 모르는 수사. 물론 종혁이 매출을 책임져 줄 테니 금전적 부분에선 문제가 없다지만, 이런 업종에겐 그보다 중요한 게 바로 입소문이기에 꺼려 할 수밖에 없다.

1년 365일 관광객들이 끊이지 않는 도쿄다 보니 보다 많은 이들로 하여금 료칸을 이용하게 만드는 것이 이런 료칸에겐 더 중요하다고 할 수 있었다.

"아, 괜찮아요. 이거 제 거거든요."

"……응?"

"제가 인수해서 리모델링한 거라고요."

2011년 동일본 대지진 이후, 다시 일본으로 출장을 오게 될 일이 있을지 모를 한국 경찰들의 편안한 잠자리와 작은 여흥을 위해 인수하고 리모델링한 료칸.

도쿄뿐만 아니라 일본 전역에, 한국에서 도망쳐 일본에 숨은 범죄자들이 선호하는 지역들에 이러한 곳들을 만들어 놓은 상태였다.

그 설명에 무로이 코헤이와 경시청 형사들의 입이 떡 벌어진다.

"미친……."

결국 무로이 코헤이의 입에서 튀어나온 욕설에 웃음을 터트린 종혁은 료칸을 향해 발을 내디뎠다.

"자, 알아들었으면 이만 들어갑시다! 우리도 온천욕 좀 해야죠. 아, 참고로 진짜 온천수입니다."

매일 아침 도쿄 인근의 진짜 온천에서 공수해 오는 진짜 온천수.

움찔!

무로이 코헤이와 경시청 형사들은 홀린 듯 종혁의 뒤를 따랐다.

* * *

"후우."

"하아아."

어느새 해가 저문 저녁, 가이세키 요리들이 차려지는 미팅룸 안.

얼굴이 발갛게 상기 된 한일 양국의 형사들이 나른한 표정을 짓는다.

엘리트 중 엘리트, 경찰 위의 경찰이라 불리는 경시청 소속의 형사들이라지만 그들 역시 퇴근이 자유롭지 못한 경찰이다.

언제나 범인들을 쫓고, 피해자를 구제하느라 몸과 마음이 회복될 겨를이 없는 경찰들.

불과 몇 시간 전까지만 해도 찔러도 피 한 방울 나오지 않을 것 같았던 양반들이 금방이라도 녹아내릴 듯 풀어진 푸딩이 된 모습으로 변모한 것을 보니 웃음만 나왔다.
"자! 식사들 하면서 들으세요."
종혁이 몸을 일으키니 미팅 룸 한쪽 벽에서 스크린이 내려오고, 프로젝터의 불빛이 쏘아진다.
그와 동시에 어두워지기 시작한 미팅룸의 조명.
한일 양국 형사들의 눈이 스크린으로 향한다.
"한국에 첨병을 보낸 이놈들의 이름은 반깜. 베트남 남부 암흑가를 장악했다가 2003년 정부의 철퇴를 맞고 해산된 남깜의 보스인 즈엉 반 깜의 이름을 계승한 놈들로, 베트남 정부의 추적을 피해 일본으로 도망친 남깜의 조직원들이 모여 만든 조직입니다."
종혁의 설명에 식기나 술을 들던 사람들의 표정이 딱딱하게 굳는다.
"현재 도쿄와 도쿄 인근 산업 단지의 번화가들, 동남아인들이 자주 출몰하여 상권을 형성한 지역에서 다른 동남아 조직들과 다툼을 벌이는 놈들인데, 조직원 숫자는 최소 200명."
마치 점조직처럼 적게는 20명에서 많게는 40명씩 나뉘어 도쿄와 도쿄 인근 산업 단지의 번화가들에서 활동을 하고 있다.
"또한 이놈들은 겁이 없게도 시부야와 롯폰기에도 진출. 기존 야쿠자들의 사업체를 몇 개 인수했다는 게……

저희 한국 경찰들이 파악한 정보의 전부입니다."

광주광역시에서 확보한 마약 조직의 보스가 알고 있는 게 많이 없었다.

종혁은 할 말 다 끝났다는 듯 무로이 코헤이를 봤고, 그는 경시청 형사들 중 한 명을 봤다.

그렇게 시선을 받은 경시청 형사는 몸을 일으켜 프로젝터 옆에서 노트북을 다루고 있는 최재수에게 다가가 USB를 넘겼다.

그리고 이내 곧 스크린에 일본어로 된 PPT 파일이 투영됐다.

"안녕하십니까. 무로이 코헤이 참사관을 대신해 발표를 맡은 미나모토 류지 경부보입니다."

언제 풀어졌냐는 듯 평소처럼 싸늘해진 그의 표정.

"한국 경찰에게 자료를 넘겨받아 저희 경시청 형사부가 재조사한 결과, 이 반깜은 현재 도쿄 및 도쿄 인근에서 기생하는 베트남계 조직 중 최대 조직으로 밝혀졌으며, 이들의 주 사업은 같은 베트남인들을 비롯한 동남아인들을 대상으로 한 마약과 매춘, 도박, 사채, 인신매매, 보호세 갈취 등임을 알아낼 수 있었습니다."

그러나 어디에 이들의 본거지가 있는지는 밝혀내지 못한 상황.

반깜의 주 타깃인 동남아인들이 무서워 입을 꾹 다물고 있어서 그랬다.

그 말에 수사가 길어질 것을 직감한 한국 형사들의 낯

빛이 흐려지는 순간이었다.

"다만 다행히도 저희 경시청의 치열한 조사 덕분에 이 놈들이 시부야와 롯폰기에서 인수한 사업체 현황에 대해선 알아낼 수 있었습니다. 사업체 목록과 위치입니다."

'……호오?'

종혁이 재밌다는 듯 웃는다.

하루에도 수많은 유동 인구가 돌아다니고, 또 그로 인해 하루에도 수없이 많은 사업체가 생기고 사라지는 일본의 대표 번화가인 시부야와 롯폰기.

그중에서 반깜이 확보한 사업체들이 무엇인지 가려내는 건 백사장에서 바늘을 찾는 것보다 어렵다고 봐야 했다.

하지만, 일본의 특수성을 생각해 보면 이 정보를 쉽게 얻어 낼 방법이 있긴 했다.

'그쪽을 영역으로 삼고 있는 야쿠자들에게서 얻어 낸 정보인가 보네.'

같은 일본 야쿠자도 아니고, 외국인들에게 사업체를 뺏겼으니 얼마나 억울하고 분통이 터질까.

경시청 형사들이 그들의 그런 마음을 콕 찌른 것 같다.

"현재 이놈들은 일본인을 사장 대리로 내세워 사업체를 운영 중에 있으며, 주 타깃은 동남아인들이 아니라……."

뿌드득!

"일본인인 것으로 밝혀졌습니다."

본래부터 야쿠자들이 운영하던 것이라 같은 일본인들

이 대상일 수밖에 없었던 사업체들.

거기다 이놈들은 그것에 만족하지 않고 관광객들까지 무분별하게 손님으로 받아들이며 시부야와 롯폰기를 찾은 외국인들에게도 마수를 뻗고 있었다.

술렁!

생각했던 것보다 더한 그들의 행태에 한일 양국 형사들의 눈썹이 요동친다.

종혁이 손을 든다.

"어떤 마수를 말하는 겁니까?"

"바가지 요금부터 시작해 마약까지 다양합니다."

"마약이요?"

"손님이 먹고 마실 음식과 음료에 마약을 타서 은밀히 중독시킨다고 합니다."

그리고 그것을 빌미로 협박을 해 돈을 뜯어내거나 마약 중독자로 만든다고 한다.

"개중엔 아무것도 모른 채 도쿄의 밤 문화를 즐기려 했던 한국인 피해자들도 제법 많은 걸로 조사됐습니다."

이것은 우연이 아니었다.

놈들은 의도적으로 한국인과 중국인 관광객들을 타깃으로 한 것이다.

한국인과 중국인은 다른 나라들과 달리 관광 경비를 두둑하게 들고 오는 관광객의 비율이 높기 때문이다.

콰앙!

"이런 씹새끼들이!"

"아, 이 개새끼들을 어떡하지?"
순간 흉흉해지는 한국 경찰들.
종혁도 말릴 생각을 하지 않고 이를 간다.
'오길 잘했네, 씨발.'
그렇지 않았다면 애꿎은 한국인 피해자들이 늘어날 뻔했다.
심호흡을 하며 치솟는 화를 누른 종혁이 다시 손을 든다.
"마약 유통 및 구매 루트는 확인됐습니까?"
"일단은 한구레를 통해 원료나 합성 마약을 구입하는 게 아닌가 하지만……."
정확한 건 아직 알아내지 못했다.
"아, 한구레는……."
"대충 알고 있습니다."
몰락해 가는 일본 야쿠자들을 대신해 급부상하는 세력인 한구레.
이름부터가 반달, 반건달을 뜻하는 놈들로 80년, 90년대 일본의 골칫거리이자 만화나 대중매체 등에서 미화한 양키나 폭주족들과 중국인 2세, 3세들이 주축이 되어 결성된 세력이다.
애초부터 공권력 무서운 줄 모르고 막 나가던 놈들이라 그 잔혹성은 야쿠자 이상.
"폭력단배제조례도 적용되지 않아 야쿠자들처럼 잡아들이기 어려운 놈들 아닙니까?"
심지어 야쿠자처럼 간판을 내걸고 결속된 집단으로 움

직이는 게 아니라, 점조직으로 활동하는 탓에 일망타진하기도 쉽지 않은 놈들이다.

"그리고 대가리 수가 필요할 때가 되면 당연하다는 듯 결집을 하는 놈들이죠."

마치 현재 자신들이 쫓고 있는 반깜처럼 말이다.

아니, 어쩌면 반깜이 한구레를 보고 조직 운영 방식을 배웠다고 해도 무리가 없다고 할 수 있었다.

"……알고 계시는군요."

"올해 9월 발생한 롯폰기 클럽 사건은 한국에서도 유명하니까요."

한구레의 대표 주자라고 할 수 있는, 폭주족 연합인 관동연합의 조직원들이 롯폰기에서 클럽을 운영하는 사장 등을 잔인하게 살해한 사건인 롯폰기 클럽 살인 사건.

폭력단배제조례 때문에 몸을 사리는 야쿠자들과 달리, 겁 없이 범죄를 저지르고 다니는 한구레.

외국계 조직들에 이런 한구레까지 설치고 다니기에 일본 암흑가가 난장판이 되는 것이다.

"흠. 한구레라……. 이놈들 이름이 거론될 거라곤 생각했지만, 마약 공급까지 이놈들이 할 줄이야……. 이거 확실한 정보 맞습니까?"

"확실치는 않지."

하지만 한구레의 조직원 중 한 명이 반깜의 조직원과 만나는 모습을 포착했다.

"그런데 한구레가 언급될 거라고 생각한 이유가 있어?"

바로 어제 포착한 거라 미처 전달하지 못했던 정보.

무로이 코헤이의 말에 종혁이 고개를 끄덕인다.

"한국에서 검거한 반깜의 첨병이 이용했던 밀수 루트가 이 한구레 놈들이 만든 거였거든요."

후쿠오카에 있는 한구레 조직이 도왔다고 했다. 후쿠오카는 경시청과 상관없기에 나중에 놈들을 검거하고 넘기려 했던 정보였다.

"……미나모토."

"예!"

미나모토는 종혁이 말한 정보를 빠르게 적었고, 종혁과 무로이 코헤이는 서로를 보며 심각한 표정을 지었다.

"이거 사건이 커질 것 같네요."

"후우. 일단 경시청 입장을 말하자면 한구레는 건드리기가 힘든 놈들이라고 할 수 있어."

놈들이 점조직이기 때문이다.

도쿄에 있는 한구레를 족친다고 해도 또 다른 한구레가 나타나 그 자리를 차지할 게 뻔하기에, 그놈들이 지금 있는 놈들보다 더 잔인할 수 있기에 쉽게 건드리기가 힘든 상황.

그렇기에 경시청으로서도 별다른 대응을 하지 못하고 있는 것이었다.

"그건 예상외의 말인데요……."

엉덩이가 무겁기로는 일본 제일이라는 경시청.

그러나 한 번 움직이기 시작하면 앞을 가로막는 모든

걸 분쇄하는 사신.

이미 롯폰기 클럽 살인 사건이 대대적으로 언론을 탄 후였기에 종혁은 이미 경시청이 움직이고 있을 거라고 판단했었다.

"그래, 맞아. 움직였지."

그래서 그 범행을 저지른 놈들뿐만 아니라 놈들이 소속된 조직까지 모두 와해시키다 못해 관동연합까지 괴멸적 타격을 입혔다.

"그런데 다른 한구레 조직이 롯폰기에 기어 들어와 와해된 조직의 업장들을 인수했더군."

전보다 더 강하고 잔인하게 거리를 다스리는 중인데, 전보다 더 은밀하게 움직이느라 놈들의 조직원이 몇 명인지조차 파악하지 못한 상태다.

"하, 이놈의 깡패 새끼들은 정말……."

역시나 세상에서 사라져야 할 해악이었다.

"뭐 그러면 방법은 하나네요."

"뭔가 생각해 둔 게 있는 거야?"

"공개 처형."

"뭐?"

종혁은 놀라는 무로이 코헤이에게서 시선을 돌려 현석을 봤다.

"현석아."

"예!"

다급히 미팅룸을 뛰쳐나간 현석이 이내 곧 양손이 결박

된 한 사람을, 광주광역시에서 확보한 마약 조직의 보스를 데려온다.

"저자를 언제?!"

"아, 캐리어에 담아 가지고 왔어요."

쓸모가 있을 것 같아서 몰래 데려왔다. 물론 절차는 제대로 밟았다.

"뭐, 이건 대충 넘어가고. 저놈을 풀어 주도록 하죠."

그리고 제 윗선을, 두목에게 안내하도록 하는 것이다.

그 어느 때보다 잔인하고, 지독한 공개 처형의 제물이 될 불쌍한 놈에게 말이다.

종혁은 그 공개 처형을 통해 일벌백계의 본을 보일 생각이었다.

다시는 한국을, 그리고 도쿄를 넘보지 못하도록.

"그러니 다시 물을게요. 어느 정도까지 지원해 줄 수 있어요?"

"……동원할 수 있는 전부."

외국계 조직뿐만 아니라 한구레에게도 공포를 심어 줄 수 있는 기회다.

무로이 코헤이의 얼굴에 살기가 맺히기 시작했다.

덜덜덜!

어느 정도 일본어를 알아들을 수 있는 베트남 마약 조직의 보스, 아니 응우옌 콴이 공포에 질리기 시작한다.

마치 짐짝처럼 캐리어에 담겨 실려 왔을 때만 해도 대체 자신을 왜 데리고 오는지 이해를 할 수 없었던 그.

하지만 이제 알겠다.
자신은 미끼, 아니 GPS였던 것이다.
저 경찰들을 동료들에게, 보스에게 안내할 GPS.
'죽는다.'
거부해도 죽고, 거부를 안 해도 죽는다.
종혁은 그런 그에게, 다른 형사들처럼 1인 가이세키 상 앞에 앉혀진 그에게 다가가 맥주를 따라 주었다.
"어떡할래?"
"뭐, 뭘."
"들었잖아. 너를 놓아줄 거라고."
순순히 시키는 대로 할 수도 있고, 도망친다는 선택을 할 수도 있다.
"대신 하나만 기억해."
도망을 칠 거면 평생 숨어 다닐 각오를 해야 한다.
"일평생 산속이든 동굴이든 숨어 살 자신이 있으면 도망쳐."
아니면 지구 전체를 뒤져서라도, 위성을 써서라도 찾아낼 것이다.
쿵!
"만약 네 보스에게 안내하는 척, 보스에게 가서 나에 대해 다 말할 생각이라면 어떻게든 날 반드시 죽이고."
그렇지 않으면 죽는 건 네가 될 것이라는 뜻.
"이, 이대로 보스에게 돌아가도 죽는 건 마찬가지야―!"
한화로 수십억 원어치의 마약을 날려 먹다 못해 데려간

조직원들도 모두 경찰에 잡히게 만들었다. 이대로 보스를 찾아간다고 해도 죽는 건 마찬가지였다.

그냥 곱게 죽기만 하면 다행일 거다.

"사지가 찢기고, 산 채로 개 먹이가 되는 것보다는 차라리 감옥에 가는 게 낫다고! 차라리 감옥에 보내 줘!"

"지금 네게 감옥은 선택지에 없어."

이대로 도망을 칠 거냐, 아니면 보스를 찾아갈 거냐.

이 두 가지 선택지밖에 없다.

"만약 보스를 찾아가 우리의 수사에 도움을 준다면 한국에서 처벌받게 해 줄게."

베트남으로 송환도 안 시킬 것이고, 원한다면 새 신분도 만들어 줄 수 있다.

"국정원 증인 보호 프로그램이 꽤 믿을 만하거든? 좋아, 인심이다. 석방될 때까지 영치금도 풀로 준다. 어때?"

내밀 수 있는 카드를 모두 내밀었으니 이제 거래에 응답할 차례다.

종혁은 물기가 맺힌, 하얀 거품이 풍성하게 올라온 컵을 두드렸고, 그 손가락을 따라 시선을 움직인 응우옌 콴은 가만히 노려보다 이를 악물었다.

"……빌어먹을."

탁!

단숨에 컵을 낚아채 맥주를, 감옥에 가면 더 이상 느낄 수 없는 향락의 맛을 들이켠 응우옌 콴.

종혁은 응우옌 콴의 어깨를 강하게 두드렸다.

"그래, 잘 생각했어! 우리 죗값 깔끔하게 치르고 새사람으로 사는 거야."
"……그런데 내가 죽으면 어떡할 거지?"
보스라면 자신이 눈에 보이는 순간 도끼부터 휘두를 거다.
이후 조심성이 많은 보스는 곧바로 자리를 뜰 것이고, 그럼 이들의 계획은 말짱 도루묵이 된다고 봐야 했다.
"아, 그건 걱정 마."
종혁은 핸드폰을 들어 누군가에게 전화를 건다.
-예! 전화 받았습니다, 최 경무관님!
"이 회장님."
움찔!
'이태흥 회장?'
-예, 예! 말씀하십시오!
"한국에 마약을 유통시켜 볼 생각 없어요?"
쿵!
-……예?
응우옌 콴과 한국 경찰들은 종혁을 멍하니 바라봤다.
'미친 건가?'
당연한 생각이었다.

* * *

"음, 이게 좋겠다. 적당히 날 티가 나면서도 적당히 인텔리하게 느껴지네. 시계는 이걸로 차고."

"……부국장님. 아이, 행님."

"왜?"

"원래부터 이럴 계획이었지예?"

다음 날 아침, 새벽부터 끌려 나와 온천에 던져져 강제로 술을 깨고, 대체 어디서 데려왔는지 모를 미용사에게 꾸밈을 당한 뒤 몸에 딱 맞는 옷과 시계를 착용하게 된 현석이 불퉁한 표정을 짓는다.

"에이. 그럴 리가."

"구라 좀 적당히 치소, 마! 그럼 와 내 사이즈 옷이 행님 방에 있는데예!"

"어제 공수했어. 알잖아. 돈이면 안 되는 거 없다는 거."

"왐마, 돌아 삘겠네!"

심증은 한가득인데, 물증이 없다.

상사만 아니라면, 친형처럼 생각하는 존재만 아니라면 정말 때려 버렸을지도 모른다.

"자, 여기 지갑이랑 여권. 지갑 안에 있는 건 다 써도 돼."

장지갑이 닫혀지지 않을 정도로 두둑하게 채워진 만 엔짜리 신권들과 그 사이에 끼워져 있는 외국계 은행의 백지수표책.

"……내가 진짜 수사 때문에 참는 겁니더. 알겠습니꺼!"

"그럼, 그럼. 내가 우리 현석이 마음 모르면 누가 알겠어. 아이고, 우리 현석이 꾸며 놓으니까 와 이렇게 깡패

같노."

머리까지 올백으로 넘기니 아주 날라리 뻐끼가 따로 없다.

"이 사람이 지금!"

똑똑!

"부국장님, 이 회장네 사람이 도착했습니다."

"아, 그래? 나가자. 재수, 넌 그놈 데려오고."

"예!"

스르륵!

문을 열고 나가니 밖에서 대기하고 있던 형사들이 현석을 보곤 눈을 동그랗게 뜬다.

"이야! 강 경감, 그렇게 꾸며 놓으니까 몰라보겠는데?"

"완전 새신랑이네! 새신랑! 크, 역시 사람은 사랑을 하면 달라진다니까!"

맞춤 양복을 입자 몸이 탄탄해 핏이 사는 현석. 거리에서 마주친다면 알아보지 못하고 지나칠 만큼 인상이 바뀌었다.

"그런데…… 미묘하게 날 티가 나네."

"그러게. 거리에서 마주치면 바로 신분증 확인부터 할 것 같은데?"

뉴페이스를 데이터베이스에 등록하는 것 역시 경찰의 업무이니 말이다.

"칭찬입니꺼, 욕입니꺼?"

"……크! 역시 부국장님! 디테일이 살아 계십니다!"

"에라이."

종혁은 침을 뱉는 현석에게 마지막으로 안경을 씌워 주고, 만년필도 정장의 가슴 포켓에 찔러 넣어 줬다.

이로써 무장 완료였다.

그렇게 료칸의 로비로 향하니 종혁도 아는 얼굴이 소파에서 다급히 일어난다.

"박성광…… 전무라고 했던가요?"

"편하게 불러 주십시오, 경무관님!"

이태홍 회장의 오른팔 격인 박성광 전무.

"이 회장님께 이야기는 들었죠?"

"경찰의 수사를 도울 수 있어서 영광입니다!"

"으음. 의욕이 넘치는 건 좋은데……."

"무슨 말인지 압니다. 걱정 마십시오! 아, 이분께서 저와 함께하실?"

"비서 겸 통역사 겸 경호원으로 소개하면 될 거예요."

미심쩍은 눈으로 바라보다 이내 고개를 끄덕인 종혁은 손가락을 까딱였고, 의아해했던 박성광은 아차 하며 주머니에서 금배지 하나와 명함 케이스를 꺼내어 내민다.

태홍그룹의 임원들만 착용할 수 있는 금배지.

종혁은 그것도 현석에게 넘겼고, 그러는 사이 무로이 코헤이가 응우옌 콴을 데리고 온다.

옷에서 미묘하게 바다 비린내가 나는 응우옌 콴.

"자, 그럼 마지막으로 점검해 봅시다. 일시에 경찰이 들이닥쳐 도망을 치게 된 여기 응우옌 콴을……."

"저희 태흥그룹이 구했고, 거래를 제안했습니다."

그동안 태흥그룹의 감시를 피해 마약을 유통한 능력을 높이 사 마약 거래를 제안한 거다.

"그리고 도쿄로 밀항을 시켜 준 겁니다."

그리고 얼마 지나지 않아 한국의 모든 밀수, 밀항 루트가 차단됐다.

"그동안 마약 조직을 때려잡은 이유는?"

"저희 태흥그룹이 전라도의 마약 시장을 완벽하게 차지하기 위해서. 이제 때가 됐으니 행동에 나서려는데, 여기 응우옌 콴이 저희의 레이더에 걸린 겁니다."

"혹시라도 경찰의 비호를 받고 있지 않냐며 물어 오면?"

"절대 아니다. 경찰의 덕을 본 건 맞지만, 경찰은 우리 태흥그룹을 절대 건드리지 못한다."

딱!

"브라보."

배우의 대본 숙지가 완벽하다.

종혁은 응우옌 콴의 등을 떠밀었고, 그렇게 현석과 응우옌 콴, 박성광 전무는 료칸을 떠났다.

그 모습을 가만히 바라보는 종혁의 곁으로 무로이 코헤이가 다가온다.

"잘될까?"

"잘되길 바라야죠."

아니면 무식한 방법밖에 없을 테니 말이다.

짝짝!

"이제 우리도 움직입시다."
"예!"
혹시 모를 상황을 대처하기 위해.
그들도 빠르게 료칸을 벗어나 주차장에 세워진 차량들에 올랐다.

　　　　　　　＊　＊　＊

달칵, 스으으.
롯폰기의 입구, 저절로 열리는 택시의 문을 통해 내린 현석이 뒷문에서 내리는 박성광을 향해 인사를 한다.
"좋습니다."
"일일이 지적할 필요 없심더."
깡패들 생리야 질리도록 알고 있다.
싸늘히 말한 현석이 뒷문 안으로 손을 집어넣어 응우옌 콴을 끌어낸다.
"지켜보고 있을 수 있다 캤나?"
"감시 필수다."
야쿠자에 한구레, 그리고 경찰까지. 언제, 어디서, 누가 치고 들어올지 모르기에 감시는 필수라고 할 수 있었다.
"알았다. 허튼수작 부리면 알제?"
"……걱정 마라."
이들을 죽이거나 인질로 잡는 순간 경시청의 영웅이 움직인다.

'그리고 그 괴물도 움직이겠지!'

그 이태흥 회장이 쩔쩔매는 괴물 경찰.

경찰 영웅이자 자산을 추정할 수 없다는 부호 형사이며, 만약 경찰이 안 됐다면 분명 유명한 연쇄살인마가 됐을 거라고 장담할 수 있을 만큼 마음속에 커다란 괴물을 품고 있는 최종혁.

"앞장서라."

고개를 끄덕인 응우옌은 발을 내디뎠고, 마치 자주 와봤다는 듯 거침이 없으면서도 주위를 살피며 걷더니 롯폰기 외곽 어느 건물의 지하로 들어간다.

쿰쿰한 냄새가 나는 지하의 클럽.

닫힌 문을 열고 들어가니 청소를 하고 있던 직원들 중 베트남인들이 놀란 눈으로 응우옌 콴을 본다.

그러더니 다급히 안으로 뛰어 들어가는 한 명.

이윽고 안쪽에서 후덕한 덩치의 베트남 남성이 쿵쿵거리며 걸어 나오고, 응우옌 콴이 활짝 웃는다.

"방 싸 오……."

콱! 순간 응우옌 콴의 멱살을 잡고 들어 올리는 덩치.

"퀙?!"

"이 미친놈! 여기가 어디라고 기어 들어와!"

한국으로 보낸 조직원들과 수억 엔어치의 마약을 모두 날려 버렸으면, 그대로 도망을 쳤어야지 왜 다시 여기를 찾아온단 말인가.

"정말 죽고 싶어서 그래? 그냥 내가 죽여 줘!?"

"켁! 켁켁!"

필사적으로 덩치의 팔뚝을 치며 뒤를 가리키는 응우옌 콴.

뒤를 힐끔 본 덩치가 미간을 좁힌다.

"누구?"

일본어로 묻는 덩치의 모습에 현석이 앞으로 나서며 명함을 내민다.

"반갑습니다. 한국 태흥그룹 강현석 실장입니다. 그리고 여기 이분께선 제가 모시는 분이신 박성광 전무님이십니다."

'한국? 태흥?'

미간을 좁히며 현석과 박성광을 위아래로 훑은 덩치가 응우옌 콴을 바라본다.

"하, 한국의 6대 마피아—!"

흠칫!

얼마 전 6개의 세력으로 재편이 된 한국의 암흑가.

죄다 늙은이밖에 없는 일본 야쿠자들과 달리, 기업형 마피아로 거듭나며 엄청난 영향력을 행사하고 있다고 알려진 그들이 찾아온 것이다.

'확실히 분위기가……'

마치 회사원처럼 단정한 정장을 입고 있는데도 뒷세계의 냄새를 강하게 풍기고 있다.

덩치는 슬쩍 응우옌 콴을 내려놓았다.

"꺼허억! 꺼흑! 허억! 헉! 빌어먹을! 숨 막혀 죽는 줄 알

앉잖아!"

"설명해 봐."

"그게 어떻게 된 거냐면……."

응우옌 콴은 시나리오대로 설명을 했고, 덩치는 코웃음을 쳤다.

"그걸 나보고 믿으라고?"

"그럼 내가 일본에 어떻게 왔을까! 그것도 한구레의 눈까지 피해서! 내가 알고 있는 루트는 후쿠오카 해남밖에 없는데!"

덩치는 절규하는 듯 외치는 친구를 빤히 바라봤다.

그때였다.

지이잉! 지이잉!

갑자기 맹렬하게 울리기 시작한 덩치의 핸드폰.

발신자를 확인한 그가 한숨을 내쉬며 전화를 받는다.

"예, 람. 콴이 한국 6대 마피아 중 한 곳을 데려왔습니다."

-끌고 와. 손가락 하나 빼고.

"예."

통화를 종료한 덩치가 허리 뒤춤에서 망치를 꺼내며 응우옌 콴을 본다.

"어느 손가락?"

"……왼손 새끼."

"이 악물어."

응우옌 콴의 왼손을 움켜쥐어 근처 테이블에 내려친 덩

치가 새끼손가락을 후려친다.

꽈아아앙!

"끄아아아악!"

왼손을 움켜쥐며 무너지는 응우옌 콴.

그러나 덩치의 눈은 현석과 박성광 전무를 바라보고 있었다.

"끄흐으윽! 빌어먹을! 마취제라도 주지!"

"그만 징징거리고 일어나. 그리고…… 뒈져."

그 말에 고개를 끄덕인 베트남 종업원, 아니 반깜의 조직원들이 현석에게 다가가자 현석이 박성광의 앞을 막아서며 그대로 주먹을 휘두른다.

빠아악!

"컥?!"

"이 자식이!"

순식간에 무기를 빼 드는 반깜의 조직원들.

그에 현석이 입술을 비틀며 자세를 잡는 순간이었다.

"그만-!"

현석을 노려보다 한숨을 내쉰 덩치가 입을 연다.

"절차야. 너희가 경찰일 수도 있으니까."

"손님 대접이 별론데?"

"싫으면 그냥 가든가."

"……쯧."

현석은 박성광의 귀에 상황을 설명했고, 얼굴을 와락 구긴 그는 이내 고개를 끄덕였다.

덩치마저 고개를 끄덕이니 긴장을 하며 둘에게 다가간 반깜의 조직원들.

아무것도 발견하지 못한 그들은 고개를 끄덕였다.

"실례했군. 따라와."

고통에 덜덜 떨고 있는 응우옌 콴의 뒷목을 잡은 덩치는 지하 클럽을 벗어났고, 근처에 주차되어 있는 차량에 올랐다.

"두 사람은 이거 써."

"손님 대접이 진짜 별론데?"

무릎에 던져지는 안대에 눈살을 찌푸리는 현석.

"손님인지 아닌지는 보스가 판단할 일이야."

현석은 다시 박성광에게 귓속말을 했고, 얼굴을 와락 구긴 그는 이내 혀를 차며 안대를 썼다.

현석까지 안대를 쓰는 걸 확인한 덩치는 차를 출발시켰다.

끼익!

도쿄 외곽의 어느 어두운 동네.

허름하고 냄새라도 날 법한 동네의 한 골목 앞에 차를 세운 덩치가 셋을 보고 내리라고 한다.

그리고 이번에도 응우옌 콴의 뒷덜미를 잡고 좁은 골목 안으로 들어가는 덩치.

뒤따라 들어가던 현석이 눈에 들어오는 광경에 멈칫한다.

"흐으."
"하으으."
바닥에 널브러져 멍하니 하늘을 바라보며 무언가를 잡으려는 듯 팔을 허우적거리고, 그들을 향해 손을 뻗는 깡마른 여자들.
코를 후벼 파는 지독한 지옥의 냄새에 현석의 얼굴이 와락 구겨진다.
"이런 지옥은 또 오랜만이네. 크으. 냄새 봐라."
흠칫!
바짓단을 잡은 여성의 손을 걷어차듯 떼어 낸 박성광이 놀라 쳐다보는 현석을 싸늘히 노려본다.
"정신 안 차려?"
"……죄송합니다, 전무님."
"이래서 젊은 놈들은 안 된다니까. 강단이 약해요, 강단이. 쯧쯧쯧. 뭐해. 얼른 앞장 안 서고!"
"예."
허리를 깊이 숙인 현석은 다시 덩치의 뒤를 쫓았고, 흐릿한 조명 아래에서 그런 그들을 응시하던 덩치는 그제야 긴장을 풀며 근처의 문을 열고 들어간다.
그러자 의자에 앉아 있다가 벌떡 일어난 베트남 사내.
덩치가 고개를 끄덕이자 사내는 다시 자리에 앉아 핸드폰을 꺼내 들었고, 덩치는 따라 들어오는 현석과 박성광에게 따라오라며 위로 향하는 계단에 발을 내딛는다.
그렇게 한 층, 또 한 층.

사방에서 기척이 느껴지는 복도를 걸은 덩치가 가장 안쪽의 문을 열고 들어가고, 열린 문을 통해 현석과 박성광까지 들어서는 순간이었다.

후우웅!

갑자기 그들의 향해 날아오는 손도끼 한 자루.

현석의 눈이 부릅떠졌다.

빠아아악!

팅! 팅팅팅!

벽을 박살 내고 바닥을 구르는 손도끼.

그것을 던진 사내는 이 공간을 무더운 동남아로 만들고 있었다.

깡마른 상체를 가득 채운 문신과 그 사이를 가로지르는 수많은 흉터. 허름한 가구들 사이 젖어 늘어진 머리칼은 뜨거운 열기를 뿜어내고 있었다.

움푹 파인 눈은 공허함만 담은 채 흩어지고, 누렇다 못해 더 짙게 변색된 이빨이 필터가 없는 대마 담배를 문다.

찰칵! 치이익!

"손님 대접을 정말 개좆같이 하네."

박성광의 입에서 흘러나온 욕설이 얼어붙은 시간을 깨부순다.

"카아악, 퉤!"

어깨 위로 도끼가 스쳐 지나간 응우옌 꽌을 비롯한 사람들이 놀라 쳐다볼 때, 바닥에 침을 뱉은 박성광이 몸을 돌린다.

"강 실장아."

"……예, 전무님."

"가자. 좆같아서 거래 못하겠다."

"예!"

"멈춰."

몸을 돌린 박성광은 어깨 너머로 중지를 치켜들며 사무실 밖으로 걸음을 옮겼고, 보스는 덩치를 향해 고갯짓을 했다.

그에 다급히 따라나서며 박성광의 팔을 잡으려는 덩치.

빡!

그 팔을 내려친 현석이 덩치의 턱에 주먹을 꽂아 넣고, 이어 명치 인근 심장을 후려친다.

"컥!"

쿠우웅!

순간 숨이 멎어 바닥을 뒹구는 덩치.

그 순간이었다.

벌컥! 벌컥! 벌컥!

복도에 세워진 문들이 열리며 무기를 든 놈들이 뛰어나와 박성광의 앞을 가로막자 박성광이 입술을 비틀며 담배를 문다.

찰칵! 치이익!

"뭐하냐, 강 실장. 쟤들이 내 앞을 막잖아."

"예."

주먹을 꽉 쥔 현석이 표정을 지으며 그들을 향해 다가간다.
　"그만-! 꺼흑! 꺼흑! 그, 그만해 주십시오-!"
　거친 숨을 토해 내는 입을 억지로 다문 덩치가 애써 웃으며 다가온다.
　"미, 미안합니다. 보스께서 실수를 하셨다고 하십니다. 그러니 부디 노여움을 풀어 주시길!"
　덩치를 힐끗 본 박성광이 현석을 본다.
　"저 돼지가 뭐라냐?"
　"실수였답니더."
　"지랄허네. 좆같은 기싸움인 걸 누가 몰러? 지금부터 내 말 똑바로 통역해라잉."
　"예."
　"둘 중 하나만 정해. 우리 태흥과 전쟁을 할 건지, 아니면 비즈니스를 할 건지."
　전쟁 따윈 아무것도 아니라는 듯 권태로움이 가득한 박성광을 본 현석은 그 말을 그대로 통역했고, 덩치는 억지 미소를 지었다.
　"응우옌 콴이 저희 조직에 큰 피해를 끼친 놈이라 보스께서 반사적으로 손이 나가신 겁니다. 일단 안으로 들어오시죠."
　현석은 박성광을 봤다.
　"일단 비즈니스를 하고 싶다는데예."
　"……제대로 통역한 거 맞어?"

"돼지가 꾸익꾸익 한 겁니더."
"어째? 할 수 있겠어?"
"맹줄 끊는다 생각카믄 못 뚫을 거 있겠심꺼."
"……에라이, 염병."

혀를 찬 박성광은 다시 몸을 돌려 사무실 안으로 향했고, 현석은 긴장하는 반깜의 조직원들을 바라보다 박성광을 따랐다.

그에 안도의 한숨을 내쉰 덩치는 보스를 호위하는 조직원들을 향해 손을 젓고는 재빨리 사무실 안으로 들어갔다.

다시 서로를 보게 된 그들.

보스, 람이 대마 연기를 길게 뿜으며 박성광을 본다.

'진짜배기네.'

손에 피를 묻혀 본 사람이 보일 수 있는 박력. 법의 울타리 안에서 움직일 뿐인 경찰이라면 결코 보일 수 없는 담력이었다.

단둘만 움직이는 이유가 있었다.

그는 히죽 웃으며 앉으라는 듯 손짓했다.

"한국의 6대 마피아시라고?"

그의 입에서 흘러나오는 어설픈 영어를 현석이 받아친다.

"이분께서 태흥그룹의 박성광 전무십니다."

"아, 태흥."

람이 응우옌 콴을 힐끔 보곤 재밌다는 듯 웃는다.

응우옌 콴이 마약을 퍼트렸던 광주란 곳을 비롯한 주변 일대를 지배하는 기업형 마피아, 태흥그룹.

"둘이 어떻게 같이 온 건지 물어도 되려나?"

그의 눈이 차가워지자 한숨을 내쉰 현석은 대본대로 설명했고, 람은 식은땀을 뻘뻘 흘리고 있는 응우옌 콴을 힐끔 보곤 덩치를 향해 다시 고갯짓을 했다.

"치워."

"흠. 죽일 거면 다시 생각해 주시죠."

람의 시선이 현석에게로 향한다.

"라고, 전무님께서 말씀하십니다."

"……태흥은 자비가 넘치는군."

그의 눈에 다시 의혹이 서리자 박성광이 코웃음을 친다.

"아니면 저놈을 구한 값을 치르든지. 천만 달러라고 하십니다."

"콴이 마음에 들었나 보군."

"저놈을 구하기 위해 쓴 돈과 인맥을 생각하면 이 정도는 받아야 된다고 하십니다."

"구해 달라고 한 적 없는데?"

"그건 당신 사정이랍니다."

방금도 생각했지만, 눈앞에 있는 둘은 진짜가 맞다.

여차하면 칼에 찔려 죽을 수도 있는 적진 한복판에서도 저런 태도를 고수할 수 있는 건, 이 바닥에서도 제법 구르고 구른 진짜배기들뿐이었다.

"경찰을 등에 업은 거 아니었나?"

한숨을 내쉰 박성광은 손을 저었다.
"슬슬 배고프니 비즈니스를 하자십니다."
'흠. 어쩐다.'

응우옌 콴이 날려 버린 것을 상쇄할 정도로 대규모 거래가 될 것 같다. 말하는 꼬락서니와 몸짓을 보면 경찰의 단속은 신경 쓰지 않는 듯한 느낌이 들었다.

'그랬군. 경찰의 신뢰를 얻으려고 마약 조직들을 때려잡은 거였어.'

마약 조직들을 때려잡아 경찰에 넘긴 놈들이 뒤로 마약을 유통할 거라고 누가 생각할까.

'한국의 다른 6대 마피아들도 다 이런 생각이었나 보군.'

이는 서로 간의 커뮤니케이션이 끈끈하단 소리다.

놀라운 정보였다.

'만약 이놈들과 거래를 틀 수 있다면?'

다른 6대 마피아와도 거래를 틀 수 있다는 뜻.

생각을 정리한 람은 꿈틀거리는 입술을 쓸어내리며 나른한 미소를 지었다.

"얼마나 필요하지?"
"어느 정도까지 조달해 줄 수 있냐고 하십니다."
"그쪽에서 원하는 물량 전부."
"……예?"

현석이 박성광을 본다.

"갑자기 귓구녕이 막혔냐잉. 그럼 10억 달러어치를 줄 수 있냐 물어봐."

움찔!

람이 어이없다는 듯 박성광을 본다.

"왜야? 그 정도 물량도 읎어?"

"……다른 6대 마피아에게 유통할 생각인가?"

"거야 그짝에서 알 필요 없고."

"시간만 주면 맞춰 줄 수 있지."

"그려. 다들 말은 그렇게 하더라고. 에이, 튰네. 강 실장아, 가자. 배고프다."

"……예, 전무님."

"기다려."

"아그야, 앞으로 나랑 이야기할 꺼믄 증거는 가져오고 해야 할 겨."

람을 보며 코웃음을 친 박성광은 몸을 돌렸다.

"강 실장아, 야마구치구미허고 이나가와카이랑 약속 잡어. 마약은 야쿠자 쉐끼덜이 원조여."

"……요즘은 한구레라는 얼라들이 급부상하고 있다캅니더."

"뭔 양아치 반달들허고 장사를 한다 그러냐. 그짝은 됐어야. 숙소는 긴자로 잡아 놨제? 아따, 오랜만에 긴자 언냐들 속살 좀 만지겠구마잉."

그렇게 말하며 정말 사무실을 나서는 둘.

덩치가 람을 본다.

"람, 어떻게 할까요?"

'야마구치구미? 이나가와카이? 한구레?'

"……콴, 통역."

"예, 예!"

응우옌 콴은 얼른 현석과 박성광의 대화를 통역했고, 람은 눈을 가늘게 떴다.

"람."

"일단 보내."

고개를 끄덕인 덩치는 얼른 배웅을 하기 위해 현석을 쫓았고, 람은 응우옌 콴을 바라봤다.

"태흥이 그렇게 대단한 곳이야?"

"이, 일본으로 치면 고베와 효고현, 오카야마현을 모두 장악한 곳이라고 생각하시면 됩니다, 람."

"……어떻게 된 일인지 처음부터 끝까지 지껄여 봐."

"그, 그게……."

응우옌 콴은 어떻게 경찰에 걸린 것인지부터 차분히 설명하기 시작했고, 람은 새로운 대마에 불을 붙이며 눈을 감았다.

한편 미리 예약한 긴자 인근의 호텔에서 내린 현석이 멀어지는 덩치의 차를 바라보다 박성광을 본다.

시나리오대로 진행하지 않은 박성광.

"아따, 이렇게 해야 저놈들이 넘어간다 안 하요."

지이잉! 지이잉!

"예, 부국장님. ……예. 일단 들어갑시더."

그렇게 예약한 방으로 향한 둘.

이내 낯빛이 딱딱하게 굳은 종혁과 무로이 코헤이가 스위트룸 안으로 들어온다.

종혁은 벌떡 일어나는 박성광을 향해 손을 들었다.

탁!

"잘했어."

생각했던 것보다 더 잘해 줬다. 이 정도면 충분히 칭찬해 줄 만했다.

"으흐흐. 그렇습니까?"

"그런데 가락이 너무 나오던데……."

"아, 아따! 무신 말을 그렇게 하셔라! 저희 태흥은 마약 따윈 쳐다도 안 본당께요! 예나! 지금이나!"

얼마나 급한지 애써 차리던 예절마저 벗어던진 그.

"기냥 예전에……! 허벌나게 옛적에 광주 씹새끼들 때문에 아주 잠깐 해 봤던 가락이지라! 으흐흐!"

굳이 경찰, 검찰 눈을 피한다고 애쓰지 않아도 이전에 벌던 것과는 비교도 할 수 없는 액수를 벌고 있다.

굳이 잠깐 돈 벌자고 밥숟가락 놓을 생각은 없었다.

'이 양반이 버티고 있는 한 그럴 생각은 하믄 안 되제.'

"……뭐, 그렇다 칩시다. 그럼 이제 저쪽에서 어떻게 나올 것 같습니까?"

"일단 간을 보겠지라. 아니, 볼 겁니다. 베트남 놈을 통해서도 듣고, 이쪽에 그럴 만한 자금이 있는지도 확인할 겁니다."

어차피 람도 태홍그룹이 10억 달러를 한 번에 계산할 거라곤 생각하지 않을 거다. 그래도 그 10분의 1, 1억 달러는 있는지 확인할 거다.

"그걸 확인만 시켜 주면……?"

그러면 저쪽의 몸이 달아오를 거다.

"그 순간 이 게임은 끝이죠. 지놈이 마피아 할애비라도 속살을 까지 않고는 못 버틸 겁니다."

"……저소득층용 연립주택도 취급해요?"

"맡겨만 주신다면 최대한 튼튼하고 예쁘게 짓겠습니다!"

"일단 지금까지 해 준 것까지 해서 가볍게 5백억부터 시작해 봅시다."

"신뢰를 다하는 태홍이 되겠습니다!"

"글로벌로 향할 준비도 하시고."

"신뢰를 다하는 TH그룹이 되겠습니다!"

종혁은 90도 이상으로 허리를 굽히는 박성광의 등을 두드렸다.

"오늘 잘 놀아요. 긴자 아가씨들은 2차가 잘 안 되니까 괜히 진상 부리지 말고 돈 써요."

뭔가가 안 된다면 그 돈이 부족함을 의심해야 된다.

"현석이는 내 스타일 알지? 수사랑 노는 데 쓰는 건 무제한이다. 잘 놀아. 여기 박 전무님 입단속 좀 시키면서."

"예, 부국장님!"

고개를 끄덕인 종혁은 몸을 돌렸다.

"갑시다, 쿄 형. 우리도 밥 먹죠. 메뉴 추천해 줄 거 있어요?"

"……스키야키 어때? 마침 근처에 아버지와 자주 가는 집이 있어. 3대째 가업을 이어 오는 곳이야."

"단체 예약도 됩니까? 술은 얼마나 있고요?"

어차피 오늘은 더 이상 뭔가가 진행될 것 같지가 않다. 허리띠를 풀어도 된다는 뜻이었다.

그렇게 둘이 나가자 박성광이 현석을 본다.

"저 무제한이라는 말씀은……."

"하루 술값으로 백억 써 본 적 있슴니꺼? 오늘 함 써 볼까예?"

"거시기…… 저헌티 불만 있으믄 말로 하셔라……."

"아니, 그게 아니라예. 저 양반이 글카게 쓰길 원하는 거라예."

굳이 수사란 단어를 들먹였다. 즉, 이것도 수사의 연장이란 뜻이다.

"……앞으로도 영원히 충성을 다하겠어라."

이제야 무제한이란 뜻을 완벽하게 알아들은 박성광은 식은땀을 흘리며 고개를 숙였다.

'진짜 마약에 혀끝이라도 대믄, 아니 쪼금이라도 대거리하믄 인생이 아작 나겄네.'

언제, 어디서, 어떻게 찔러 들어올지 모르는 돈이라는 칼.

갑자기 사는 게 팍팍해지는 느낌이었다.

* * *

"지난 나흘 동안 두 놈이 쓴 돈이 얼마라고?"
"1억 8천만 엔이라고 합니다."

옆에 앉혔던 아가씨들에게 준 팁까지 더하면 2억 엔 이상. 평범한 직장인들은 평생을 모아도 모으질 못할 액수였다.

그걸 고작 4일 만에 태운 거다.

"긴자에 재신이 찾아왔다며, 마담들이 에이스들을 대동해서 직접 호텔로 찾아간다고 합니다."

일본의 정치인이나 기업 회장도 한 번 만나려면 예약을 해야 한다는 그 도도한 에이스들이 말이다.

"그리고 1시간 전엔 이나가와카이의 무라모토를 만났다고 합니다."

일본의 3대 야쿠자이자, 도쿄 롯폰기를 거점으로 도쿄를 비롯해 관동에 지대한 영향력을 끼치고 있는 이나가와카이.

무라모토는 그런 이나가와카이의 고위 간부였다.

람은 왼손에 깁스를 한 응우옌 콴을 봤다.

"박 전무란 놈에 대해 다시 말해 봐."
"저, 전에 말씀드렸듯 태흥그룹이 설립됐을 때부터 이태흥 회장을 보좌했던, 태흥그룹의 이인자입니다."

'태흥이라……. 한국 시장이 제법 달달하긴 한가 보군.'

혹여 경찰의 수작이 아닐까 하는 의심은 첫날 현석과

박성광이 긴자에서 쓴 돈을 보고 완전히 사라진 지 오래였다.

그 어느 나라의 경찰이라도 결코 쓸 수 없는 액수.

이제 그의 머릿속에는 태흥이란 조직이 한국에서 벌어들이는 돈에 대한 부러움만이 남아 있었다.

"안 되겠군. 내 돈을 더 쓰기 전에 만나야겠어."

지금 현석과 박성광이 쓰는 돈은 본디 자신에게 들어왔어야 할 돈이다.

"약속 잡아. 공장에 연락해 놓고."

증거를 보여 달라 했으니 보여 줘야 했다.

"……예."

덩치와 응우옌 콴은 고개를 숙였다.

* * *

스위트룸의 거실, 박성광이 5일 만에 제 앞에 나타난 람을 보며 재밌다는 듯 웃는다.

"아따, 전에 봤을 땐 어디 저짝 시골 걸뱅이 새끼인 것 같더니만 이렇게 꾸며 놓으니 제법 넥타이맨 같네잉."

현석이 의아해하는 람과 함께 온 덩치에게 통역을 한다.

호텔에 온다고 정장을 입고 온 람.

"비즈니스를 하러 왔냐고 물어보십니다."

"말이 길던데?"

"이제 간은 다 보셨냐고, 증거는 가져오셨냐고도 물어

보셨습니다."

"통역이면 통역답게 행동하라고 해."

덩치의 통역에 현석은 무심히 입을 다물었고, 박성광은 나른히 웃으며 다리를 꼬았다.

"그려. 간 다 봤으믄 이제 증거랑 담보 놓고 이야기허자고."

"담보?"

"염병. 뭐여, 핫바리여?"

조 단위의 거래다. 서로 믿을 수 없는 사이인데, 담보도 없이 거래를 할 수 있을까.

"이런 기본도 모르는 놈하고는 이야기 못하는디……."

"마약 거래에 담보가 있단 말은 처음 듣는데?"

무슨 일이 벌어질 줄 알고 그딴 걸 만든단 말인가.

"그럼 뽈딱 인나서 돌아나가야. 강 실장아, 문 열어 드려라. 손님 가신단다."

"……."

"뭐혀? 안 가? 할 말 없으믄 언능 가. 나도 바뻐. 다음 스케줄이 뭐라고?"

"3시에 야마구치구미와 약속이 잡혀 있습니다. 그리고 한구레도 만나고 싶다고 하는데……."

"반달하고는 거래 안 한당께 그러네. 씁. 우리 강 실장이 왜 한 말 또 하게 만들까잉?"

응우옌 콴이 실시간으로 통역하는 말에 람의 미간이 구겨진다.

마치 '내가 급하냐, 니들이 급하지'라는 듯한 거만한 모습.
'빌어먹을.'
박살 난 자존심에 일어서기엔 너무도 큰 액수다.
"……담보를 보여 주면 가져갈 자신은 있고?"
"걱정 말어. 그게 우덜 전문이여."
박성광의 눈에서 번들거리는 광기와 살기에 람은 몸을 일으켰다.
"일어나지. 담보…… 확인하러."
찌리릿!
박성광과 현석은 손끝을 꿈틀거리며 일어섰다.
"시원치 않으면 쫑인겨?"
"흥."
"강 실장아, 야마 애들하고 약속 미뤄라."
"예."

한편 스위트룸의 옆방.
무로이 코헤이는 온몸을 관통하는 전율에 멍하니 키득키득 웃고 있는 종혁을 바라봤다.
'이게 돈의 힘?'
생각지도 않았던 이나가와카이까지 걸려들었다.
상상을 초월하는 위력이었다.
반면 이미 이렇게 될 거라 예상했던 종혁은 목을 꺾으며 몸을 일으켰다.

"우리도 슬슬 준비합시다."
끝이 다가오고 있었다.

* * *

"여기야."
"오셨습니까, 람."
"그래. 일들 봐."
롯폰기에 있는 담보, 그들 반깜이 차지한 사업체들을 보여 준 람은 그 외 도쿄와 도쿄 인근에서 그들이 운영하는 사업체들마저 보여 줬다.
"어떻지? 이 정도면 담보로 충분하나?"
"흐응. 다 혀서 한 40억 엔 정도 되남?"
달러로는 4천만 달러. 이마저도 시부야에 작은 건물을 소유하고 있기에 가능한 액수다.
박성광이 고개를 삐딱하게 기울인다.
"이 정도로는 한참 모자란디?"
그 말에, 말도 안 되는 후려치기에 람이 얼굴을 구긴다.
"그 사업체들에서 나오는 수익은 생각 안 하나?"
데리고 있는 아가씨들, 매춘에서 나오는 수익이 얼만지 알고 하는 소리일까.
마사지에서 나오는 수익이 얼만지 알고나 하는 소릴까.
"거기다 주류 유통에 도박장들 등까지 합하면 못해도……."

"거래하다 나가리가 되믄 나보고 동남아 애들이랑 짝 짜꿍하라고? 아이고, 됐어야. 갸들 벗겨 먹어서 얼마나 나온다고……."

그러니 부동산 가치만 담보로 잡는다.

"이 정도면…… 4천만 달러. 딱 이 정도가 좋겠네. 허이구야, 25번을 왔다 갔다 해야 쓰겠구만."

정확히 담보물의 가치에 맞춰 거래하는 거다.

다만 이렇게 거래를 할 경우, 10억 달러를 채우려면 무려 25번이나 거래해야만 했다.

지나치게 번거로울 뿐 아니라, 외부에 거래가 노출될 가능성이 높아질 수밖에 없었다.

람의 눈이 파르르 떨린다.

"담보를 우리만 잡을 순 없지."

"뭘 원혀? 본사 건물이라도 담보 잡을까? 아님 지금 이 자리서 백지수표를 써 줄까?"

너무도 당당한 그 모습에 람이 이를 악문다.

"……따라와."

람은 결국 박성광과 현석을 도쿄 외곽에서도 더 외진 곳으로 안내했다.

산업 단지 인근에 있는 창고.

안에 무얼 숨기고 있는지 제법 높은 담벼락에 4명의 반깜 조직원이 창고 대문을 지키고 있었고, 그들이 다가서자 다급히 대문을 열며 인사를 한다.

차량에서 내린 람이 창고로 걸어가 닫혀 있는 문을 활

짝 열어젖힌다.

드르륵! 쾅!

"이것까지 합한다면?"

치이이! 달그락, 달그락!

"……호오?"

문을 열자마자 코를 자극해 머리를 아찔하게 만드는 냄새와 하얀 무언가와 알약들을 옮겨 담는 삼십여 명의 사람들.

마약 제조 공장이었다.

박성광의 눈이 가늘게 떠졌다.

* * *

'됐어!'

한편 제법 떨어진 곳에 주차된 승합차 안.

무로이 코헤이와 경시청 형사들이 주먹을 불끈 쥔다.

그들이 그토록 찾고 싶어 했던 마약 제조 공장.

발갛게 상기된 얼굴로 헤드셋을 벗는 경시청 형사들을 바라보던 무로이 코헤이가 종혁을 두드리며 차 밖을 가리킨다.

드르륵!

찰칵! 치이익!

밖으로 나와 담배를 문 그들.

무로이 코헤이의 표정이 심각해진다.

"생각보다 크군."

롯폰기와 시부야에 있는 반깜의 사업체들, 시부야의 작은 건물을 비롯해 부동산을 포함한 가치를 모두 따지면 최소 50억 엔이다.

그 외 도쿄와 도쿄 외곽 및 인근의 사업체들까지 모두 합한다면 못해도 70억 엔.

제아무리 조직원 숫자가 200명이라지만, 상상을 초월하는 규모가 아닐 수 없었다.

심지어 이건 마약을 제외한 액수.

"마약까지 합한다면……."

"못해도 110억 엔 정도는 되겠죠."

한화로 약 1100억 원.

이마저도 이들의 주 마약 판매 대상이자 고객인 동남아인들의 숫자가 적어서다.

만약 그들의 숫자가 많았다면 지금의 이상이었을 터.

"후우우."

경시청의 관할에서, 발밑에서 이런 거대하고 더러운 벌레들이 돌아다니고 있었는데 모르고 있었던 것이다.

이런 엄청난 자산을 일굴 때까지 경시청은 그 사실조차 제대로 파악하고 있지 못했던 것이다.

그 사실이 무로이 코헤이로 하여금 참을 수 없는 분노를 불러일으키게 만들었다.

"……고마워, 종혁."

그동안 골치이긴 했지만, 그 규모를 제대로 파악할 수

없었던 외국계 조직들.

종혁이 아니었다면 이들이 지금보다 훨씬 커진 이후에야, 경시청도 쉽사리 손을 대기 힘들 정도로 커진 후에야 이들에 대해 제대로 파악할 수 있었을 거다.

그사이 이놈들에게 착취당하고 시달렸을지도 모를 이들을 생각하니 감사의 뜻을 표하지 않을 수 없다.

그런 무로이 코헤이의 말에 멋쩍어진 종혁은 손을 저으며 담배를 끄고 다시 차 안으로 들어섰다.

반깜의 모든 것을 알았으니 한구레를 엮어 낼 시간이었다.

그 순간이었다.

"부국장님!"

"참사관!"

다급히 그들을 찾는 양국의 형사들.

그들은 다급히 헤드셋들은 종혁과 무로이 코헤이에게 넘겼고, 이내 곧 헤드셋 너머에서 흥미로워하는 박성광의 목소리가 들려온다.

-저것들은 또 뭐여?

* * *

"좋아. 이것까지 혀서 1억 달러씩 거래하면 되겠네. 어뗘? 고여? 스탑이여?"

람의 입가에 미소가 번졌다.

이렇게 해도 10번을 거래해야 10억 달러를 모두 채울 수 있었지만, 거래 규모를 생각하면 충분히 감내할 수 있는 수준이었다.
'10억 달러라…….'
10억 달러.
그 정도 돈이면, 그동안 자신들을 깔짝깔짝 건드리는 필리핀계, 중국계 조직들을 모두 쓸어버릴 인력을 충원할 수 있었다.
그리고 놈들만 그들의 사업체까지 모두 집어삼킨다면, 지금보다 사업체의 규모가 몇 배는 커지게 될 터.
거래에 응하지 않을 이유가 없었다.
"딜."
"으하핫! 우리 사장님이 화끈하시네! 자, 그럼 더 간 볼 거 있어?"
볼 거 다 봤으니 이제 계약서를 쓰는 거다.
"좋지."
"아, 대규모 거래잉께 디스카운트랑 덤은 팍팍 얹어 주는 거제?"
"……우리하고만 거래한다면 5퍼센트 더 얹어 주지."
"오오! 이거 베뜨남에 대해 다시 생각해 봐야겠…… 잉?"
부우웅! 끼이익! 빵빵!
마약 제조 공장의 대문 앞에 멈춰 서서 경적을 울리는 고급 세단 한 대.
람의 얼굴이 구겨지고, 차량에서 덩치가 제법 큰 삼십

대 중반의 사내가 내린다.

 그러고는 서슴없이 들어온 그.

 대체 정체가 뭔지 공장을 지키는 반깜의 조직원들은 주춤거리며 그를 막아서지 못했고, 결국 그는 람의 앞에 설 수 있었다.

 람은 그를 보며 이를 갈았다.

 "지금 이게 무슨 짓이지?"

 "이번에 신종 마약을 얻게 돼서 샘플 좀 주려고 왔는데…… 손님이 있었네? 아, 반갑습니다. 롯폰기와 시부야를 담당하고 있는 한구레의 나카노 타이가입니다, 하하."

 확!

 람이 그의 어깨를 잡아 돌린다.

 "이봐, 나카노."

 "……우리가 아무리 비즈니스 파트너라지만, 이건 좀 예의가 아니지 않나?"

 중년인, 나카노 타이가의 얼굴이 딱딱하게 굳자 람의 시선이 힐끗 박성광을 본다.

 흥미롭다는 표정을 짓고 있는 그.

 하지만 그 모습이 마치 조카들의 재롱을 보는 듯 느껴진 람은 나카노 타이가를 향해 살의를 드러냈다.

 "전쟁이 두렵지 않나 보군."

 감히 여기가 어디라고 찾아와 이런 개수작을 부린단 말인가.

그것도 이 중요한 순간에.

나카노 타이가는 람의 얼굴에서 살의를 제외한 모든 감정이 사라지자 입술을 비틀며 담배를 문다.

찰칵! 치이익!

"후우우. 이봐, 파트너. 우리가 아니면 원료를 구할 수 없을 텐데?"

흠칫!

맞는 말이다.

그동안 한구레에게 헤로인과 코카인의 원료와 합성마약들을 원가보다 살짝 낮은 액수에 공급받아 유통시켜 온 반깜.

자신들이 아니면 어디서 원료와 마약을 얻을 거냐는 치명적인 협박에 람이 입술을 비튼다.

"너희가 원료를 어디서 얻는지 내가 정말 모를 거라고 생각해?"

움찔!

이번엔 나카노 타이가의 낯빛이 굳는다.

하지만 그것도 잠시, 그가 나른히 웃는다.

"세관은 어떻게 해결하려고?"

"세상에 돈으로 안 되는 일이 있었나?"

"재밌군."

"앞으론 재미없어질 거야."

이 대규모 거래를 망치러, 고작 원료 공급을 한다는 이유만으로 이 대규모 거래에서 반깜을 배제하다 못해 한구레의 것으로 끌어가려고 온 놈이다.

한구레와는 더 이상 비즈니스 파트너가 될 수 없었다.

'일단은……'

"하아암!"

움찔!

몸을 굳힌 둘이 하품을 하는 박성광을 바라본다.

"이야기가 길어질 것 같으믄 이만 가 봐도 될까잉? 긴자 언냐들이 기다려서 말이여. 아, 서로 다른 이야기 할 것 같으믄 아가리 열지들 말고."

"……."

"그려. 서로 합의하믄 호텔로 와. 앞으로 딱 일주일만 더 거기서 묵을 텡께. 그럼 난중에 보자고. 참고로 난 반달들 같은 근본 없는 것들하곤 거래 안 혀잉?"

손을 흔든 박성광은 돌아섰고, 나카노 타이가가 박성광에게 다가간다.

하지만 람이 목에 도끼를 겨누면서 멈춰 서게 된 그.

나카노 타이가의 눈에서 감정이 사라진다.

"정말 끝까지 가자는 거지?"

"네가 여기에 온 순간 이미 우리가 정해 놓은 선은 넘은 거야, 나카노."

조금이라도 움직이면 그대로 머리를 쪼갤 것처럼 농밀하게 흘러나오는 살의.

나카노 타이가는 어쩔 수 없다는 듯 양손을 들어 올리며 물러선다.

"좋아. 이번 일은 100퍼센트 내 잘못이야. 사죄의 의미로 다음 거래엔 5퍼센트 다운된 가격으로 물건들을 넘기지. 어때?"

자신들이 서로 붙어 소란이 발생하면 경찰이 나설 테고, 경찰들이 휩쓸고 지나간 빈자리를 이나가와카이가 치고 들어와 차지할 거다.

그런 것보다는 이쯤에서 화해를 하는 게 낫지 않겠냐는 말에 람이 손도끼를 거둔다.

"5퍼센트 더."

"……좋아."

"이번이 처음이자 마지막이야, 나카노."

"그래. 좋은 파트너로 남자고, 람."

서로 악수를 한 그들을 돌아섰고, 람은 다시 차에 오르는 나카노를 바라보며 눈빛을 가라앉혔다.

"방 싸 오. 콴."

"예, 람."

덩치와 응우옌 콴이 고개를 숙이자 람이 손도끼를 보며 입을 연다.

"준비해. 한구레를 친다."

여기서 순순히 물러날 놈들이 아닌 한구레. 분명 이번 거래에 끼어들 거다.

'박성광이 일주일만 더 있는다고 했지.'

그 전에 도쿄 바닥에서 한구레를 없애야 했다.

'처음은 저놈들의 공장부터!'

"……예!"

한편 왔던 길을 다시 돌아 나가는 차량 안.
나카노 타이가가 눈빛을 가라앉힌다.
"애들보고 준비하라고 해. 저 베트남 거지들을 친다."
자신들이 가만있는다고 해도 반깜이 먼저 치고 들어올 거다. 그동안 자신이 파악한 람이라는 미친놈은 충분히 그러고도 남았다.
'아니, 이 거래를 먹으려면 저놈들을 치워 버려야 해!'
"예!"
"다른 조직들에 연락할까요?"
도쿄의 다른 구역과 일본 다른 지방들에 있는 한구레.
나카노 타이가는 잠시 생각하다 고개를 저었다.
"아니, 도쿄만."
다른 조직들을 끌어들이면 그만큼 나눠 주는 게 많아진다.
그러나 반깜의 조직원이 200명 이상이다 보니 어쩔 수 없는 상황. 그러니 나눠 주는 것을 최소화하는 수밖에 없었다.
'무려 10억 달러라고 했지…….'
태흥그룹에서 원하는 마약의 양이 10억 달러, 엔화로 치면 1000억 엔 상당이다.
이 거래만 소화할 수 있으면, 한구레 가운데서도 전국 최대 계파가 되는 거다.

'어쩌면 관동 전체를 삼킬 수 있어!'

그렇기에 다른 조직들에 많이 나눠 줄 수가 없는 것이다.

'앞으로 일주일!'

그 안에 반깜을 정리하는 거다.

나카노 타이가는 주먹을 꽉 쥐었다.

"공장으로 가."

자신이 반깜이라면, 람이라면 이쪽의 마약 제조 공장부터 치고 들어올 터. 반깜과의 전쟁에서 승리를 한다고 해도 공장이 날아간다면 말짱 도루묵이다.

그런 사태는 무조건 막아야 했다.

"예!"

그들은 이를 악물며 차를 몰았다.

* * *

"이거……."

승합차 안에 옹기종기 앉아 있는 한일 양국의 경찰들이 오묘한 표정을 지으며 서로를 본다.

"한구레가 양아치들만 모인 곳이라더니…… 이 새끼들 정말 쌩양아치들이네?"

"반달이 괜히 반달이겠냐. 저렇게 근본이 없으니 반달이지."

자신들의 예상처럼 그동안 서로 마약 거래 파트너인 것

같은 반깜과 한구레.

 저곳 마약 제조 공장은 반깜에게 있어 심장이나 마찬가지인 곳인데, 그런 심장에 한구레 무작정 찾아오다 못해 깽판을 친 거다.

 일반적인 야쿠자나 한국의 조폭이라면 절대 하지 못할 짓이다. 그 순간 전면전이라는 것을 떠나 그것이 그들 사이의 매너이기 때문이다.

 그런데 저들에게 그딴 것 따윈 없는 것 같았다.

"미안하군."

"……경시청이 왜요?"

"저딴 놈들도 일본 국민이라서 말이야."

 무로이 코헤이의 농담에 피식 웃은 종혁과 한일 양국의 경찰들은 이내 눈빛을 반짝인다.

 분명 자신들의 짜 놓은 시나리오에 엄청난 변수가 생긴 상황이다. 이러다간 반깜과 한구레가 붙을 상황.

 반깜 몰래 접근할 한구레의 조직원을 통해, 담보라는 말을 통해 한구레의 사업체들과 마약 제조 공장을 찾으려고 했던 시나리오가 죄다 무너지는 거다.

 하지만 호재다.

 이보다 더할 수 없는 호재.

"이거…… 대본을 좀 고쳐야겠네요."

 사람들의 시선이 종혁에게 모이고, 무로이 코헤이가 눈을 빛낸다.

"어떻게?"

"이나가와카이도 이 판에 끌어들이죠?"

쿵!

그렇지 않아도 저들 다음의 타깃으로 삼으려 했던 이나가와카이. 그들까지 한 번에 쓸어버릴 판이 만들어진 것 같다.

"안 돼. 도쿄가 불타오를 거야."

무려 3개의 조직이 붙는 거다.

도쿄 여기저기가 피범벅이 될 것이고, 화마가 치솟을 거다.

"그걸 막는 게 저희 경찰들의 역할이죠. 그리고 이 정도는 되어야 경시청 내에 있을지 모를 한구레와 이나가와카이의 쁘락지를 속아 낼 수 있지 않겠어요?"

움찔!

'쁘락지라…….'

"좋군."

종혁과 무로이 코헤이, 그리고 한일 양국 경찰들은 의미심장한 미소를 지었다.

지금부터 시간 싸움이었다.

* * *

겨울의 찬바람이 부는 어두운 밤, 도쿄도 미나토구 명물 레인보우 브릿지 인근의 어느 공장.

공장을 나선 나카노 타이가가 담배를 깊게 빨아들인다.

"아마 빨라야 나흘일 거야."

베트남 거지라고 비하하지만, 반깜의 람은 결코 만만한 상대가 아니다. 분명 이쪽이 도쿄와 그 인근의 한구레 조직들을 모두 소환했을 걸 눈치챘을 것이고, 칼받이로 쓸 만한 이들을 모으고 있을 거다.

실제로도 반깜은 두문불출하면서 다른 동남아 조직이나 동남아 노동자들과 접촉을 하고 있으니 확실하다고 볼 수 있었다.

서로의 관계가 틀어진 후 하루가 지났으니 이제 남은 시간은 사흘.

"타이가 형님, 저희가 먼저 치면 안 되는 겁니까?"

그를 배웅 나와 뒷짐을 지고 있는, 마치 옛날 도쿄의 도로를 폭주할 때처럼 자세를 취하고 있는 부하들의 의문에 나카노 타이가는 입술을 비틀었다.

"그러니 내일 쳐야지."

람이 생각지도 못한 타이밍에.

"아!"

"문제는 그 베트남 거지 자식도 나처럼 생각할 수 있다는 건데……."

"걱정 마십쇼, 형님!"

이번 일을 위해 도쿄도의 모든 한구레 조직들이 모이지 않았던가.

내일까지 이곳에 모일 조직원만 무려 2백여 명.

놈들이 이곳 공장과 자신들의 사업체들을 동시에 치려

면 결국 이곳 공장에 올 놈들은 많아야 100명 안쪽, 아니 고작해야 70명 정도에 불과할 터였다.

그 든든한 말에 고개를 끄덕인 나카노 타이가가 담배 연기를 길게 뿜으며 주변을 둘러본다.

"너무 소란 피우지 마."

주변에 세계 굴지 일본 대기업들의 공장과 연구소들이 많다.

이곳에서 소란이 발생한다면 경시청이 눈을 뒤집고 달려올 거다.

"이나가와카이 늙은이들도 조심하고."

분명 이쪽과 반깜의 분위기가 심상치 않다는 걸 알아차렸을 이나가와카이.

경시청이 이나가와카이를 주목하고 있는 이상, 그들이 움직인다면 결국 경시청 또한 움직이게 된다는 걸 의미했다.

"예, 형님!"

고개를 끄덕인 나카노 타이가는 차에 올랐고, 부하들은 여전히 뒷짐을 진 채 그를 향해 허리를 깊이 숙였다.

그렇게 차가 사라질 때까지 허리를 숙이고 있던 편 그들이 허리를 두드리며 인상을 찌푸린다.

"끙. 이제 나이가 들었나. 이젠 허리에서도 뚝뚝거리네."
"큭큭. 그래서 애인을 만족시킬 수나 있겠어?"
"시끄러워. 들어가기나 해."

그들은 키득거리며 다시 공장 안으로 들어갔다.

그렇게 얼마의 시간이 흘렀을까.

지하철 막차 시간도 지나며 도로가 완전 죽어 버리자 인근의 도로에서 차량들이 달려오기 시작한다.

조용히 달려오다 공장 인근에 다다르자 갑자기 속도를 올린 차량들.

그들은 곧바로 공장의 대문을 향해 달려들었다.

부아아아아앙! 콰아아앙!

대문을 뚫고 들어가자마자 멈춰 서는 차량들에서 내리는 덩치와 응우옌 콴, 그리고 반깜의 조직원들.

드르륵!

"뭐, 뭐야!"

"스, 습격이다! 다 나와!"

덩치는 당황하는 그들의 모습에 망치를 빼 들며 사납게 웃었다.

"다 죽여!"

"우아아아아아!"

나카노 타이가의 예상보다 빠른 습격이었다.

한편 반깜이 습격하기 1시간 전.

도쿄 시내에 접어든 나카노 타이가가 불야성을 이룬 거리를 바라본다.

"경시청에선 별말 없지?"

"예. 별말 없었습니다. 아, 오늘 시부야에서 무슨 영화 촬영이 있다고 했는데……."

폭약 같은 걸 많이 터트린다고 해서 소방서뿐만 아니라 경시청과 경찰특공대 SAT까지 출동했다고 한다.

"오! 도쿄에서 또 할리우드 영화를 찍는 거야?"

몇 년 전, 사나이의 가슴을 울릴 수밖에 없는 자동차 영화의 시리즈를 도쿄 시부야에서 찍었던 미국의 할리우드.

영화관까지 찾아가 봤던 기억이 있는 나카노 타이가가 엉덩이를 들썩인다.

"그것까진 잘 모르겠지만, 아무튼 도로를 꽤 크게 통제한다고 했…… 아! 저건가 봅니다!"

나카노 타이가의 시선이 차창 밖 스쳐 지나가는 옆 도로, 몰리다 못해 도로까지 침범한 사람들과 경찰의 호루라기 소리에 경적 소리를 내며 돌아서는 차량들에게로 향한다.

"흐으. 어마어마하구만. 오늘 약속만 아니었으면 구경 갔을 텐데!"

"하하. 내일 6시까지 도로를 통제한다고 하니 그때 가 보시는 건 어떠십니까?"

"오, 그래?"

그러면 약속을 마치고 구경할 수 있을 듯하다.

"크! 역시 할리우드."

영화에 투입된 자금이 얼마나 많기에 한창 사람이 붐비는 저녁의 시부야 거리와 도로를 통제하는 걸까.

혀를 내두른 나카노 타이가는 더 이상 차가 들어갈 수

없는 번화가 앞에 차가 멈춰 서자 망설임 없이 내렸고, 거리에 서 있던 두 명의 조직원이 그를 향해 다가온다.

불법 주차를 한 조직원들까지 대동한 채 번화가 안으로 파고든 그가 도착한 곳은 어느 고급 술집 앞이었다.

"오셨습니까!"

그의 조직이 관리하고 있는 고급 술집.

"다른 놈들은?"

"이미 와서 아가씨들 가슴을 주무르고 있습니다."

그렇게 말하는 조직원이, 이 술집의 관리자가 얼굴을 구긴다.

아가씨들 가슴만 주무르는 것이라면 이렇게 짜증이 나지 않을 거다. 문제는 목청껏 소리를 높이고, 문신도 드러내면서 있던 손님들을 모두 쫓아내 버리고 있다는 것이었다.

"누가 중국 놈들 아니랄까 봐……."

이럴 때마다 같은 중국인인 게 짜증 날 뿐이다.

"쯧. 알았어. 오늘은 그냥 문 닫아."

"예."

관리자의 어깨를 두드린 나카노 타이가는 술집으로 올라갔다가 걸음을 멈춘다.

"으하하핫!"

"마셔! 적셔!"

손님이라곤 아무도 없는 술집, 분명 룸을 잡아 줬음에도 홀에 나와 시끄럽게 굴고 있는 다른 한구레 조직 보스들 8명의 모습에 나카노 타이가의 눈살이 찌푸려진다.
"오, 타이가! 왔어?!"
"……미안하군. 긴자에 장소를 잡아야 했는데 말이야."
"하하. 됐어, 됐어."
긴자는 이나가와카이의 영역이다.
자신들이 함부로 모습을 드러냈다간 내일 도쿄 앞바다에서 시체로 떠오를 수 있었다.
"그리고 우리가 언제 시부야에 와 보겠어."
현재 시부야는 나카노 타이가의 영역.
한구레라는 이름 아래 모여 있지만, 점조직 형태로 각기 다른 지역을 차지하고 있는 그들은 서로의 영역을 존중하는 의미에서 가능한 다른 조직의 영역을 침범하지 않았다.
그에 이런 시부야의 분위기를 느껴 보는 것도 오래간만이라 기분이 나쁘지 않았다.
신경 쓰지 말라는 듯 손을 젓는 다른 한구레 보스들의 모습에 고개를 끄덕인 나카노 타이가는 이쪽을 향해 살려 달라는 듯 눈빛 신호를 보내는 아가씨들을 향해 손을 저었다.
그러자 다행이라며 얼른 일어나 안으로 도망치듯 사라지는 아가씨들.
보스들이 이게 뭐하는 짓이냐며 눈살을 찌푸린다.
"일 이야기부터 하고 즐기자는 거야."
"……아, 그렇지. 비즈니스는 취하기 전에 해야지."

순간 몸을 뒤로 젖히며 거만하게 담배를 무는 그들.

"10억 달러를 혼자 다 처드시겠다고?"

한구레의 특성상 강압적인 규율이 없는 탓일까.

어느 입 가벼운 놈이 떠들고 다닌 것인지는 몰라도, 이들은 나카노 타이가가 상황을 설명하기 전에 이미 모든 사정을 파악하고 있었다.

그렇기에 갑작스러운 소집에도 별다른 불만 없이 응한 것이기도 했다.

그들의 눈에 서리는 욕심에 나카노 타이가도 담배를 문다.

"순이익에 5퍼센트씩 주지."

움찔!

"5퍼센트? 고작 그거나 먹고 떨어지라는 거야?"

미간을 좁히는 그들의 나카노 타이가는 코웃음을 쳤다.

"거래 규모를 생각해. 10억 달러야, 10억 달러. 그 규모의 5퍼센트면 고작이 아닐걸?"

그리고 나카노 타이가의 입장에선 8개의 조직에 총 40퍼센트를 나눠 주는 것이었다.

고작 손을 보태는 것만으로 40퍼센트나 손실을 봐야 한다는 것이 오히려 그의 입장에선 뼈아팠다.

'나중에 문제가 없으려면 이 정도는 감수할 수밖에.'

이후 이들과의 관계를 고려하면 각자 5퍼센트씩 정도는 쥐여 줘야 말이 나오지 않을 터였다.

무엇보다 나머지 60퍼센트를 벌어들이는 것만으로도

한구레 최대 계파로 성장하는 데는 큰 문제가 없었다.

"빠질 사람은 빠져. 빠지는 사람의 몫은 다른 조직에 공평하게 분배하도록 하지."

"끄응. 너무하구만."

그들은 어쩔 수 없다는 듯 고개를 끄덕였고, 나카노 타이가는 만족스럽다는 듯 웃으며 관리자를 향해 아가씨를 다시 데려오라는 손짓을 한다.

이들이 마음이 상해 반깜이나 이나가와카이에게 붙을 거라는 생각은 애초부터 하지 않는 그.

이나가와카이와 거래를 하는 순간 야쿠자의 명단에 올라가 폭력단배제조례가 적용되기 때문이다.

그 순간 이들은 모두 한구레에서 퇴출.

그건 반깜에게 붙어도 마찬가지다.

욕심이 많은 놈들이라고 하여도 그런 멍청한 짓을 저지를 놈들이 아니었다.

그렇게 마음을 다잡은 아가씨들이 다시 홀에 모습을 드러내고, 보스들의 눈에 색욕이 차오르는 순간이었다.

지이잉! 지이잉!

갑자기 울리기 시작한 핸드폰.

"어, 그래. 무슨······."

-형님!

-크악! 우와아아!

-스, 습격입니다!

쿵!

'람, 이 자식이!'

나카노 타이가는 다급히 보스들을 봤다.

"조직원들 불러! 베트남 거지들이 공장을 습격……."

끄악! 아아악!

벌컥!

바깥에서 소란이 일더니 갑자기 문이 열리며 피투성이의 조직원이 넘어지듯 들어온다.

"피, 피하십시오, 형님! 바, 반깜이……."

쩍!

사력을 다해 외치던 조직원의 머리를 쪼개는 도끼 한 자루.

"꺄아아악!"

겁에 질린 비명들이 울려 퍼지며 아가씨들이 도망치고, 한구레 조직 보스들이 벌떡 일어난다.

도끼를 흔들어 뺀 람이 굳어 버린 나카노 타이가를 보며 피가 튄 입술을 핥는다.

"그러게 움직일 거면 내 눈과 귀는 피해서 움직였어야지."

나카노 타이가를 치려 마음먹은 순간부터 곧바로 마약에 중독된, 마약만 주면 무슨 짓이든 다 하는 중독자들을 움직여 나카노 타이가가 움직일 만한 모든 동선에 대기시켜 놓은 람.

이들의 눈을 모두 피하려면 더욱 조심히 움직여야만 했다.

"람-!"
"휘유. 많이도 몰려 있네."
보스들에 그들의 경호원까지 대략 30명.
"많이 데려오길 잘했어."
도끼 자루로 머리를 긁은 람의 얼굴에서 표정이 사라진다.
"다 죽여 버려."
"예, 람."
스스슥!
정글도에 사시미칼 등 흉기를 빼 든 오십여 명의 반깜 조직원이 람을 지나쳐 안으로 난입하고, 나카노 타이가를 비롯한 다른 조직의 보스들과 경호원들이 하얗게 질린다.
"막아-!"
콰장창!
고급 술집에 지옥이 펼쳐졌다.

* * *

"허억! 헉! 헉!"
피를 머금은 거친 숨결이 여기저기서 퍼지는 한구레의 마약 공장 안.
덩치가 자신처럼 거친 숨을 쉬는 조직원들을 둘러본다.
"죽은 놈 있냐!"

"……없습니다!"

"병원 가야 될 놈은!"

"몇 명 있습니다!"

몇 명 수준이 아니다.

잔인하기가 야쿠자를 넘어선다는 한구레들. 자신들의 습격에 당황을 했어도 곧 정신을 차리고 반격을 해 왔다.

거기다 이 공장은 한구레의 영역이다. 지리적 불리함과 거센 반항에 이곳을 습격한 150여 명의 인원 중 무려 50명이 중상을 입었다.

남은 100명도 치료를 받아야 하는 상황이었다.

"그럼 뭐해! 어서 병원으로 옮기지 않고! 혼자 움직일 수 있는 놈들도 움직이지 못하는 놈들 부축해서 병원으로 가!"

"예!"

반깜의 조직원들은 서로 부축을 하며 차에 올랐고, 덩치는 겨우 삼십여 명만 남은 조직원들을 힐끔 보곤 피투성이가 되어 바닥을 기는 한구레의 조직원들을 바라봤다.

"대, 대체 어떻게……."

분명 반깜은 두문불출하면서 다른 동남아 조직이나 동남아 노동자들과 접촉을 하고 있었다. 이들 전부와 의견을 조율하려면 아무리 빨라도 하루 이틀은 시간이 더 필요해야만 했다.

"지켜보고 있는 걸 뻔히 아는데, 속이는 건 당연하잖아?"

자신들이 최대한 사람을 끌어모으려 한다면 며칠 정도는 유예가 있을 거라는 오판을 하게 만들려는 계획이었다.
　"이제 이해했지?"
　덩치는 손을 저었고, 남은 반깜의 조직원들이 칼을 빼들며 바닥을 기는 한구레 조직원들을 향해 다가간다.
　"오, 오지 마! 오지 말라고, 이 거지새끼들아-!"
　"이 꽉 물어라. 혀까지 잘린다."
　서걱!
　"끄아아아아악!"
　아킬레스건이 끊기는 소리와 함께 다시금 공장에 비명 소리가 울려 퍼졌다.

　찰칵! 치이익!
　"푸후우."
　피투성이가 된 덩치의 표정이 나른해진다.
　이렇게 피를 본 이후에는 언제나 충족감에 휩싸이는 몸뚱이. 이번에도 해냈다는 충족감이 그의 몸에 느슨하게 만든다.
　"싸 오."
　"아, 고마워."
　쪼르르!
　응우옌 콴이 얼굴로 기울여 주는 물통에서 쏟아지는 물로 세수를 한 덩치가 참았던 숨을 길게 내쉬며 친구를 본다.

"너 정말 한 번 실패했다고 불알이 쪼그라든 거냐?"
"뭔 개소리야?"
"방금도 시원치 않던데?"
처음엔 선두에 섰지만, 어느 순간 뒤로 빠져 있던 응우옌 콴. 저 안에 있는 놈들 중 고작 3명이나 상대했을까.
덩치에 맞지 않게 소심해진 친구의 모습에 눈살을 찌푸릴 수밖에 없었다.
"어디 아픈 건 아니지?"
"어제부터 몸에 열이 좀 나더라. 됐냐?"
"감기 걸렸으면 약 먹어라. 우리가 이제 돈이 없냐, 뭐가 없냐?"
베트남에 있을 땐 고작 말단 조직원에 불과해 병에 걸려도 치료 한번 제대로 받지 못했던 그들.
하지만 지금은 아니다. 오늘이 지나가기 전 도쿄의 모든 한구레 영역을 삼킨다. 이제부턴 그들의 옛 보스인 남깜만큼 떵떵거리며 살 수 있었다.
"슬슬 준비하고 람에게 가자. 예, 람. 여긴 정리됐습니다. 곧 넘어가겠……."
부우웅!
말을 하던 덩치가 입을 다문다.
사방에서 들리기 시작한 자동차 소리.
기시감이 드는 소리에 미간을 좁히던 덩치는 사방에서 나타난 검은색 차량들에, 누가 봐도 이쪽을 향해 달려드는 십여 대의 차량에 온몸의 털이 쭈뼛 서는 위기감을 느졌다.
"다, 다 나와-!"
끼이이이익! 타타탁!
차가 서자마자 내리는 험악한 인상들.
그리고 그들을 향해 겨눠지는 몇 개의 총구들.
"이 개!"
덩치와 응우옌 콴은 다급히 몸을 날렸고, 겨눠진 총구에서 불이 뿜어졌다.
꽈과과과광!
공장에 다시 피가 터졌다.

* * *

야쿠자 특유의 무분별한 발사.
총알을 몇 개 가져오지 않은 건지 총소리는 얼마 가지 않고 멈췄다.
병원에 간 조직원들이 남긴 차량 뒤에서 고개를 슬쩍 내민 덩치와 반깜 조직원들은 총을 갈무리하는 야쿠자들의 모습에 이를 악물며 모습을 드러낸다.
그에 한 사십대 야쿠자가 담배를 물며 잔인하게 웃는다.
찰칵! 치이익!
"우리 인사는 마음에 들어?"
"이, 이나가와카이!"

그들의 가슴팍에 꽂혀 있는 금배지가 이나가와카이라고 말해 주고 있었다.

"그동안 우리 거 차지해서 잘 먹고 잘살았지?"

"……너흰 총알을 더 챙겨 와야 했어, 늙은이들."

까랑! 스윽!

무기를 고쳐 잡는 덩치와 반깜 조직원들의 모습에 야쿠자들도 흉기들을 꺼내 들었다.

그렇게 서로가 서로를 향해 달려들려는 순간이었다.

푸욱!

"컥?!"

갑자기 울린 소리에 멈춰 버린 시간.

허벅지를 찌르고 나간 뜨거운 꼬챙이 같은 것에 고개를 돌린 덩치와 그걸 지켜보는 반깜 조직원들이 불신 어린 표정을 짓는다.

"콰, 콴. 너 이 자식……? 왜……?"

피가 묻은 칼을 수습하며 뒤로 물러서는 응우옌 콴.

"미안해. 나도 살아야지."

쿵!

"야, 이 개자식아-!"

그 말에 모든 것을 이해한 덩치가 얼굴을 구기며 손을 뻗고, 응우옌 콴은 덩치가 뻗는 손을 피해 물러섰다.

그걸 본 이나가와카이 야쿠자들은 입술을 비틀며 그들을 향해 발을 내디뎠다.

"우리 것을 되찾는 거다! 다 죽여 버려-!"

"우아아아아!"

* * *

저벅저벅!

도쿄 최고의 번화가인 긴자에 한 오십대 남성이 모습을 드러내자, 그를 본 이들이 주춤 물러선다. 그의 인상도 인상이지만, 그의 뒤를 따르는 십여 명의 험악한 인상의 사내들 탓이다.

그러나 몇몇 이들은 빠르게 다가와 그를 향해 허리를 숙인다.

"좋은 아침입니다, 무라모토 씨!"

"식사는 하셨습니까!"

"하하. 그래요. 다들 밤새워 안녕하셨습니까?"

이나가와카이의 고위 간부이자, 긴자의 왕인 무라모토 류노스케. 이나가와카이의 보호를 받는 상인들은 당연히 그에게 허리를 굽힐 수밖에 없었다.

그러나 그의 푸근한 미소 때문인지 상인들의 얼굴에선 공포를 찾아볼 순 없었다.

그렇게 점심을 먹기 전의 순찰을 돈 무라모토가 뒤를 바라본다.

"슬슬 점심 먹자. 뭐가 좋겠냐? 오늘은 도시락 말고……응?"

매일이 고민일 수밖에 없는 점심 메뉴.

1월이 되며 날이 더 추워져서 그런지 따끈한 국물이 생각나던 무라모토는 맨 끝에서 불만 어린 표정을 짓는 어린 조직원의 모습을 발견하곤 피식 웃었다.

그 모습에 고개를 돌린 무라모토의 부하들은 얼굴을 와락 구겼다.

"이 자식이 미쳤나."

"얼굴 안 펴, 이 자식아?"

"아아, 됐어. 어이, 료마."

"예, 예!"

"내가 맥없이 상인들과 하하호호 웃는 게 마음에 들지 않는 거냐?"

"……."

대답을 하지 않는 게 대답이었다.

무라모토는 얼마 전 입단한 막내에게 다가가 어깨를 붙잡았다.

"무, 무라모토 형님!"

"나도 너와 같은 시기를 보냈기에 알고 있다. 지금 네가 무슨 생각을 하는지. 그러니 다른 말 안 하마. 일단 날 믿고 지켜봐."

그러면 알게 될 거다. 저들 상인이 있어야 자신들 야쿠자도 있는다는 걸 말이다.

"……예."

"좋아! 그럼 오늘 점심 메뉴는 막내가 정하는 걸로 할까?!"

"너 이 자식, 젊은 놈이라고 파스타나 뭐 그런 거 고르면 죽는다."

"도시락은 물렸다. 다른 거 뭐 없어?"

"으힉?! 그, 그게……."

안절부절못하는 막내의 모습에 낄낄거리며 돌아선 무라모토가 한숨을 내쉰다.

'옛날 같았으면 저런 애송이들은 내 얼굴을 쳐다보지도 못했을 텐데 말이야.'

자신이라고 이런 낯간지러운 말을 하는 게 좋을까.

저놈이 오랜만에 들어온 조직원이라 도망가지 않도록 하기 위해 성격에도 맞지 않은 똥꼬쇼를 벌이고 있는 것이었다.

그놈의 폭력단대처법과 폭력단배제조례가 야쿠자의 문화를 많이 바꿔 놓았다.

"참 옛날이 그리워……."

매일 밤 피와 폭력, 공포가 거리를 지배하던 옛날이 말이다.

지이잉! 지이잉!

"누구야?"

모르는 전화번호.

의아해하던 무라모토가 눈을 번쩍 뜬다.

'설마?'

얼마 전 엄청난 양의 마약을 사들이기 위해 일본으로 넘어왔다는 한국의 태흥그룹. 그러나 돈을 너무 뿌리고 다니는 탓에 이쪽에서 접대할 틈조차 주지 않았던 놈들.

무라모토는 다급히 전화를 받았다.

"예. 무라모토입……."

-저, 저 반깜의 응우옌 콴입니다. 사, 살고 싶어서 연락드렸습니다.

무라모토의 눈이 가늘게 떠졌다.

쪼르르르! 텅!

돌에 부딪치는 대나무 분수의 소리가 고풍스러운 저택.

이나가와카이의 본단, 무릎을 꿇은 무라모토가 일본도에 기름을 먹이는 노인을 향해 고개를 숙인다.

"한구레가 동남아 놈들과 붙는다고?"

"예. 내부자의 정보도 정보지만, 조사해 본 결과 나카노 타이가가 다른 한구레 조직들을 시부야로 불러들이고 있고, 반깜의 보스가 다른 동남아 조직들과 접촉을 하고 있는 정황을 발견할 수 있었습니다. 5대."

이나가와카이의 5대 회장인 우치보리 지로.

톡!

기름을 다 먹인 건지 날을 확인한 노인이 고개를 끄덕인다.

"도쿄가 불바다가 되겠군."

"내부자의 정보에 따르면 반깜의 보스가 나카노 타이가의 마약 공장과 한구레 보스들의 연회장을 습격할 거라고 합니다."

"놈이 정보를 전한 이유는?"

"본디 응우옌 콴이란 놈이……."

응우옌 콴이 말한 것과 그 본인이 따로 조사한 것들을 버무려 말한 무라모토.

그 설명에 노인이 고개를 끄덕인다.

제아무리 10억 달러짜리 거래를 들고 온 놈이라고 해도 그런 실패를 한 이상 살려 둘 이유가 없었다.

응우옌 콴이란 놈도 그걸 깨달은 것 같다.

"경시청에 연락해 본 결과, 그들도 이번 일에 대해선 잘 모르고 있는 것 같았습니다."

아니, 정확히는 반깜과 한구레와 연결된 경찰들의 움직임이 약간 부산해졌다는 게 자신들과 연결된 경찰들이 한 말이었다.

"또한 여유가 있는 모든 경찰 병력과 소방관들 역시 할리우드 영화의 촬영을 지원 나간다고 합니다. 시부야와 미나토구 공장 단지가 그 장소랍니다."

경시청에 촬영 협조로 명목으로 무려 10억 엔을 투척했다는 할리우드 영화사. 경시청 형사부 경찰들뿐만 아니라 경찰특공대인 SAT까지 촬영 지원을 나간다고 한다.

즉, 내일부터 며칠 동안 도쿄의 치안 유지에 엄청난 구멍이 생긴다는 뜻이었다.

"……기회군."

기회다. 그동안 빌어먹을 경찰들 때문에 뺏기고도 손가락만 빨아야 했던 것들을 다시 찾아올 기회.

그리고 10억 달러어치 마약 거래를 성사시킬 수 있는 기회.

이나가와카이의 장구한 역사를 모두 뒤져 봐도 그 유례를 찾아볼 수 없는 액수. 반깜과 한구레가 사라지면, 그 거래 역시 자신들의 차지다.

스르릉! 탁!

날카로운 눈으로 칼을 칼집에 갈무리한 노인이 칼을 앞으로 내민다.

스스슥!

재빨리 무릎걸음으로 다가와 양손으로 칼을 공손히 잡는 무라모토.

"무라모토."

"예!"

"모두 되찾아 와라."

빼앗겼던 사업체와 명예, 영광 모두.

"경찰은 내가 막겠다."

"예–!"

이나가와카이가 움츠렸던 몸을 펴는 순간이었다.

* * *

–지금 습격합니다.

'좋군.'

응우옌 콴의 문자를 확인한 무라모토가 누군가에게로

전화를 건다.

"반깜이 나카노 타이가의 마약 공장을 지금 습격한다고 한다, 코지마."

-예. 잘 처리하겠습니다.

"그래. 맡기마."

통화를 종료한 순간 또다시 핸드폰이 울린다.

"나야."

-반깜이 시부야에 모습을 드러냈습니다!

나카노 타이가와 도쿄에서 기생하는 한구레 조직 보스들이 회합을 하는 장소인 시부야.

'됐어.'

"알았다. 우리가 갈 때까지 지켜보고 있어."

-예!

핸드폰을 갈무리한 무라모토가 뒤를 바라본다.

흉흉한 표정을 짓고 있는 이나가와카이의 조직원들.

"우리도 가자."

"예!"

드르륵!

승합차에서 내린 무라모토가 주변 차들에서 내리는 수십 명의 조직원을 일견하며 잠시 어두워진 밤, 도심가의 공기를 깊게 들이마신다.

한구레와 반깜에게 많은 부분을 뺏겨야 했던 시부야.

본단이 있는 롯폰기에서도 뺏겨야 했던 그들.

이제 그 모든 것을 되찾는 것이다.

무라모토의 전신에 흉흉함이 감돌기 시작한다.
쾅! 쾅쾅!
"……요란하구만."
"할리우드라고 하지 않습니까."
고개를 끄덕인 무라모토가 회장이 준 칼을 꽉 잡는다.
"가자."
"예!"
뚜벅뚜벅뚜벅!
"으헉! 야, 야쿠자!"
"코스프레인가?"

기겁하며 물러나거나 상황을 파악 못하고 눈을 빛내는 취객들이 가득한 시부야.

약간을 걸어 소란이 일어나는 건물 앞에 도착하니 대기하고 있던 십여 명의 이나가와카이 조직원들이 허리를 숙인다.

"30분 전에 올라갔습니다."
"대충 끝났겠군."

고개를 끄덕인 무라모토는 건물 위로 걸음을 옮겼고, 곧 지독한 피 냄새와 피로 칠갑된 공간이 그를 반긴다.

그리고 이쪽을 보며 얼굴을 와락 구기는 람과 반캄 조직원들.

'역시 숫자가 부족했나?'

도살되기 직전의 짐승처럼 람에게 머리채가 잡혀 있는 나카노 타이가와 벌레처럼 바닥을 기는 한구레의 보스와 조직원들.

　무라모토는 피와 기름으로 범벅이 된 도끼를 쳐드는 람을 보며 입을 열었다.

"우리 서로 말은 필요 없겠지?"

"……저 새끼들도 죽여-!"

"근처에 경찰이 있다. 총만 쏘지 마."

"예!"

"우아아아아아!"

　피와 고함이 다시 터지기 시작한 공간에 바닥을 굴러다니는 람의 핸드폰만이 외롭게 울리기 시작했다.

* * *

"레디! 액션-!"

카메라와 조명 기구들이 가득한 거리.

이리저리 돌아다니는 외국인들을 사이에 서서 그들을 바라보던 종혁이 혀를 내두른다.

"휘유."

"저들이 모두 배우라고?"

그의 곁으로 다가온 무로이 코헤이의 말에 종혁이 고개를 끄덕이다 그의 옷차림을 보곤 뿜어 버린다.

"큭큭큭!"

"종혁……."

"와, 진짜 잘 어울리네요."

두꺼운 패딩에 목도리, 귀마개와 마스크, 선글라스. 거기다 화룡점정을 찍는 찢어진 청바지까지.

평상시 그를 생각하면 상상조차 하지 못할 옷차림이다.

하지만 어쩔 수 없다. 몇 미터 바깥에 경시청의 형사들과 SAT 특공대원들이 혹여 사고가 터질까 눈을 부라리고 있기 때문이다.

"할리우드는 아니고, 스페인이요."

스페인의 다비드 파밀리아에게서 부모에게 버려졌다 범죄자들에게 입양된 한국인 피해자들을 구하기 위해 고용을 했었던 다큐멘터리 영화감독.

이번 국제 영화제에서 바르셀로나 윤락가 여성들의 삶을 담은 영화로 상을 받으면서 일약 스타가 된 감독이지만, 도움을 요청하니 고맙게도 곧바로 날아와 주었다.

"아, 그 영화. 얼마 전에 봤지."

약혼녀와 함께 봤었고, 꽤 적나라하게 담은 매춘부들의 삶에 약혼녀가 눈물을 펑펑 쏟아 낸 모습이 아직도 기억에 생생히 남아 있다.

"그 감독이었군······."

감탄을 하던 무로이 코헤이가 돌연 종혁을 어이없다는 듯 바라본다.

'세계적 거장까지 데려오다니······ 대체 이번 수사에 얼마를 쓴 거지?'

반깜과 이나가와카이 등을 속이기 위해 박성광이 쓴 돈과 이를 지원하기 위해 나선 일본 경시청과 한국 외사국 형사들의 수사 비용 또한 종혁이 전액을 부담했다.

정확히는 몰라도 최소한 수백억 이상은 썼을 것이라 추정됐다.

정말 입이 다물어지지 않았다.

'우리 경시청, 아니 현경들까지도 이런 수사를 해야 할 텐데……'

그렇게만 할 수 있다면 일본의 전역의 범죄율을 급감시킬 수 있지 않을까.

태흥그룹이 무슨 일로 종혁에게 쩔쩔매는지 모르겠지만, 그것처럼 야쿠자들에게 완벽히 목줄을 채울 수 있지 않을까.

무로이 코헤이는 잠시 꿈조차 꿀 수 없는 생각을 해 본다.

지이잉!

갑자기 울리는 핸드폰을 본 종혁이 눈을 빛낸다.

"응우옌 콴이 나카노 타이가의 마약 공장을 급습하러 출발했답니다."

움찔!

지이잉! 지이잉!

이후 잇따라 울리기 시작한 종혁과 무로이의 핸드폰.

람이 시부야에 나타났다는 것과 이나가와카이 역시 움직였다는 정보였다.

둘은 눈빛을 가라앉혔다.

"슬슬 시작해야겠군."

고개를 끄덕인 종혁은 감독에게 다가갔다.

"감독님."

"아, 형사님!"

자신의 은인이자 스페인 매춘부들을, 납치와 협박에 의해 어쩔 수 없이 매춘부가 된 여성들의 삶을 구원하고, 그들을 위한 법률이 재정될 수 있게 만든 스페인의 은인이 연결시켜 준 형사.

자신의 영화가 개봉 된 이후, 스페인뿐만 아니라 전 세계에서 그런 범죄에 의해 매춘부가 된 수많은 이들이 구해졌고, 현재도 구해지고 있다.

아무것도 모르는 사람들은 자신을 구원자라 칭했지만 그녀들을 구원한 건, 그녀들을 위한 법안까지 통과될 수 있도록 만든 건 바로 이 한국 형사를 연결시켜 준, 아직도 얼굴조차 모를 사람이었다.

정말 존경할 만한 인물이고, 무엇보다 자신의 꿈을 이룰 수 있도록 도와준 은인이었다.

그 평생의 은인을 위해서라면 스페인에서 일본까지도 한달음에 달려올 수 있었다.

"슬슬 폭탄을 터트리고 이동하죠."

반깜과 한구레, 이나가와카이가 함께 어울리는 도로를 통제하기 위한 이동을.

하품을 하고 있는 저 일본 경찰들을 옮기기 위한 이동을.

"……예."

"다시 한번 협조해 주셔서 감사합니다."

"나쁜 놈들을 때려잡기 위해서라고 했죠? 이런 일이 있으면 언제든 불러 주십시오."

그 역시 어려운 이들에게 도움을 줄 수 있는 일이기에.

표정이 단단하게 굳는 감독의 모습에 고맙다는 듯 고개를 끄덕인 종혁은 뒤로 물러섰고, 감독은 메가폰을 잡았다.

"10분 뒤 마지막 신 촬영하고 이동하겠습니다! 모두 다시 한번 점검해 주세요!"

종혁은 물러섰고, 이내 곧 통제된 공간 안에 있던 차들이 폭발을 하며 튀어 올랐다.

꽈과과과광!

* * *

삑! 삐익! 삑!

촬영팀이 두 개로 나뉘어 한 팀은 나카노 타이가의 마약 공장이 있는 미나토구의 공장 단지로, 다른 한 팀은 시부야 깊숙한 곳으로 향한다.

그에 경찰들이 다급히 시민들을 카메라 바깥으로 밀어낸다.

"악! 잠시만요!"

"하하. 협조 부탁드립니다."

"여기 있다가는 다칩니다."

어느새 조용해진, 그러면서 촬영 준비로 부산해진 시부야의 거리.

그 순간이었다.

타아앙!

"어?"

"응?"

대기를 찢는 이상한 굉음에 가장 먼저 반응한 건 경찰이었다.

일반 폭죽과 다른 소리. 방금 터진 특수 폭발과 다른 소리.

'총소리!'

그들의 시선이 한곳으로 향하고, 몇 명의 경찰들이 홀리듯 소리를 쫓아 움직인다.

그러자 들리기 시작한, 보이기 시작한 광경.

"우아아악! 아아악!"

쿠당탕! 콰당탕!

건물 안에서 들려오는 익숙한 소리들과 그 건물 앞에 모여 있는 시민들.

콰장창!

"꺄아악!"

"빌어먹을!"

위에서 부서진 유리창이 바닥으로 쏟아지자 그들은 다급히 무전기를 잡는다.

"과장님, 카미노입니다! 지금 여기서 대규모 폭력 사건이 발생했습니다!"
-뭐야?! 어디서!
"엔도…… 엔도빌딩입니다! 어떻게 할까요?!"
-엔…… 도? 잠깐, 거기는……. 이, 있어 봐!
"과장님?"
놀란 경찰은 다른 부서 소속의 경찰들을 봤고, 그들 역시 자신과 비슷한 답을 들은 듯 어리둥절한 반응을 보인다.
'어떻게…… 해야 하지?'
눈앞에서 사건이 발생하고 있는데도 진입을 할 수 없는 상황.
"일단…… 시민들부터 통제하죠."
"예!"

한편 촬영 현장 지원을 나선 경시청의 과장이 입술을 깨문다.
'엔도빌딩이면 나카노 타이가 소유의 빌딩이야!'
그가 모시는 상사에게 뇌물을 상납하는 나카노 타이가.
그는 다급히 핸드폰을 꺼내 들었다.
"뭐라고?! 미나토구 공장 단지에서 총소리가 울렸다고?! 거, 거기는……!"
"무슨 개소리야! 총소리가 왜 울……!"
당황하며 소리치다 서로를 보는 몇몇 인솔자들.
누군가는 이나가와카이에게서 뒷돈을 받는 놈이고, 또

다른 놈은 동남아 조직들의 뒤를 봐주는 거 아니냐는 소문이 도는 놈이다.

서로가 서로를 인식하고 있는 그들.

이를 악문 그들이 다급히 각자 모시는 이들에게 전화를 하려는 순간이었다.

"모두 동작 그만."

쿵!

거세게 뛰는 심장을 땅바닥까지 떨어트리는 서늘한 저음.

그들은 마스크와 선글라스를 벗으며 이쪽을 향해 다가오는 이를 발견하곤 하얗게 질린다.

"무, 무로이 차, 참사관……!"

"다들 내 얼굴을 알고 있으니 다행이군. ……뭐하는 거지? 날 알아봤는데도 핸드폰들을 반납하지 않고? 쯧. 핸드폰들 수거해."

"예, 참사관님!"

그들을 향해 다가가는 경시청 형사부의 형사들.

"차, 참사관님! 잠시만……!"

빠아악!

"크악!"

버티려는 그들을 향해 폭력이 쏟아지고, 놀라 굳은 다른 인솔자들과 경찰들을 향해 무로이 코헤이의 차가운 눈빛이 닿는다.

"현 시간부로 엔도 빌딩 현장과 미나토구 현장은 내가

관할한다. 불만 있는 사람 있나?"

"어, 없습니다!"

"SAT 대장은?"

"……없습니다."

"좋아. 그러면 다들…… 뛰어가."

그리고 눈에 보이는 모든 범죄자들을 때려잡아라.

경시청 상부, 그것도 차기 경시총감의 자제이자 경시청 영웅의 명령이 떨어졌다.

촬영팀과 시민들을 보호하던 수백여 명의 경찰이 움직이기 시작했고, 그 모습을 카메라가 담기 시작했다.

"자, 그럼 우리도 움직입시다."

"흐흐. 예!"

종혁과 외사국 형사들도 입술을 비틀며 발을 뗐다.

그동안 전례 없던 대규모 검거 작전이 시작됐다.

* * *

"후욱! 훅!"

피투성이가 된 무라모토가 어깨에 박힌 도끼를 뽑아내며 거친 숨을 몰아쉰다.

'나이가 드니 이것도 힘에 부치는군.'

십대 후반, 고등학교를 관두고 투신했던 이나가와카이.

당시만 해도 매일같이 피를 봤음에도 다음 날 목욕 한 번이면 거뜬해졌는데, 이제는 조금만 빨리 걸어도 숨이

찬다.

"형님."

"아."

부하가 넘기는 물에 젖은 수건으로 얼굴을 닦은 무라모토가 발밑에서 꿈틀거리는 람을 바라본다.

"컥! 쿨럭! 컥!"

폐를 다친 듯 입에서 피를 뿜어내면서도 이쪽을 죽일 듯 노려보는 람.

비겁한 새끼라는 그의 눈빛에 무라모토가 씁쓸히 웃는다.

빠아악!

"이 멍청한 자식! 누가 총을 쓰라고 했냐!"

"무라모토 형님이 위험하신 것 같아서…… 죄, 죄송합니다!"

근처에 경찰이 있기에 총을 쓰지 말라고 했음에도 기어코 총을 쏜 막내 조직원.

하지만 어차피 이미 상황을 대충 파악하고 있을 경찰. 총을 쓰지 말라고 한 것은 최대한 트집 잡힐 거리를 없애기 위해서일 뿐, 이 정도는 어떻게든 무마할 수 있었다.

그럼에도 이토록 화를 내는 것은, 야쿠자의 세계에서 일대일에 끼어드는 것은 당사자들을 비겁한 자로 만드는 것이나 다름없었기 때문이다.

"됐어. 료마도 날 생각해서 한 일일 텐데. 하지만 료마."

"예, 예! 무라모토 형님!"

빠아악!

"으악!"

얼굴을 얻어맞고 바닥을 구른 막내 조직원이 당황해 쳐다보자 무라모토가 그의 멱살을 잡아끌며 얼굴을 험악하게 구긴다.

쿵!

그동안 단 한 번도 보이지 않았던 귀신 같은 얼굴.

"다시 한번 이딴 짓을 했다간 손가락 하나로 끝나지 않을 거다."

"예, 옛!"

대답이 마음에 들었다는 듯 고개를 끄덕인 무라모토가 핸드폰을 든다.

"나다."

-여긴 끝났습니다. 곧 합류하겠습니다.

"그래, 수고했다. 이따가 보자."

짜아악!

박수를 쳐 시선을 모은 그.

"모두 그동안 수고 많았다!"

오늘은. 특히나. 정말로.

그동안 야쿠자도 아닌 놈들에게 영역과 사업체를 뺏기다 못해 명예까지 똥통에 처박힌 게 몇 년이던가.

그동안 정말 잘 참아 줬고, 오늘 잘 분출시켰다.

"그러니 얼른 씻고 축배를 들자! 잃었던 것을 다시 찾은 오늘을 기리기 위해-!"

"……예, 형님!"
"크흑! 수고하셨습니다, 형님!"
'멍청한 놈들.'
이 좋은 날 왜 우는 것일까.
그러나 그렇게 생각하는 무라모토도 눈시울이 뜨거워진다. 그는 그걸 감추고자 몸을 돌렸다.
"본단에 연락해서 여기 정리하라고 해. 그리고 차도 대기시키고."
"미리 연락해 놨습니다. 이제 곧 도착할 겁니다."
"아아."
고개를 끄덕인 무라모토는 고급 술집 바깥으로 걸음을 옮겼다.
웬만해선 이곳에서 대기하고 싶지만, 피 냄새가 너무 진해서 속이 울렁거렸다.
철벅철벅!
계단을 짓밟은 피 젖은 구두.
점점 맑은 공기가, 시부야의 탁한 공기가 콧속으로 밀려들자 무라모토가 담배를 문다. 그러자 그의 뒤에서 나오는 라이터.
찰칵! 치이익!
"후우우. 흠. 그런데 좀 조용하군."
방금까지 사방에서 터지는 고음과 굉음에 귀가 먹먹해진 것도 있지만, 이 시간 시부야의 거리라고 할 수 없을 만큼 조용하다.

"영화 촬영 구경을 가서 그런 게 아니겠습니까?"
"그렇겠군."
지이잉! 지이잉!
"도착했나 봅니다."
"음."
담배 연기를 다시 내뿜은 무라모토가 1층 계단에 발을 내딛는 순간이었다.

오싹!
갑자기 온몸을 엄습하는 차가운 한기.
의아해하며 결국 한 발 더 발을 내디딘 그는 멈춰 설 수밖에 없었다.

촤라라락!
건물 입구를 동그랗게 감싼 채 그들을 향해 소총의 총구를 겨누는 검은 옷의 사신들.
"S, SAT! SAT가 어떻게 여기에!"
'이래서-!'
거리가 조용했던 것이다.
SAT 뒤에 있는 경시청의 형사들과 그 뒤에서 수군거리는 일반 시민들.
"형님! 어서 위로!"
"……됐어."
이미 경시청이 이 건물을 포위했다. 자칫 허튼짓을 했다간 벌집이 될 상황.
이를 악문 무라모토가 부하들이 앞을 가로막는 틈을 타

다급히 핸드폰을 든다.
'결국……!'
뚜루루! 뚜루루!
-내가 이 번호로 먼저 연락하지 말라고 했을 텐데?
"저도 이렇게 연락드리기 싫었지만, 나서 주셔야 할 상황이라서 말입니다. SAT가 제 앞에 있습니다."
-……쯧! 알았어. 바꿔.
고개를 끄덕인 무라모토가 SAT를 바라본다.
"여기 대장이 누구지?"
"난데? 무슨 일이냐?"
"내가 아는 분께서 당신과 통화를 하고 싶어 하셔서 말이야. 받아 보는 게 좋을걸?"
"흥! 야쿠자들 따위가……."
"괜찮습니다. 받으십시오."
쿵!
순간 대장과 무라모토의 몸을, 아니 거리 전체를 얼어붙게 만드는 저음.
뚜벅뚜벅뚜벅!
고요해진 공간을 울리는 구둣발 소리가 가까워지더니 SAT 대원들이 길을 트고, 그렇게 만들어진 길 사이로 어느새 코트를 입은 무로이 코헤이가 모습을 드러낸다.
'무, 무로이 참사관?! 아, 안 돼!'
파랗게 질린 무라모토가 반사적으로 핸드폰을 양손으로 잡고, 무로이 코헤이가 품에 손을 집어넣는다.

꽈아앙!
"크아악!"
"형님!"
"아아아악! 해, 핸드폰! 핸드폰-!"

어깨가 꿰뚫려 넘어졌음에도 바닥에 떨어진 핸드폰을 향해 손을 뻗는 무라모토.

그럴 수밖에 없다. 저 핸드폰이 무로이 코헤이에 들리는 순간 상상조차 하기 싫은 일이 벌어지기 때문이다.

그러나 계단을 튕긴 핸드폰은 난간에 부딪쳐 무로이 코헤이 쪽으로 날아갔고, 무로이 코헤이는 바닥에 널브러진 핸드폰을 집어 귀에 가져갔다.

"경시청 형사부 참사관 무로이 코헤이다. 귀관의 이름은?"

-뚜우! 뚜우! 뚜우!

"쯧."

전화를 끊었다고 해도 상관없다. 어차피 번호가 남아 있는 한 독 안에 든 쥐일 뿐이었다.

무라모토의 핸드폰을 증거물 봉투에 넣어 주머니에 집어넣은 무로이 코헤이는 뒤를 따르는 형사들을 보며 일갈했다.

"체포해. 반항 시 발포를 허락한다."

"예!"

총을 꺼내 들며 달려드는 경시청 형사들의 모습에 이나가와카이의 한 축, 무라모토 파벌의 조직원들은 절망하고 말았다.

삑! 삐익! 삑! 삑!
삐요오오옹!
수십 대의 경찰차와 구급차들이 나타나고, 수백 명의 경찰이 거리를 통제하는 엔도빌딩 앞.
후다다닥!
"우욱!"
"우웨웩!"
위에서 뛰어 내려온 젊은 형사들이 벽을 붙잡고 구역질을 하고, 느릿하게 도착한 종혁이 혀를 내두른다.
"아이구. 피바다가 펼쳐져 있나 보구만?"
고작 잠깐 있다 온 젊은 형사들의 몸에서 진한 피 냄새가 난다. 위에 어떤 현장이 펼쳐져 있을지 굳이 보지 않아도 알 것 같은 수준의 피 냄새가.
"비키세요! 비켜!"
들것에 사람을 든 채 다급히 뛰쳐나오는 구급대원들.
"크륵! 크륵!"
종혁은 피거품을 토해 내는 람을 보며 혀를 찼다.
'병원에 도착하기 전에 뒈지겠네.'
입가에 가득한 피거품을 보니 폐가 뚫린 것 같다.
부디 하늘이 도와 무사히 치료를 받고 사형대 위에서 죽길 바랄 뿐이다.
"⋯⋯고마워."

"응?"

종혁이 뜬금없는 말을 하는 무로이 코헤이를 본다.

람에게서 시선을 거둔 무로이 코헤이의 얼굴이 방금 전보다 더 진지해져 있다.

"내가 지금 얼마나 고마운지 종혁 넌 모를 거야."

도쿄를 어지럽혔던 한구레와 반깜, 그리고 이나가와카이.

이들을 박살 낸 것도 모자라 이들의 뒤를 봐주던 벌레들을, 경찰도 아닌 것들마저 징치할 수 있게 됐다.

자신이 종혁에게, 일본 경찰이 한국 경찰에게 평생 갚아도 갚을 수 없는 빚을 진 거다.

"어이구, 됐습니다. 그런 말 할 시간에 저 야쿠자 새끼들을 조질 생각이나 하세요."

이대로 정말 모든 게 끝일까.

아니다. 이나가와카이는 무라모토와 그 일파의 일탈이라며 꼬리를 자를 것이고, 반깜과 한구레, 이나가와카이의 뒤를 봐주던 놈들도 오리발을 내밀 거다.

잘해 봐야 이나가와카이를 반토막이나 낼 수 있을까.

"……걱정 마. 이번 일엔 아버지가, 무로이 가문이 움직일 생각이니까."

"오?"

경찰 명문가 무로이가. 그들이 그동안 쌓아 온 인맥이라면 퍽 기대를 해 봐도 될 것 같다.

종혁은 고개를 끄덕였다.

"그럼 난 미나토구에 가 보겠습니다. 인터뷰 잘해요."

무로이 코헤이의 어깨를 두드리는 종혁의 눈빛이 묵직해진다.

일본에서 벌어진 일이니 일본 경찰이, 경찰 영웅이 인터뷰를 하는 게 옳은 것도 있지만 이 인터뷰가 그들이 생각한 공개 처형의 피날레이기 때문이다.

이번 작전에 대해 A부터 Z까지 모두 설명해야 하는 인터뷰.

이는 이번 상황을 지켜보고 있을 다른 야쿠자들에게, 한구레에게, 외국계 조직들에게 보내는 협박이자 경고다.

어둠에 기생하는 버러지들아, 다시 도쿄로 기어 들어올 기생충들아, 명심해라.

오늘 일을 잊지 마라.

언제 우리 경찰이 너희의 사이를 흔들고, 집어삼킬지 모르니.

서로가 서로를 믿지 못하게 할 지독한 협박.

앞으로 그들은 서로를 더 의심하게 될 것이고, 그로 인해 활동은 제약받게 될 거다.

이것이 이번 작전의 궁극적인 목표였다.

"……그래."

"그럼 갑니다. 일 끝나면 연락 줘요. 술 한잔 찐하게 해야지."

손을 흔든 종혁은 시부야를 벗어나 미나토구의 공장 단지로 향했다.

* * *

웅성웅성!

경찰들이 여기저기를 돌아다니는 나카노 타이가의 마약 공장.

완간서 형사들이 폴리스라인 너머의 미타서 형사들을 흘깃 쳐다보며 입맛을 다신다.

'조금만 더 일찍 충돌했더라면 콩고물이라도 떨어졌을 텐데!'

거리상 매우 인접한 곳에 위치해 있는 미타경찰서와 완간경찰서.

그러나 엄연히 미나토구의 관할은 미타서이기에 어차피 사건을 이관해야 했겠지만, 조금만 더 빨리 왔더라면 부스러기 정도는 얻을 수 있었을 것이었다.

"그런데 여기 시끄럽다는 제보가 우리한테도 들어오지 않았어요?"

"서장이 부장한테 전화해서 막았잖아."

"……왜 그랬대요?"

"내가 알아?"

완간서 형사들은 몰랐다.

현재 안을 돌아다니는 미타서 형사들도, 무로이 코헤이

가 진두지휘를 하자마자 뒤늦게 출동하게 된 미타 경찰서 경찰들 역시 같은 말을 하고 있다는 걸 말이다.

"에휴. 부스러기도 얻어먹지 못할 것 같으니 우린 이만……."

부르릉!

"어, 어? 어, 어이! 정지, 정지!"

누가 봐도 그들을 향해 다가오는 승합차와 승용차.

차에서 내린 종혁이 앞을 막는 완간서 형사들을 향해 경찰공무원증을 보여 준다.

"이번 한일 합동 수사본부의 한국 측 인솔자인 최종혁 경무관입니다."

"앗! 최 경무관님!"

혹시 모를 사태를 위해 은밀히 스태프 사이에 섞여 있다가 상황이 터지자 현장 지휘를 맡게 된 무로이 코헤이의 부하 형사가 폴리스라인을 뛰어넘으며 헐레벌떡 달려온다.

"아, 미나모토 경부보."

"시부야는 어떻게 됐습니까?"

"어떻게 되긴 어떻게 돼요."

수십 정의 소총이 겨누는데 야쿠자 할아비라도 어쩔 수 있을까. 그걸 무시하고 달려드는 놈은 정말 미친놈이라고 봐야 했다.

"그리고 반깜의 마약 공장과 사업체들도 형사부가 움직여 급습하고 있답니다."

원래라면 그곳에 가야 했지만, 수거를 해야 할 놈이 여기 있기에 어쩔 수 없었다.

"휴우우. 아, 완간서도 수고했습니다."

"……예이. 그럼 수고하십쇼."

종혁과 한국 형사들이 멀어지는 완간서 형사들을 보며 살짝 눈을 빛낸다.

"저분들이 완간서 형사분들이십니까?"

"음? 한국분이 그런 거까지 어떻게…… 아, 춤추는……."

경찰과 경찰 조직의 모습을 현실적이면서도 유머러스하게 연출한 드라마이자, 이후 영화화까지 된 춤추는 수사선.

경찰의 애환을 듬뿍 담은 그 작품의 이야기는 한국의 경찰과도 일맥상통하는 부분이 많았기에, 한국 경찰들 사이에서도 베스트셀러로 통했다.

"아, 사진이라도 찍어야 하는데……."

"됐어. 일하는 사람 방해하는 거 아냐. 특히나 지금 같은 상황에선 더욱더."

"쩝. 그렇기는 하죠. 어린애가 아이스크림 뺏긴 격이니까. 하, 그래도 아쉬운데……."

"부국장님, 돌아갈 때 완간서 배경으로 한 방 어떠십니까?"

"콜!"

당연히 콜이었다.

종혁은 키득키득 웃는 형사들을 일견하며 무로이 코헤

이의 부하 직원을 봤다.
"저희가 안을 둘러봐도 되겠습니까?"
"아, 그럼요!"
그렇게 폴리스라인을 넘어 공장 안으로 들어선 종혁과 외사국 형사들이 낯빛을 굳힌다.
"휘유."
눈앞에 펼쳐진 피바다.
여기도 피, 저기도 피에 그들은 고개를 저을 수밖에 없었다.
"혀, 형사님! 여기다, 여기!"
"……어이구. 저놈은 왜 또 저기 있어?"
종혁과 외사국 형사들은 공장 한구석에서 수갑을 찬 채 쭈그리고 있다가 환하게 웃으며 손을 흔드는 응우옌 콴과 그 옆에 널브러져 꿍얼거리고 있는 덩치를 보며 어이없다는 듯 웃었다.
수거해야 할 놈이 경찰차가 아니라 피바다 속에 있었다.

"……그러니까 이놈도 한국에서 처벌받게 해 달라고?"
"무, 물론 가능하다면…… 부탁드리겠습니다!"
허벅지를 찌르긴 했어도 밑바닥에서부터 함께 구른 친구다.
아무런 연고도 없는 일본보다는 그래도 영치금을 두둑하게 받을 자신과 함께 있는 게 덩치에게도 좋은 일이었다.

그런 말에 종혁이 덩치를 가만히 바라본다.
"네 생각은?"
"……부탁드리겠습니다."
이렇게 함께 있는 동안 사정을 모두 들었다.

그 자신이 친구의 입장이라도 협조를 했을 상황. 그렇다고 한들 용서하긴 힘들지만, 람과 얽혀 사형을 당하는 것보다는 나았다.

분명 일벌백계의 의미로 사형이 집행될 것이 분명한 상황. 아니라고 해도 일본 최악의 교도소나 베트남으로 송환될 거다.

"오케이. 이놈한테도 표딱지 붙여요."
"예."
한국으로 가져갈 물건이라는 표딱지.

응우옌 콴이 열심히 협조해 준 덕분에 일이 쉽게 풀렸다. 이 정도는 얼마든지 해 줄 수 있었다.

그렇게 응우옌 콴과 덩치를 외사국 형사들에게 맡긴 종혁은 마약 제조 공장 이곳저곳을 훑어보기 시작했다.

"정지."
"아, 그냥 보여 드려."
"예."

막아서던 형사가 비켜서자 안으로 들어선 종혁이 다시 한번 혀를 내두른다. 여기까지 격전의 현장이었다는 듯 여기저기 비산혈이 뿌려진 것 때문이 아니다.

"이게 다 얼마야……."

족히 수백억 원은 될 법한 양. 한쪽에 쌓여 있는 원료의 양까지 따지면 천억도 우스울 듯싶다.

툭!

"응?"

발치에서 걸리적거리는 박스를 쳐 내려던 종혁이 눈을 깜빡였다.

꽤 낯이 익은 로고의 박스.

"이게 여기도 있네? ……그것도 이렇게 많이?"

응우옌 콴의 마약 공장에서도 발견했던 로고의 박스.

종혁은 의아해했다.

2장. 형사수사국

형사수사국

"……재밌네."
"뭐가요?"
"이 박스."
"예?"
반깜의 마약 공장.
람이 모든 조직원을 싹 다 끌어모아 습격에 나섰기에, 텅 비어 있던 반깜의 마약 제조 공장을 살피던 종혁이 한쪽 구석에서 굴러다니는 박스를 발로 툭툭 건드린다.
"이게 왜 여기에도 있을까?"
이런 놈들이 인터넷으로 뭘 시키기라도 한 듯 말이다.
"그것도 이탈리아 오픈마켓 기업의 박스가."
"아?"
검색을 해 보니 이탈리아의 오픈마켓 기업의 것이었던

로고.

 대체 이놈들이 이탈리아에서 뭘 시켰기에 이탈리아 오픈마켓 회사의 박스가 여기저기 굴러다니는 걸까.

 종혁은 몸을 돌리며 핸드폰을 들었다.

 "쿄 형, 지금 제가 보내 주는 로고의 박스만 추려서 최대한 빠르게 감식해 줄 수 있을까요?"

 종혁의 눈빛이 차갑게 가라앉았다.

* * *

 "그럼 전 이만 가 보겠습니다."
 "그냥 우리랑 같이 가지그래요?"
 "아, 아닙니다! 얼른 가서 회장님께 이 좋은 소식을 알려 드려야죠!"
 "……그래요, 그럼. 이번에 정말 수고했고, 2000억까지 맞춰 봐요."
 "가, 감사합니다! 충성을 다하겠습니다!"
 "저소득층을 위한 거라고 해서 대충 지을 거면 애초에 하지 말고."
 "물론입니다! 그럼! 택시!"
 택시를 타고 멀어지는 박성광을 가만히 응시하던 종혁은 한숨을 폭 내쉬는 현석의 어깨를 두드렸다.
 "수고했다."
 "아닙니더."

"그래. 가자. ……좀 쉬자."

모든 게 손바닥 위에 있었음에도 워낙 험악한 놈들이라 알게 모르게 긴장을 했던 이번 작전.

거기다 하룻밤을 꼬박 샜으니 좀 쉬어 줘야 했다.

그들은 종혁의 료칸 안으로 향했다.

        *   *   *

-지금 무로이 참사관이 경시청 형사부 형사들을 대동한 채 이나가와카이 본단의 문을 두드리고 있습니다!

어두워진 밤, 긴자의 어느 음식점.

생맥주를 들어 올리던 종혁과 외사국 형사들이 TV를 응시하다 웃음을 터트린다.

"이야, 저 양반 또 화장하셨네!"

"어쩌겠어. 경시청의 얼굴이라잖아."

지난 며칠간 일본 전역을 뒤집은 이번 사건, 그렇다 보니 무로이 코헤이 역시 카메라 앞에 자주 등장할 수밖에 없었다.

"부국장님은 안 하시잖아."

"몰랐어? 부국장님도 기자들 앞에 설 땐 해."

"그랬어?!"

"……그때그때 다르죠."

"으엑! 안 간지러우십니까? 난 그런 거 간지러워서 못 견디겠던데?"

-앗! 문이 열리고 있습니다!
"오?"
"호오?"
종혁을 은근히 바라보다 다시 TV를 본 외사국 형사들이 눈을 빛낸다.
모자이크는 어디로 간 건지 낱낱이 드러난 문지기의 얼굴.
"크! 일본은 이게 좋단 말이야."
범죄자의 인권 따윈 개나 줘 버리라는 듯 범죄자의 얼굴을 하나도 가리지 않고 내보내는 일본.
"왜? 우리나라도 이제 저러는데."
"아, 그렇지. 참?"
이 역시도 모두 종혁 덕분이다.
여러 사건들로 참 많이 날아가 버린, 범죄자의 인권 신장을 외치는 시민단체들과 인권단체들.
그 사건 대부분을 종혁이 진두지휘했다.
그에 발맞춰 2013년 올해부터는 기존의 성범죄자뿐만 아니라 2범 이상의 강력 범죄자들의 신상과 그 사는 곳 역시 인터넷에 개재되고, 주민들에게 문자가 발송될 예정이다.
강력 범죄자들에게 발찌를 채우는 법안도 통과됐다.
박명후 대통령이 대통령으로서의 권한을 마지막으로 휘두른, 마지막 업적이라고 할 수 있었다.
한 번은 실수라도 두 번부터는 고의.

한국은 점점 범죄자가 살기 팍팍한 나라가 되어 가고 있었다.
'이 역시도……'
다시금 몰리는 시선에 종혁의 얼굴이 살짝 붉어진다.
"왜요? 뭐?"
"크크큭. 아닙니다."
"자, 짠하죠!"
"짠은 사람들 다 오면 해야지. 그런데 이 양반들은 왜 이렇게……."
딸랑!
"거, 호랑이네그려."
"음?"
안으로 들어서다 몰리는 시선에 의아해하던 무로이 코헤이가 이내 그를 향해 쏟아지는 박수에 낯빛을 굳힌다.
짝짝짝짝짝!
"다들 수고하셨습니다!"
"이야, 얼굴 잘 나오시데요!"
"……크흠."
무로이 코헤이뿐만 아니라 함께 들어오는 경시청 형사부의 형사들에게까지 향하는 수고의 박수.
입술이 흔들린 그들은 이내 헛기침을 하며 빈자리들에 앉는다.
"어떻게 뉴스에 나오는 양반이 여기에 계실 수 있을까?"
"오늘 아침에 있었던 일인 거 알잖아."

즉, 지금 나오고 있는 뉴스는 오늘 아침 있었던 긴급 생방송 뉴스의 재방송이라고 할 수 있었다.

"몰라요. 그 시간에 자느라."

"쯧……."

"크크크."

장난이라는 듯 웃던 종혁이 표정을 진지하게 하며 무로이 코헤이의 잔에 술을 따른다.

"이제 다 끝난 거예요?"

"뭐, 대충은."

"이나가와카이는 어떻게 하기로 했어요?"

"일단은 유지. 무라모토를 비롯한 고위 간부 다섯만 구속하기로 했어."

그 구성원의 숫자가 1만여 명에 달하는 이나가와카이다.

지금 이나가와카이를 무너트렸다간 골치 아픈 일이 발생한다. 아직 일본엔 야마구치구미와 스미요시카이라는 다른 3대 야쿠자가 버젓이 존재하기 때문이다.

또한 그 외에도 야마구치구미와 스미요시카이의 아성을 위협하는 고베야마구치구미 등의 세력들까지.

그렇기에 경시청 상부에서도, 무로이 코헤이의 아버지 역시도 그러한 결정을 내릴 수밖에 없었다.

"대신 놈들의 뒤를 봐주는 버러지들은 모두 쳐 냈지."

무라모토와 람, 나카노 타이가의 핸드폰과 시부야에 영화 촬영 지원을 나왔던 몇몇 관리자들의 핸드폰, 그리고 최초 신고에 침묵했던 경찰서 관계자들의 모든 기록을 뒤져서 알아낸 벌레들.

그들 모두 이번 사건의 여파가 잠잠해진다면 옷을 벗게 될 거다.

"지금 옷을 벗겼다간 경시청 위상에 금이 가니까?"

"……그렇지."

씁쓸하지만 종혁의 말이 정답이다.

경시청의 위상을 높이기에도 바쁜 현 상황. 굳이 치부를 드러내 이번 업적을 깎을 필요가 없다는 게 상부의 생각이었다.

"그놈의 상부는 진짜……."

"어쩔 수 있겠어. 이젠 우리가 그 상부인데."

"그래서 그렇게 되지 않기 위해 노력 중입니다. 아, 그보다 그건 어떻게 됐어요? 박스."

무로이 코헤이의 눈이 빛난다.

"마약이 검출됐어."

움찔!

"호오?"

"그런데……."

"아, 그러지 맙시다. 진짜."

"다른 박스들에서도 박스 안에서 마약이 검출됐어."

송장이 붙어 있었다면 좀 더 자세히 알아볼 수 있었을 테지만, 박스 위에는 송장이 떼어진 흔적만이 남아 있었다.

"설마 아니겠죠?"

나카노 타이가가 마약 원료를 이탈리아의 오픈마켓 회사를 이용해 공급받고 있던 것은.
"그게 말이 되겠어?"
"……그렇죠?"
택배 회사에서도 분류라는 걸 하고, 항구나 공항에서도 수화물 분류를 한다.
최종적으로 수취인에게 전달되기까지 몇 번이나 반복되는 분류 작업.
이런 위험성이 높은 방법을 택한다는 건 상식적으로 말이 되지 않았다.
"쯧. 이건 제가 따로 알아봐야겠네요. 이탈리아에 아는 사람도 있고요."
"범죄학 교수님들?"
"빙고."
종혁이 익살스럽게 웃자 무로이 코헤이는 고개를 끄덕였다.
"수고했어요."
"다 끝나려면 아직 멀었지만……."
챙 술잔을 부딪친 둘은 미소를 지으며 술을 들이켰다.
"크으! 자자자! 다들 잔들 채우세요!"
"오!"
드디어 거국적인 건배다.
그들은 다급히 빈 술잔에 술을 채웠고, 종혁과 무로이 코헤이를 봤다.

"저희가 모두라고 하면…….."
"수고하셨습니다라고 후창을 하는 겁니다."
"모두!"
"수고하셨습니다-!"
채재쟁!
식당에 기분 좋은 소리가 울렸다.
누구 한 명 다친 사람 없이 무사히 수사가 종료됐다는 소리였다.

* * *

칼바람이 몰아치는 남해의 작은 무인도.
검은 옷을 입은 사람들이 선글라스로 가린 눈을 매섭게 뜨며 주변을 살핀다.
그런 그들의 눈에 들어오는, 바다를 가르며 이쪽을 향해 다가오는 요트 한 대.
부우우우웅!
원래는 유인도라는 듯 콘크리트로 만들어진 선착장에 멈춰 선 요트에서 종혁이 내린다.
한 손에 든 커다란 낚시 가방과 손에 쥔 낚싯대들.
뒤이어 내린 박명후 대통령과 현몽준 당선인, 그리고 홍정필 의원이 섬의 풍경을 보며 헛웃음을 터트린다.
선착장 인근에 커다랗게 지어진 2층 건물에 그들의 헛웃음은 더 짙어진다.

"요트에 무인도, 별장……."

거기다 때가 되면 국내든, 해외든 전용기를 타고 휴가를 떠나는 종혁.

"여기에 미녀들만 있다면 완벽한 리치 라이프군요."

"대통령님께서도, 당선인께서도 마음만 먹으면 얼마든지 하실 수 있지 않습니까?"

"이걸 짓는 게 문제겠습니까?"

유지하는 게 문제다.

관리해 줄 사람까지 포함하면 일 년에 최소 1억은 족히 나갈 유지비. 둘은 그런 낭비를 할 수 없다며 너스레를 떤다.

"두 분의 주머니 사정을 뻔히 아는데 앓는 소리 하시기는……."

"어흠흠."

"쉿! 쉿!"

누가 듣는다며 검지로 입술을 막는 그들의 모습에 종혁이 웃음을 터트리고, 이내 박명후와 현몽준도 장난이라는 듯 웃음을 터트린다.

"자, 어서 짐부터 풉시다. 시간이 없어요."

특히나 박명후 본인이 시간이 없다.

임기 말이라곤 하지만, 아직은 대한민국 대통령인 그. 별다른 스케줄 없이 1박 2일 이상 자리를 비웠다간 여러 나라, 특히 북한에서 레이더를 돌릴 거다.

그 말에 종혁이 한숨을 내쉰다.

"그러게 퇴임하신 후에 오셨으면 될 것을······."
"그땐 제가 시간이 있어도 최 치안감과 현 당선인이 없잖습니까."
언제나 사건을 쫓아다니느라 바쁜 종혁과 다음 달부터 국정을 운영해야 할 현몽준.
"전 앞으로 5년 동안 많이 있어요. 누가 4년 중임제를 택하신다면 좀 달라지겠지만!"
"국회의원이 시간 많다는 것도 좋은 말이 아닙니다, 홍 의원."
"오. 그래요? 그럼 어디 대통령님께서 시장이셨을 시절의 이야기를······."
"어허! 지나간 이야기는 하는 게 아닙니다. 어서 짐 풉시다. 시간이 없다니까."
냉큼 별장으로 들어가는 박명후의 모습에 종혁과 현몽준, 홍정필은 웃으며 뒤따랐다.

* * *

쏴아아! 쏴아!
시원한 파도 소리에 멍하니 낚싯대들의 끝을 바라보던 종혁이 순간 얼굴을 구기며 뒤를 본다.
지글지글!
"자, 건배!"
"건배!"

새하얀 천막 안, 솥뚜껑 불판 위에서 익어 가는 고기들과 막걸리를 가득 따른 잔을 부딪치는 세 사람.

"……낚시는 안 하십니까?"

"배가 고프잖습니까. 우리 같은 나이에 공복에 낚시하면 큰일 납니다. 안 그렇습니까, 홍 의원?"

"그럼요. 원래 이렇게 술로 몸을 데워야 당이 떨어지지 않는 법이죠."

"홍 의원은 쌈장에 마늘만 넣으면 되죠?"

"어이쿠. 내가 살다 살다 대통령 당선인의 쌈을 받아 봅니다. 뭐합니까, 최 치안감. 안 먹습니까?"

"놔두세요. 젊잖습니까."

'에라이.'

"젊어도 배가 고픈 건 마찬가지입니다."

"으하핫! 그래요. 어서 와요. 소주? 맥주?"

"소맥으로 주십시오."

"역시 최 치안감이 술을 마실 줄 안다니까요."

회귀 전 같았으면 감히 얼굴조차 맞댈 수 없는 위인들. 그들이 말아 주는 소맥을 언제 마셔 볼까.

종혁은 낚시야 될 대로 되라며 술잔을 받아 들었고, 이 순간만큼은 모든 걸 잊은 사람들끼리 기분 좋게 술잔을 부딪쳤다.

"크으."

술이 참 꿀맛이었다.

한 잔, 두 잔.

처음 명분으로 내세웠던 몸 데우기는 어디로 간 건지 천막을 벗어날 생각이 없었던 그들은 해가 저물어 갈 때까지 술을 마시다가 결국 별장으로 자리까지 옮기며 2차를 가졌다.

찰칵! 치이익!

별장 밖, 어둠에 물든 하늘을 바라보던 종혁이 헛웃음을 터트린다.

"낚시 중에선 겨울 낚시가 최고라는 말은 무슨……."

그것도 찬바람을 버틸 체력이 있어야 가능한 일이다.

국정 운영에 체력이 소진되다 못해 미래의 체력까지 끌어와야 했던 박명후 대통령과 딱히 운동을 따로 하지 않는 걸로 알고 있는 현몽준과 홍정필.

이럴 거라고 예상은 했는데, 정말 기대하던 낚시를 하지 못하자 좀 서운할 수밖에 없었다.

그나마 다들 말술이라는 것이 위안이라면 위안이었다. 아니었다면 혼자 쓸쓸히 시간을 보냈을 거다.

"아주 입들만 살았지요? 이해해요. 늙은 데다 정치인이기까지 한 사람들에게 입담이 없으면 어떻게 되겠습니까?"

"그런 생각까지는 안 했습니다만?"

"으허허. 그렇습니까?"

푸근히 웃는 박명후의 뒤로 현몽준과 홍정필이 나온다.

"아, 거 좀 비켜 보십시오. 나갈 수 없지 않습니까. 어이구. 역시 사람은 공기 좋은 곳에서 마셔야 해요. 이제야 좀 술기운이 올라오는 것 같습니다."

"이런 날에 박노형 전 대통령님도 함께했으면 좋았을 텐데……."

현몽준의 말에 박명후와 홍정필의 표정이 살짝 굳는다.

조희구 사건 때문에 박명후와 정치적 거래를 하며 일파의 정치인들을 쳐내며 은거를 택한 박노형 전 대통령.

아직도 열성적인 지지자들이 많은 그가 움직였다간 이번 모임이 탄로 날 위험이 있었다.

그래서 다음을 기약하기로 한 그들이지만, 이렇게 아무 생각 없이 술을 마시니 생각이 나는 건 어쩔 수가 없었다.

"그거야 좀 있다가 영상통화를 하면 되지 않겠습니까."

"속을 뒤집자고요? 난 찬성입니다."

"저도요."

나이가 들었음에도 참 아이 같은 분들이었다.

자신을 빠지겠다는 듯 슬쩍 물러서는 종혁. 그런 그를 바라보며 세 사람이 담배를 깊게 빨아들인다.

"형사수사국으로 가신다고요."

"예. 그렇게 됐습니다."

외사국에서의 마지막 사건이라고 생각했던 사건까지 해결했으니 더 이상 지체할 이유가 없었다.

그에 이미 조오현 경찰청장과 현 형사수사국장에게 양해를 구해 놓은 상태였고, 며칠 후 인사이동 결과가 발표되는 것과 동시에 치안감으로 진급하며 형사수사국장실로 출근하게 될 거다.

"최 치안감이 본청의 형사수사국장을 맡는다라……."

그동안 돈으로 후려치며 참 많은 국민들을 구해 내고 범죄자들을 잡아들인 종혁.

그러나 그동안 종혁은 직급이라는 고삐 때문에 거의 본인의 손이 닿는 부분만 간섭할 수밖에 없었다.

그런 고삐가 이제 완전히 풀리는 거다.

"이거 올해도 떠들썩해지겠군요."

"수고하세요, 현 당선인. 곧 내가 그동안 최 경무관 때문에 얼마나 고생했는지 알게 될 겁니다."

"이런……."

"아니, 제가 뭘 했다고…… 끄응."

종혁은 어떻게 그런 말을 하냐는 듯 쳐다보는 그들의 시선에 슬그머니 고개를 돌렸고, 세 사람의 푸근히 웃었다.

그것도 잠시다.

종혁의 낯빛이 굳어진다.

"놈들을 뿌리 뽑기 위해 제가 움직일 수 있는 손들이 많이 필요하기에 이런 결정을 내리게 됐습니다. 그러니 잘 부탁드리겠습니다."

이제 궁지의 코앞까지 몰린 놈들이라고 할 수 있다.

그 반격은 매서울 수밖에 없을 터. 현몽준뿐만 아니라 홍정필과 박명후의 도움이 필요할 수도 있었다.

쿵!

"……그래요. 그 벌레들."

회사란 놈들.
이 땅에서 뿌리를 뽑아야 할 놈들.
"그래요. 우리 뿌리를 확실하게 뽑아 봅시다."
종혁과 박명후, 현몽준과 홍정필은 서로를 바라보며 고개를 끄덕였다.
그들의 눈빛은 무척이나 뜨거웠다.

* * *

"이걸 이렇게 하면 올라간다고요?"
"예. 사진을 등록하고, 여기 아이콘을 누르면 사진이 업로드가 될 겁니다."
신안의 압해도, 요트에서 내리는 박명후의 물음에 종혁이 하나하나 가르쳐 준다.
이제 곧 야인으로 돌아갈 것이기에 퇴임 후 SNS로 지지자들과 소통을 하고 싶다고 밝힌 박명후 대통령.
그런 이유도 있지만, 자식들이 바쁘다고 가르쳐 주지 않는다고 울상을 짓기에 어쩔 수 없이 가르쳐 줄 수밖에 없었다.
"첫 게시물? 그것의 문구로 뭐가 좋을 것 같습니까?"
"이제 일반인이 된 박명후가 SNS를 시작하게 됐습니다. 많은 사랑 부탁드립니다?"
"오. 깔끔하니 좋군요."
"거 계정을 만들어 봤자 빨라도 2년 뒤에나 하시게 될 텐데, 지금 배우는 게 의미 있습니까?"

의미심장한 홍정필의 말을 가볍게 무시한 박명후가 손가락을 힘겹게 움직여 글을 작성한다.

"이렇게 하는 게 맞지요?"

"예. 그렇게 하시면 됩니다."

"허허. 쉽군요. 이게 뭐 어렵다고…… 아, 올라갔군요. 이러면 올라간 거 맞지요?"

"예?"

움찔!

종혁과 현몽준, 홍정필이 기겁하며 박명후의 핸드폰을 본다.

정말로 오늘 아침 잡은 도미를 손에 들고 환하게 웃고 있는 박명후와 그걸 보며 손뼉 치는 홍정필의 사진이 정말로 SNS에 등록되어 있음에 종혁과 현몽준, 홍정필은 입을 뻐끔거린다.

"허허. 내 현 당선인과 최 치안감을 생각해서 두 분은 빼 드렸습니다."

아니다. 이건 협박이다. 여차하면 네 명이서 찍은 사진을 확 올려 버리겠다는 귀여운 협박.

띠링! 띠링! 띠링!

"어이쿠! 이, 이게 왜 이러는……."

"지지자들을 비롯한 일반 국민들이 대통령님께서 계정을 만든 걸 알아차리고 팔로잉을 하는 겁니다."

아마 앞으로 몇 달은 이렇게 핸드폰이 울려 댈 거다.

형사수사국 〈131〉

"알람은 여기서 끄시면 됩니다."
"오!"
알림 소리가 멈추자 살겠다는 표정을 지은 박명후는 아직도 어이없어하는 현몽준과 홍정필을 향해 히죽 웃어 주었다.
"그럼 난 먼저 가 보겠습니다. 최 치안감도 나 퇴임하면 날 잡아서 봅시다. 어어. 그래, 비서실장. 왜? 아, SNS? 방금 만들었는데 왜?"
탁! 부르릉!
"아, 도망친다."
"나이를 올해 일흔네 개나 드신 양반이 참……. 현 당선인, 저 양반 검찰 수사 좀 합시다. 내 동의 하겠습니다."
"하고 싶어도 범죄 증거가……."
"왜 없습니까? 저 양반이 그동안 한 짓이 얼만데! 특검 갑시다, 특검!"
"어? 그거 저도 지원하면 되는 겁니까?"
"아, 최 치안감이 지원하는 건 좀……."
종혁이 맡았다간 어디로 도탄이 튈지 모른다.
어디 털어서 먼지 한 톨 안 나올 사람이 있을까. 대한민국의 모든 정치인, 기업가들이 교도소에서 모임을 가지게 될 확률이 너무 높았다.
"우리 천천히 합시다, 천천히. 최 치안감은 아직 젊어요."
'에라이.'

"커흠. 최 치안감은 어떡하시겠습니까? 우리랑 같이 올라가시겠습니까?"

"아니요. 오랜만에 신안도 왔으니 한 바퀴 둘러보고 올라갈 생각입니다."

"허허. 그래요? 이거 시간이 많다면 따라나서고 싶지만……."

현몽준은 현몽준대로, 홍정필은 홍정필대로 바빴다. 더 이상 시간을 낼 여유가 없었다.

고개를 끄덕인 둘은 종혁에게 손을 내밀었다.

"그럼 취임식 때 보지요."

"예. 조심히 올라가십시오."

종혁과 손을 맞잡은 둘은 각자의 차에 올랐고, 종혁은 멀어지는 차를 바라보다 몸을 돌렸다.

"예. 최기룡 전 청장님."

신안을 한 바퀴 둘러보는 건 맞지만, 함께할 사람들이 있다.

최기룡 전 청장과 이택문 전 청장.

그들이 경찰로서 있을 땐 차마 건드리지 못했던 신안. 그 바뀐 모습을 보여 주고 싶었다.

핸드폰을 든 종혁은 느긋이 걸음을 옮겼다.

* * *

삐비비비! 삐비비비!

숨소리마저 고요한 방.
알람이 울리자 죽은 듯 누워 있던 종혁이 눈을 떠 몸을 일으킨다.
쏴아아아!
쏟아지는 물줄기로 몸을 몽롱하게 만드는 잠을 쫓아내는 그.
달그락, 달그락!
"잘 먹었습니다."
식사를 마친 종혁이 몸을 일으켜 양치를 하고 방으로 향한다.
그리고 옷걸이에 걸려 있는 정복 앞에 선다.
어젯밤 찾아서 그런지 아직도 드라이클리닝 세탁물의 냄새가 옅게 남아 있는 경찰 정복.
칙칙!
향수를 뿌려 냄새를 지운 종혁이 상의부터 천천히 입는다.
경건하기까지 한 그의 행동.
모두 다 갖춰 입은 종혁이 방을 나서자 드레스룸에서 어머니 고정숙이 걸어 나온다.
어딜 가려는 건지 평소와 달리 한껏 멋을 낸 그녀.
"정말 같이 안 가도 되겠어요?"
"어휴. 됐어. 네 차 타고 갔다가 숨 막혀 죽을 일 있니?"
구태여 자신의 차를 마다하고 순철의 차를 타고 가겠다고 고집을 부린 어머니 고정숙.

"끙. 알았어요. 그럼 이따가 봬요."
"꽃다발 같은 건 없다."
"저도 됐습니다."
서로를 보며 피식 웃은 두 모자가 동시에 현관문을 열고 집을 나선다.
그러자 기다리고 있었다는 듯 환하게 웃는 순철. 순철뿐만 아니라 순희도 예쁜 옷을 입고 옆에 서 있다.
"순영 씨랑 아버님, 어머님은?"
"아직까지는 조심하겠답네다."
"음…… 그런가. 알았어. 그럼 엄마 좀 부탁한다."
"어휴, 됐다니까. 얼른 엘리베이터나 누르기나 해."
"……쯧."
혀를 찬 종혁은 엘리베이터 버튼을 눌렀고, 그들은 곧 지하주차장으로 향했다.
'이거였지.'
회귀 후 면허를 따고 처음 샀던 차.
이후 나탈리아와 헨리의 선물이 쏟아져서 주차장 한 칸만 차지하게 됐지만, 아무리 시간이 흘러도 잊을 수 없는 새 인생의 첫 차다.
'오늘은 이걸 타 볼까?'
그 차에 오른 종혁은 어머니와 순철이 옆의 차량에 오르는 걸 확인하고는 차를 출발시켰다.
부르릉!
그동안 이고르가 열심히 관리해 줬는지 매끄럽게 나가

는 차.

'오늘따라 안 막히네……'

마치 하늘이 축하라도 하듯 출근길이 뻥뻥 뚫려 있다. 그에 예상보다 일찍 본청에 도착한 종혁이 차를 세우다 뭔가를 발견하고 멈칫한다.

그러곤 피식 웃으며 차에서 내린 그.

탁!

"어?! 최종혁 경무관이다!"

우르르르르!

로비 앞에 몰려 있다가 그를 발견하고 다급히 달려오는 기자들.

"최종혁 경무관님! 이번에 치안감으로 진급하시는데 소감이 어떠십니까!"

"이번에도 최연소 진급이신데, 하고 싶은 말이 있으십니까!"

오늘은 치안감 진급식이 있는 날.

서울의 겨울답지 않게 하늘이 참 맑고 화창했다.

경찰 영웅, 영웅 경찰 최종혁의 진급식이라 지상파 3사를 비롯한 케이블 방송사를 비롯해 많은 언론사들이 모여든 본청의 대강당.

경찰 개혁의 선봉장이자 참모이며, 수많은 사건을 해결하며 셀 수도 없이 많은 국민을 범죄의 구렁텅이에서 구해 내며 영웅 경찰이라 불리게 된 종혁이다.

초고속 승진의 아이콘이지만 국민 그 누구도 이견을 제기할 수 없는 능력을 발휘한 그.

거기다 이번엔 대한민국에서 암약하던 수많은 간첩을 잡아내고, 유력한 대선 후보의 치부를 밝혀내며 결국 대선의 향방마저 바꿔 버렸다.

그러함으로 고작 33살에 나이에 치안감으로 진급한다.

치안감이면 인구가 그리 많지 않은 지방청의 청장급. 언론은 당연히 모여들 수밖에 없었다.

웅성웅성

-바로! 그럼 지금부터 2013년도 진급식을 시작하겠습니다. 치안정감 진급 대상자부터 앞으로 나와 주십시오.

스윽! 슥!

몸을 일으켜 단상으로 향하는 오십대 후반의 남성 두 명.

치안정감, 명실상부 경찰 조직의 이인자로서 서울지방경찰청장을 비롯해 부산, 인천 등 대도시와 수도권의 청장이 되는 인사들이 입술을 꿈틀거리며 단상에 선다.

여기까지 오기 위해 수십 년의 세월을 나라와 국민과 조직을 위해 충성했던가. 애써 태연하려고 노력해도 그들의 눈시울이 붉어진다.

그에 조오현 경찰청장이 헌 계급장을 떼어 내고 대무궁화 3개의 새 계급장을 달아 준다.

수십 년간 국가와 국민, 조직을 위해 충성을 바쳐 온 그들에 대한 예우.

"앞으로도 잘 부탁드리겠습니다."
"충성!"
-전체 뒤로 돌아.
슥!
-국민들을 향해 경례.
"충성-!"
와아아아아아아!
짝짝짝짝짝짝짝!
-그럼 치안정감 진급자들의 말씀을 듣도록 하겠습니다.
"반갑습니다. 이번에 경찰대학교 학장으로 취임하게 된……."
차분히 입을 열었지만, 목소리에 습기가 가득한 그들의 발표에 사람들은 귀를 기울였다.
짝짝짝짝짝!
-수고하셨습니다. 그럼 다음으로 치안감 진급자들의 진급식을 진행하도록 하겠습니다. 치안감 진급 대상자들은 앞으로 나와 주십시오.
쿵!
갑자기 심장을 둔중하게 울리는 충격.
"최종혁, 잘해라!"
"부국장님!"
"와아아!"
자신도 모르게 잠시 얼었던 종혁은 자신을 깨우는 외침

들에 고개를 돌렸다가 피식 웃고 말았다.

목청껏 소리를 높이고 있는 오택수와 그 옆에서 꽃다발을 흔들고 있는 최재수와 현석, 순철.

김종두와 정용진을 비롯해 그가 경찰 생활을 해 오며 인연을 맺어 온 모든 이들이 환호를 보내오고 있다.

'고마운 사람들…….'

저들이 없었다면 지금 이 자리에 있을 수 있었을까.

'그래, 나 혼자 해낸 게 아니야.'

모두가 도와줬기에 해낼 수 있었던 것이다.

그렇게 생각하자 얼어붙은 몸이 빠르게 녹아내리기 시작한다.

입꼬리가 살짝 흔들린 종혁은 덤덤한 얼굴로 몸을 일으켰고, 5명의 진급 대상자들도 몸을 일으킨다.

오십대 초반의 그들과 너무도 다른 젊은 외모에, 이렇게 비교하니 더 돋보이는 그의 업적에 카메라들이 그를 집중하기 시작한다.

그리고 경찰 홈페이지 라이브 방송으로 이 진급식을 시청을 하고 있는 젊은 경찰들과 경찰 지망생들이 눈을 빛낸다.

뚜벅! 뚜벅! 탁!

"최종혁 경무관, 아니 이제 치안감이라고 불러야겠군."

"충성."

조오현이 종혁을 가만히 바라본다.

경찰 역사상 이런 인재가 있었을까.

그동안 끝을 모르는 자금으로 수많은 사건들을 해결해 온 종혁.

아니, 돈은 종혁이 가진 능력의 일부일 뿐이다. 돈이 아니었더라도 종혁은 분명 돌파구를 찾아냈을 것이고, 수많은 압박을 견뎌 내며 결국 범인을 검거했을 거다.

그렇게 생각하면 종혁 같은 인재들이 더 있었을지도 모른다. 다만 그동안 수많은 이유로 묻어 버리고, 떠나보냈을 거다.

'하지만 이제부턴 달라지겠지.'

경찰대학교를 졸업한 지 이제 고작 9년인데 벌써 치안감이다.

앞으로 수많은 경찰이 종혁을 롤모델로 삼아 현장을 누빌 것이고, 그동안 적성을 찾지 못해 방황하던 인재들과 준비된 인재들이 경찰로 몰려들 거다.

앞으로 더욱 달라질 경찰을 생각하니, 제 몸과 영혼을 바쳐 피해자들을 구제하는 경찰들만 가득할 세상을 생각하니 가슴이 벅차오른 조오현이 결국 눈시울을 붉히며 얼마 전 손수 달아 줬던 종혁의 계급장에 손을 가져간다.

스윽!

조오현이 어깨를 훔치자 너무도 쉽게 떼어지는 대무궁화 한 개의 계급장.

이내 두 개의 대무궁화 계급장이 종혁의 어깨를 무겁게 짓누른다.

이는 단순히 대무궁화 한 개가 더 늘어난 게 아니다.

그동안 해 온 만큼, 그 이상만큼 더 국민을 위해 봉사하고 지키라는 압박이다.

심장까지 짓누르는 그 압박에 종혁이 이를 악문다.

"지금까지 수고했고, 앞으로도 잘 부탁하겠습니다."

대한민국 국민을, 그리고 대한민국 경찰을.

"충성-!"

믿겠다는 듯 종혁의 어깨를 두드린 조오현이 다른 진급 대상자에게로 향하고, 종혁은 여전히 어깨를 짓누르는 두 개의 대무궁화를 멍하니 바라본다.

'결국 여기까지 왔네……'

회귀 전 오직 앞만 보고 달렸음에도 경정에서 멈춰야 했던 삶.

물론 순경 출신이 사십대 후반의 나이에 경정을 단다는 것도 기적이긴 했지만, 그렇게 되기 위해서 거의 모든 것을 포기해야 했다.

그러다 결국 어머니마저 떠나보내고 말았다.

그렇기에 회귀 후에는 어머니를 비롯한 주변의 모든 이들을 살피고 한 명, 한 명의 인연을 소중히 했다.

해 보지 않았던 일에 도전해 보고, 놈들을 쫓기 위해, 범죄자를 잡기 위해 활용할 수 있는 모든 수단을 동원했다.

그렇게 회귀 전과 다른 방식으로 달려온 삶이었다.

'이게 정답이었을까?'

만약 회귀 전에도 이렇게 살았다면 어떻게 됐을까.

잘 모르겠다.

-전체, 뒤로 돌아.

'아.'

깜짝 놀라 몸을 돌린 종혁이 무의식적으로 객석을 훑다가 헛숨을 삼킨다.

'수⋯⋯호?'

박수호. 친구이자 자신이 처음으로 구한 피해자.

수호뿐만이 아니다. 에바 미진 킴, 김미진도 있었고, 동출이파의 수작에 그 어두운 공간에 숨어 구원을 바라던 여성들도 있었다.

그 외에도 종혁이 구한 사람들이 객석 맨 끝에 서서 이쪽을 뜨거운 눈으로 바라보고 있었다.

그리고 그 선두에 어머니 고정숙이 눈물을 흘리며 앉아 있었다.

여전히 정답이 뭔지는 잘 모르겠다.

하지만, 하나는 알겠다.

'나 잘 살아왔구나.'

그거면 된 것 같다. 앞으로도 이렇게 살아가면 될 것 같다.

그럼 이제 자신에게 남은 목표는 하나다.

'놈들을 때려잡는 거지.'

-그럼 치안감 진급자들의 말씀을 듣도록 하겠습니다.

사람들의 시선이 더 집중되고, 다른 치안감 진급 대상자들이 웃는 낯으로 먼저 하라는 신호를 보내자 종혁은 빼지 않고 마이크 앞에 섰다.

"반갑습니다. 최종혁입니다. 음…… 진급 대상자에 올랐다는 말을 들었을 때부터 저 아래 앉아 있을 때까지 참 많은 말들을 생각했는데, 결국 이 말만 떠오르네요. 저 돈 많습니다."

쿵!

"……으하하하하."

"휘이익!"

"자랑이냐!"

"예, 자랑입니다."

"푸하하하하!"

"이 돈을 모두 범죄자를 때려잡는 데 쓸 수 있기에 자랑입니다."

종혁의 표정과 목소리가 낮아지자 사람들 역시 진지해진다.

종혁은 그런 그들을 보며, 카메라를 보며 입을 열었다.

"그러니 지금 이 자리에서 선포하겠습니다. 전국에 계신 범죄자 여러분들, 예비 범죄자 여러분들, 그리고 교도소에서 출소를 기다리는 범죄자 여러분들. 지금 머릿속으로 무슨 생각을 하고 있을지 모르겠지만, 그걸 실행으로 옮기지 마십시오."

억울한 일이 있다면 경찰의 문을 두드려라.

경찰서도 좋고, 112도 좋고, 간편신고 사이트도 좋고, 언론에 투고하는 것도 좋다.

그럼 억울함을 풀어 주고, 구해 주겠다.

하지만 만약 이 경고를 무시하고 실행에 옮기겠다면 말리지 않겠다.

대신 이것 하나만큼은 알아 둬라. 명심해라.

"만약 실행으로 옮긴다면 그 순간부터 당신들이 가장 믿고 있는 가족이, 친구가, 연인이, 동료가 당신들의 등에 칼을 꽂고, 수갑을 채울 것입니다. 우리 경찰이 수갑을 들고 여러분을 찾을 겁니다."

쿵!

종혁의 몸에서 슬금슬금 살의가 뿜어져 나온다.

"해외로 도망을 친다고 해도, 섬에 숨는다고 해도, 산골 깊숙한 곳에 숨는다고 해도 우리 경찰은 어떻게든 너희를 찾아 수갑을 채우고 교도소에 처박아 넣을 겁니다."

자신에게 잡힌 놈들은 알 것이다.

자신 때문에 해외에서 송환된 놈들은 알 것이다.

이젠 해외도 도피처가 될 수 없음을.

"내가 이 돈으로 그렇게 할 겁니다. 그러니……."

오싹!

대강당에 모인 사람들이 순간 온몸을 덮치는 끔찍한 살의에 파랗게 질린다.

"닥치고 착하게 살아. 그러면 우리 경찰이 너희를 보호해 줄 거다. 이상 대한민국 경찰청 형사수사국 국장 치안감 최종혁이었습니다. 충성."

"……우아아아아아아!"

짝짝짝짝짝짝짝짝!

우레와 같은 박수와 환호성이 대강당을 터트릴 듯 터져 나왔다.

* * *

"아들!"
"종혁아!"

진급식이 모두 끝나자 어머니 고정숙과 친구들, 지인들이 다가온다.

간첩 소탕 특수본에서 활약한 형사들 전원의 특진까지 함께한 이번 진급식. 순철 역시 그간의 공로를 인정받아 경위로 진급하게 되었다.

최재수와 현석도 한 계급씩 특진. 경사가 겹친 거다.

어머니 고정숙이 넘기는 꽃다발을 받아 든 종혁이 놀란 눈으로 수호와 소영을 본다.

"일은 어떡하고 온 거야? 애들은?"

"이런 날 연차 하루를 못 쓰겠냐? 애들은 엄마가 잠시 봐주시기로 했고. 네가 경찰청장이 되는 건데 당연히 축하하러 가야 한다며 흔쾌히 맡아 주시더라고."

"경찰청장이 되려면 멀었는데……."

"그래도 지방청 청장급은 맞잖아?"

"그건 그렇지. 고마워. 이렇게 와 줘서."

"당연히 와야지!"

어느덧 가장이 된 티가 팍팍 나는 수호.
'어렸을 땐 연예인 따라 한다며 그렇게 부모님 속을 썩이더니…….'
언제 이렇게 듬직해졌는지 모르겠다.
"뭔가 눈빛이 이상한데……."
수호가 눈을 가늘게 좁히던 그때였다. 종혁이 수호의 뒤편에 조심스레 서 있는 여성에게 인사를 건넨다.
"안녕하세요. 오랜만이에요."
"어머! 저, 저흴 기억하세요?"
"그럼요. 현지 씨 맞으시죠?"
종혁이 서울지방검찰청의 명예 수사관으로 있을 당시 동출이파의 수작의 수작에서 구해 냈던 여성, 이현지.
그리고 현재는 권&박의 부동산 투자사업부 총괄인 인물.
"소식은 권 이사님을 통해 전해 듣고 있었어요."
"어머머!"
종혁은 그녀의 옆에 있는 사람들을 일일이 불러 주었다.
누군가는 네일아트숍의 사장님이 됐고, 누군가는 미용실 사장님이, 또 누군가는 유치원 선생님이, 누군가는 엄마가 된 그녀들.
"그런데 어쩐 일로 여기까지……."
"제가 이번에 유럽 지사로 발령이 났어요."
국내 총괄에서 유럽 총괄로 승진하게 된 것이다.
유럽 전체의 부동산을 매입하고 수익을 내야 하는 막중

한 자리.

지금도 눈코 뜰 새 없이 바쁘지만, 아마 더 바빠지게 될 것이다.

"몇 년 뒤에나 돌아올 수 있을지…… 아니, 어쩌면 그곳에서 평생 자리를 잡게 될지도 모르고요."

그래서 가기 전에, 매일같이 가슴에 품고 살아야 했던 감사한 마음이 세월의 흐름에 흐려지기 전에 전하기 위해 지금까지도 연락이 닿는 언니, 동생들과 함께 온 것이다.

당신이 구한 이가 이렇게 성공했노라고 알려 주기 위해 찾아온 것이다.

"아……."

"정말 고마웠어요. 만약 그때 구해 주시지 않았다면……."

"아니요."

종혁은 단호히 고개를 저으며 말을 끊었다.

"분명 제가 아니었더라도 여러분께선 여러분이 원하던 삶을, 바라던 삶을 쟁취했을 겁니다."

회귀 전 대검찰청 로비에 동출이파의 이중장부와 뇌물 장부를 가져다 놓으며 검찰을 발칵 뒤집어 놓은 후 소리 없이 사라진 그녀들.

그런 독심이었다면 분명 뜻하는 바를 모두 이뤘을 거다.

종혁은 그렇게 생각하고 있었다.

움찔!

"그렇게…… 후우, 그렇게 말해 주셔서 감사해요."
"저 역시 잘 살아 주셔서 감사합니다."
종혁의 따뜻한 말에 결국 울컥하고 만 그녀들.
싱긋 웃으며 어깨들을 두드려 준 종혁이 이 자리에서 볼 거라곤 생각지 않았던 이들에게 다가간다.
"김도형 씨, 이선영 씨."
신안 염전의 노예였던 김도형과 납치되다시피 신안에 끌려가 원치 않은 성매매를 해야 했던 이선영, 그리고 그런 그들의 딸.
그들 셋뿐만이 아니다.
동네 노인들에 의해 차마 입에 담을 수 없을 일을 당하였던 어린 소녀 지숙과 할머니, 그리고 신안에서 종혁이 구한 이들이 감사하게도 찾아와 주었다.
"아저씨!"
"어이쿠!"
"작년 내 서장님이 티부이에 나왔을 때부터 하도 아저씨, 아저씨 노래를 부르길래 데꾸 와 봤는디…… 폐가 된 건 아니겠지라?"
"아이구, 페라뇨. 괜찮습니다. 이렇게 와 주셔서 정말 감사한걸요."
안 되겠다.
이렇게 다시 한 명, 한 명 눈에 담으니 눈시울이 뜨거워져서 견딜 수가 없을 것 같다.
"자! 여기서 이럴 게 아니라 일단 이동부터 하시죠! 다들 시장하시죠?"

 오늘 하루는 이들을 위해 쓰리라 마음먹은 종혁은 그들을 이끌고 강남으로 향했다.

* * *

"결국…… 저 자리까지 올라갔군."

 회사의 최상층 회의실.

 원형 테이블에 앉은 그들이 스크린 속, 경찰 홈페이지를 통해 라이브 방영되는 종혁의 취임사를 들으며 얼굴을 구긴다.

 경찰 본청의 형사수사국.

 기존의 형사국과 수사국이 통폐합되면서 신설된 형사수사국.

 이곳은 단순히 수사만 하는 곳이 아니다. 전국 모든 수사부서의 수사 지침 및 정책, 운영 방식 등을 결정하는 곳이다.

 종혁은 그곳의 장이 된 거다.

 이제부터 종혁은 전국의 모든 수사부서를 움직여 자신들 회사를 쫓기 시작할 터.

 아니라고 해도 전국에서 발생하는 모든 사건을 감시할 수 있었다. 정말 골치 아픈 일이 아닐 수 없었다.

"저걸 막았어야 했는데……."

"막을 수가 있어야 막지."

몇 번인지도 세기 힘들 정도의 내부 칼질로 인해 그들이 경찰 내부에 침투시켜 놓은 사원 및 조력자들이 거의 쓸려 나갔다.

 당연히 숫자가 적다 보니 목소리를 내기 힘든 상태였고, 또 종혁의 인사이동이 번갯불에 콩 볶아 먹듯 순식간에 이뤄졌다.

 더 이상 경찰 최고위 간부 쪽에는 그들 회사의 조력자가 없었기에 이를 사전에 알 수 없었고, 결국 이렇게 취임하는 것을 보고 그동안 저들 사이에 어떤 일이 있었는지 어림짐작을 할 수밖에 없게 된 것이다.

 "후우우. 일단 전국 지부에……."

 띠리링! 띠리링!

 흠칫!

 모두가 깜짝 놀라며 원형 테이블 중앙에 놓인 전화기를 바라본다. 웬만한 일이 아니라면 결코 울리지 않는 전화기.

 종혁이 물러난 라이브 영상을 힐끔 본 그들이 한숨을 전화를 받는다.

 "어, 그래. 나……."

 -날세.

 쩌정!

 전화기에서 흘러나오는 목소리에 그대로 굳어 버린 사장.

 "예, 어르신."

쿵!

"안녕하십니까, 어르신!"

"그동안 강녕하셨습니까!"

다급히 일어나 전화기를 향해 허리를 굽히는 고위 임원들.

사장이 스피커 모드로 전환시킨다.

-문제없겠나?

"예, 지금부터 전국 지부의 프로젝트 진행을 늦출 예정입니다. 또한 이탈리아에서 진행되고 있는 프로젝트도 국내 유입을 제어하고 있기에 걱정하실 일은 없습니다."

-이번엔 믿어도 되겠지?

"……신경 쓰시지 않도록 하겠습니다."

-그래. 이번에도 믿지. 그리고…… 오랜만이네, 김 전무. 잘 지냈나? 자식들은 잘 크고?

"예, 어르신! 그동안 강녕하셨습니까!"

-그래. 언제 한번 시간 내서 와. 식사나 하지.

"영광입니다!"

-다른 친구들도 마찬가질세. 사장에게 말해 놓을 테니 언제 시간 내서 식사 자리를 만들도록 하지. 이 나라를 위해, 그리고 나를 위해 이렇게 애써 주는 사람들인데 내가 그동안 너무 무성의했던 것 같으이.

"아, 아닙니다!"

"연락을 기다리겠습니다!"

-그래, 그래. 사장.

사장은 다시 수화기를 들었고, 이내 예, 예 대답을 하더니 전화를 끊었다.
 "후우우."
 아주 짧은 시간의 통화였지만, 이마에 식은땀이 흥건한 그들.
 하지만 그들의 전신엔 전율이 내달리고 있는 중이었다.
 그동안 어르신의 얼굴을 못 봤던 이들에게 있어선 그토록 바라던 기회. 그들은 뜨겁게 달아오른 눈으로 사장을 봤다.
 "방금 어르신께 말했다시피 일단 전국 지부의 프로젝트 진행을 늦춘다."
 이탈리아로의 인력 전출이 너무 많아 각 지부당 많아야 두 개의 프로젝트만 진행하는 현재 상황.
 프로젝트의 진행을 늦춘다는 건 결국 회사 내에서 돌아야 할 자금의 흐름이 늦춰진다는 이야기였고, 이는 곧 이탈리아를 향한 지원 역시 늦춰질 수밖에 없단 뜻이었다.
 하지만 그들은 반박을 할 수가 없었다. 종혁이 언제 어디서 어떻게 냄새를 맡을지 모르기 때문이다.
 "도쿄의 한구레, 나카노 타이가가 최종혁과 무로이 코헤이에 의해 박살 난 건 다들 보고 받아서 알지?"
 현재 이탈리아에서 진행하고 있는 프로젝트의 큰 고객 중 한 명이었던 나카노 타이가.
 사정을 알아보니 가관도 이런 가관이 없었다.
 그 때문에 혹시나 종혁이 냄새를 맡은 건 아닌가 하고

본사까지 뒤집어진 상황이었다.
"아슬아슬해."
임원들은 동감한다는 듯 고개를 끄덕였다.
어쩌면 이미 냄새를 맡았을지 모를 종혁. 그들은 모든 신경을 종혁에게 집중시키고 있었다.
종혁이 움직인다면 곧바로 대응을 하기 위해서 말이다.
"그리고……."
사장은 종혁의 형사수사국장 등극 때문에 꼬여 버리게 된 상황을 어떻게든 정상으로 돌리기 위해 머리를 굴렸고, 임원들도 얼른 본인의 생각들을 던져 가며 조율하기 위해 애썼다.
"그럼 이렇게 하는 걸로 하지."
"푸후. 수고하셨습니다."
이렇게 회의 시간이 길어진 날이면 꼭 술이 간절히 생각나지만, 오늘은 상황이 상황이라서 그런지 회의 내용을 부하 직원들에게 전달한 후 쉬고 싶다는 생각이 간절한 그들.
임원들은 무거워진 어깨를 주무르며 회의실을 나섰고, 조현상 전무 역시 그 행렬에 동참했다.
그러나 그의 머릿속은 다른 생각을 하고 있었다.
'낯익은…… 낯이 익은 목소리였다…….'
그것도 굉장히 낯이 익은 독특한 목소리와 말투.
조현상 전무는 눈을 가늘게 떴다.

* * *

한편 서울의 어느 저택.
달칵!
전화를 끊은 어르신이, 사장들에게 어르신이라 불린 이가 눈을 가늘게 뜬다.
"최종혁이라……."
몇 년 전부터 사장을 통해 들려오던 이름 최종혁.
"미국과 러시아와 깊은 관계를 맺고 있는 놈이라고 했지?"
"예. 두 나라의 정보기관의 지부장들과 연을 맺은 것을 계기로, 현재는 두 나라의 대통령들과도 깊은 관계를 맺고 있는 것으로 추정되고 있습니다. 또한 중앙지검의 강철선 특수부 부장검사와 중앙지검 검사장, 그리고 곧 경찰총장으로 임명될 이와도 친밀한 관계인 것으로 확인됐습니다. 그리고……."
"권회수?"
"……예."
"그래, 그치도 있었지……."
지금이야 신경 쓸 가치도 없는 이빨 빠진 호랑이가 됐다지만, 당시만 해도 참 대단했던 권회수.
"압구정 김 여사, 김단향 역시 최종혁과 친밀한 관계를 맺고 있습니다."
권회수가 이빨 빠진 호랑이라면, 김단향은 아직도 정정

한 호랑이.

"거슬리는구만."

눈살을 미미하게 찌푸린 어르신은 다시 전화기를 들었다.

"날세. 버러지 한 마리를 쳐내야 할 것 같네. 배경들이 제법 두둑한 놈이니 밑 준비가 좀 필요할 게야. 그래, 그래. 일단은…… 차기 검찰총장으로 내정된 사람부터 쳐내는 걸로 하지. 현몽준에게 타격 좀 입힐 겸해서 말이야. 그래."

현몽준 정권의 첫 인사가 될 검찰총장.

검찰총장에게 흠집이 드러난다면 그 인사를 꼽은 현몽준 역시도 타격을 입을 터. 정권 초반부터 국민들의 지지가 흔들릴 수 있었다.

그런 엄청난 말을 아무렇지도 않게 한 어르신은 이후 여러 명에게 전화를 건 후 담배를 물었다.

"어르신."

"자네도 잔소리야?"

사박사박!

"아버님."

"그래, 큰아가. 무슨 일이냐?"

"식사가 준비됐습니다."

"거 점심은 너희들끼리 먹으래도……."

"그래도 아버님이 안 계신데 어떻게 저희끼리 식사를 할 수 있겠어요."

어르신을 데리러 온 오십대 후반의 여성은 어색하게 웃었고, 어르신은 그렇다면 어쩔 수 없다는 듯 고개를 저으며 그녀를 따라나섰다.
"자네도 식사하고 와."
"예, 어르신."
고개를 숙인 이는 저택을 빠져나갔고, 저택 안에선 곧 여느 가정집처럼 하하호호 웃음소리가 흘러나왔다.

* * *

화면을 뚫고 나온 최종혁 치안감의 기백!
돈으로 후려치겠다! 범죄자들, 꼼짝 마!
억울한 일이 있으면 신고해 달라! 경찰이 해결해 주겠다!
범죄자들을 향한 선포! 득일까, 실일까.
최종혁 치안감, 본청 형사수사국 국장 맡아!
최종혁 치안감, 전국 지방경찰청에 수사 지원비 100억씩 전달!
취임사를 실천으로 옮긴 최종혁 치안감!
현역 공무원의 과도한 재산 형성! 문제없는 것인가!

"와, 미친."
"100억······."
이른 아침의 출근 시각, 신문을 펼쳐 든 본청의 경찰들이 혀를 내두른다.

어제의 충격 그 자체였던 진급식.

종혁의 선포가 그저 말뿐이 아닌 것을 알게 된 그들은 입맛을 다실 수밖에 없었다.

"하아, 이분이 우리 경비국에 오셨어야 했는데……."

"얼씨구? 치안감님께서 경비국에 가서 뭐하게? 오시려면 우리 미래정책국에 오셨어야지!"

"너나 얼씨구세요. 최 치안감님 덕분에 여러 최첨단 장비를 도입한 미정국은 좀 빠지시지? 최 치안감님이 정말 필요한 건 우리 생활안전국이거든? 청소년 범죄 예방에 돈이 얼마나 필요한지 몰라?"

"행복의 쉼터 때문에 청소년 범죄율이 줄어든 거 누가 모르나. 오시려면 우리 범죄예방대응국에 오셔야지!"

'우리 정보국도 돈 많이 필요한데…….'

뚜벅!

로비를 울리는 묵직한 발걸음 소리와 옆통수를 자극하는 묵직한 포스에 고개를 돌린 경찰들이 기겁하며 차렷을 한다.

"충성!"

"예, 좋은 아침입니다. 오늘도 파이팅 합시다."

"옛! 충성!"

오늘따라 군기가 팍팍 들어 있는 경찰들의 모습에 고개를 모로 기울인 종혁은 엘리베이터 앞에 섰다.

띵! 스르릉!

"음? 안 들어옵니까?"

"……어, 나야. 뭐라고?!"

"아이고, 배야……."

엘리베이터 앞에 모여 있다가 다급히 흩어지는 경찰들.

'이젠 부담이 되는 건가…….'

하긴 그럴 수밖에 없다.

대한민국에 수십 명밖에 없는 계급인 치안감. 일반 경찰들로서는 같은 공간에 있는 것조차 부담이 될 수밖에 없었다.

'나도 이 엘리베이터에는 안 탔을 거야. 쯧.'

"어쩔 수 없네."

아무래도 오늘 전 부서에 회식비를 쏴야 할 것 같다.

입맛을 다신 종혁은 어쩔 수 없이 혼자 엘리베이터에 오를 수밖에 없었다.

그렇게 별관, 임시로 마련된 형사수사국이 있는 층에 다다른 순간이었다.

띵! 스르릉! 빠바바빵!

"억?!"

갑자기 터트려진 폭죽에 깜짝 놀랐던 종혁이 엘리베이터 앞에 모여 있는 오택수를 비롯한 경찰들과 케이크를 발견하곤 멍해진다.

"형사수사국에 오신 걸 축하드립니다, 최종혁 국장님!"

"전체 차렷!"

척!
"최종혁 국장님을 향해 경례-!"
"충성-!"

엘리베이터뿐만 아니라 복도 전체에 서서 두 눈 가득 욕심들을 채운 채 경례를 해 오는 형사수사국의 모든 경찰들.

그들의 생각이 짐작되어 헛웃음을 터트렸던 종혁이 이내 낯빛을 가라앉힌다.

"충성. 반갑습니다. 오늘부로 본청 형사수사국장이 된 최종혁 치안감입니다. 앞으로 잘 부탁드리겠습니다."

"와아아아아아!"

짝짝짝짝짝짝!

우레와 같은 박수 소리가 복도를 쩌렁쩌렁하게 울리고, 종혁이 엘리베이터에서 내리며 눈을 흘긴다.

"단, 전 이런 허례허식을 싫어하니 앞으론 이런 일 하지 마세요. 아시겠습니까?"

"흐흐. 예!"

'못 알아들었네.'

표정들을 보니 확실하다. 전국의 미친개들을 모아 놔서 그런지 아주 똘끼들이 충만했다.

"쯧. 그럼 해산."

"해산!"

"자! 다들 들어가서 일들 해!"

"예이……."

"하. 이놈의 아침은 또 왔구나. 담배 피우러 갈 사람?"
"나! 나! 커피 마실 사람도 모집한다!"

본래라면 본청의 모든 수사부서를 한 건물 내에 모아야 했지만, 어떻게 해도 자리가 나지 않아 별관 여기저기에 흩어져 있는 그들.

계단으로 향하고, 엘리베이터 앞에 서는 형사들을 보며 고개를 젓던 종혁이 해산 명령이 떨어졌음에도 해산하지 않은 채 눈을 초롱초롱 빛내는 나이 든 이들을 본다.

"각 과의 과장님들, 대장님들은 제 사무실로 따라와 주세요."

"옙!"

'에라이.'

종혁은 고개를 저으며 앞으로 자신의 사무실이 될 국장실로 향했다.

"충성! 경위 최재수!"
"충성! 경감 강현석!"

먼저와 기다리고 있던 국장의 비서들, 이제 국장 보좌가 된 최재수와 현석이 재빨리 국장실의 안쪽의 문을 열자 진짜 국장실의 풍경이 종혁의 눈에 들어온다.

"흠."

굉장히 낯익은, 외사국 부국장실을 그대로 옮겨 놓은 듯한 사무실의 정경.

그러나 직급이 달라져서 그런지 더 무겁게 느껴지는 사무실을 주욱 둘러보던 종혁이 경찰모를 벗으며 소파에 앉는다.
"모두 편히 앉아요. 그리고 재수와 현석이는 여기 커피랑 다과 좀 숫자대로 가져오고."
"예!"
최재수와 현석이 문을 닫고 나가자 종혁이 소파에 엉덩이를 붙이는 각 과의 과장들과 대장들을 둘러본다.
"참 아는 얼굴들이 많네요."
"……푸핫!"
"큭큭큭큭."
앞으로 자신들의 수장이자 형사수사국장의 첫말을 기대하던 이들이 빵 터지고, 그들처럼 웃은 종혁이 그들의 면면을 살핀다.
특수범죄수사과에 특별수사과, 특수범죄수사대, 광역수사대, 마약수사대, 수사지원과 등 이전부터 종혁과 깊은 인연이 있었던 이들.
본디 치안상황센터 산하의 특별수사팀들 역시 수사과로 승격해 형사수사국에 흡수됐기에 이들 중 30퍼센트 이상이 안면이 있는 이들이었다.
똑똑똑! 벌컥!
미리 준비하고 있었다는 듯 빠르게 들어온 현석과 최재수. 커피와 다과가 그들의 앞에 놓이자 종혁이 정복 안주머니에 손을 넣으며 입을 연다.
"다들 바라는 게 이거죠?"
툭!

테이블 위에 올려지는 10억짜리 수표 세 장에 마른침을 삼키는 그들.

종혁은 그 수표 위에 또 다른 10억짜리 수표 세 장을, 그리고 또 다른 10억짜리 수표 세 장을, 그리고 또 다른 수표들을 올린다.

세 장, 세 장 수표들이 추가됨에 점점 눈을 빛내다가 하얗게 질리기 시작한 그들.

수십 장의 수표를 내려놓은 종혁이 그들을 향해 이를 드러낸다.

"내 스타일은 다 알 테니 다른 말 안 하겠습니다. 각 과에 30억씩입니다."

쿵!

"저게 단장을 끝마치는 한 달 후까지……."

투다다다당! 우다다다당!

본청 건물 뒤편에서 요란한 소리를 내며 내부 인테리어를 하는 신축 건물, 형사수사국의 것이 될 건물을 가리킨 종혁.

"최고 실적을 내는 1, 2, 3등 과에게 총 150억 원의 상여금 및 수사지원금을 증정하겠습니다."

쿠웅!

종혁은 이제 파랗게 질린 그들을 보며 마지막 쐐기를 박았다.

"수사하는 도중 발생하는 모든 외압을 막아 드리겠습니다. 수사비가 부족하다면 더 드리겠습니다. 그러니 잡아 오세요. 범죄자 새끼들을."
 자신의 눈앞에.
 쿠우웅!
 "……충성-!"
 그동안 돈과 인맥이 부족해 눈앞에서 범죄자를 놓쳐야 했던, 그래서 언제나 뜨거운 불을 가슴속에서만 태워야 했던, 또 그래서 가슴속에 시꺼먼 재만 가득한 미친개들.
 그들의 두 눈에 용암 같은 불꽃이 피어오르자 종혁은 만족스러운 미소를 지었다.
 형사수사국 소속 모든 형사의 목줄이 풀리는 순간이었다.

3장. 이탈리아로

이탈리아로

경찰! 성진산업 사장 검거! 탈세 및 폭행 사주 등!
주가 조작 세력 검거! 피해액 약 360억 원!
경찰! 마약 조직 검거! 발견한 마약의 양만 무려 136억 원!
전남경찰청! 전라도를 훑었다! 신안 염전 노예는 빙산의 일각?
경찰, 일선 파출소에 범죄자 강력제압하라 명령 전달!
다단계 사기 세력 검거! 피해액 1680억 원!
경찰! 보이스피싱 단체 검거!
위작단체 급습! 그 치열했던 72시간!
대형 미술관에 걸린 작품이 위작이었다?!
경찰! 세상을 등지려 한 왕따 학생을 구하다! 일진 세력 소탕!

나날이 높아져 가는 검거율! 경찰 대체 무슨 일인가!
국민들, 이제 밤이 무섭지 않아요?

"대체 이게 뭔 일이야?"
"그러게요."
출근길, 지하철 신문 가판대 앞에 모인 사람들이 혀를 내두른다.
매일같이 전국에서 쏟아지는 새로운 검거 소식들.
오전에 이런 놈들이 잡혔다면, 저녁엔 저런 놈들이 잡힌다.
하루에도 몇 번씩 검거 소식이 쏟아지니 국민들은 이 나라에서 이렇게 많은 범죄들이 벌어지고 있었나 허탈해하고 분노하면서도 빠르게 검거하는 경찰들에 열광을 하기 시작했다.
모두 종혁이 형사수사국의 국장이 된 이후 벌어진 일이었다.
"자, 장난 아닌데요?"
목줄이 풀린 미친개들과 돈이 결합되니 엄청난 시너지 효과가 발생하고 있었다.
그런데 비단 이런 현상은 형사수사국 소속 형사들에게서만 벌어지는 일이 아니었다. 전국 지방청들에서도 대형이라 할 수 있는 사건들을 해결하며 신문의 지면을 차지하고 있었다.
"아무리 100억씩 전달했다지만……."

중간에서 새는 돈을 생각하면 썩 이해가 되지 않는 상황이었다.

최재수의 말에 종혁이 피식 웃었다.

"당연하지. 망신을 당하지 않으려면 같이 미쳐 날뛰는 수밖에 없거든."

"예?"

현석도 의아해하며 종혁을 쳐다보고, 종혁은 담배를 문다.

찰칵! 치이익!

"그동안 대한민국을 뒤흔든 초대형 사건들을 누가 해결했어?"

"국장님 아입니꺼."

"아니지. 본청이지."

종혁 자신은 그저 본청 소속의 사냥꾼이었을 뿐. 다만 그 사냥꾼의 실력이 너무 대단했기에 어느 순간부턴 논외로 쳤던 것뿐이다.

"돈도 많고, 인맥도 넘치고, 똘끼도 넘치고. 그래서 논외였던 거야."

뭔 짓을 해도 그럴 만한 놈이라는 인식이 박힌 거다.

"그런데 지금은 아니거든."

종혁이 진두지휘를 하지 않는데도 형사수사국의 목줄이 풀린 형사들이 범죄자들을 미친 듯 잡아들이고 있다.

이전과 달라진 것이라곤 결국 공돈이 생긴 것뿐인데 말이다.

"그런데 그 돈이 지방청들에도 있네? 그런데도 실적을 내지 못한다? 어이쿠."

"아……!"

"그, 그럼 청장님들께서 쪼기 시작하셨다는……?"

"재수 너라면 안 그러겠냐? 실적을 내지 못하면 청장의 자격부터 의심받을 텐데?"

"당연히……! 저라도 쪼죠……."

"그런 거야."

그러니 지방경찰청들이 미쳐 날뛰는 거다.

"그리고 그렇게 지방청이 날뛰니 산하 경찰서들도 청장님들에게 잘 보이기 위해 미친 듯 범죄자들을 잡아들이는 거고."

그래야 지방청으로 영전을 할 수 있기 때문이다.

발등에 불이 떨어진 상황에서 가장 먼저 나서서 불을 꺼 주려고 노력하는 사람이 더 예뻐 보이는 법이 아니겠는가.

때문에 경찰서들도 실적 경쟁이 붙었고, 경찰서로 영전을 하고 싶어 하는 파출소까지 이런 현상이 발발하고 있는 거다.

"일종의 선순환이지."

"……총 얼마 쓰셨어예?"

"오?"

종혁이 재밌다는 듯 현석을 본다.

"눈치챘어?"

"이리 주저리주저리 야부리를 터는데 모르겠심꺼. 내가 빙시도 아이고."

대한민국 전역에 포진한 경찰들에게서 벌어지고 있는 이 경쟁 현상을, 아니 이 판을 종혁이 짜고 실행한 거다.

현석은 질려 버릴 수밖에 없었다.

"한 2천억 정도 들었지."

2천억. 고작 2천억으로 검거율을 급격하게 올리고, 범죄율을 이렇게까지 낮춘 거다.

이만한 결과만 낼 수 있다면 종혁은 이 열 배도, 백 배도 얼마든지 투자할 수 있었다.

"괜찮겠습니까?"

최재수의 말에 종혁이 피식 웃는다.

"당연히 한 소리 듣겠지."

상황이 이쯤 되면 지방청 청장들도 종혁 자신의 계략을 알아차렸을 터. 다음 정기 회의 땐 각오를 해야 할 것이다.

"대가리에 빵꾸가 뚫릴지, 엉덩이가 불이 나다 못해 터져 버릴진 모르겠지만……뭐, 설마 죽이기야 하겠냐?"

"……같이 맞아 드릴까요?"

"아서라. 괘씸죄로 더 맞는다."

괜히 부하 직원을 방패로 삼았다고, 두 대 맞을 거 세 대 맞을지 모른다.

'그 양반들에게 한 대씩만 맞아도 죽지, 죽어.'

죄다 현역에서 구르고 구른 양반들이다.

이탈리아로 〈171〉

그것도 지금보다 인권에 대한 취급이 더 험했던 80년도에 범죄자들을 때려잡던 이들. 아무리 늙었다고 해도 그때의 가락이 사라지는 건 아니었다.

부르르 몸을 떤 종혁은 한창 마무리 공사 중인 형사수사국 건물의 지하로 향했다.

뚜벅뚜벅!

어두운 복도를 울리는 묵직한 발걸음 소리.

걸음을 옮길 때마다 켜지는 센서등 불빛에 의지해 걷던 종혁이 하나의 문을 열고 들어가 벽면에 있는 스위치를 켠다.

그러자…….

타다당!

"흡……?!"

종혁은 옆에서 들리는 소리를 무시하며 입술을 비틀었다.

끝에서 끝까지 족히 50미터는 될 법한 거대한 사무실.

후면을 제외한 전방과 좌우의 벽을 가득 채운 모니터들과 사무실을 채운 컴퓨터들과 파티션의 향연.

"이, 이기 뭡니꺼?!"

"치, 치안상황관리센터? 국장님, 여기에 치안상황센터가 들어오는 겁니까?!"

"아니. 수사지원본부."

쿵!

"……예?"

"앞으로 모든 수사과를 지원할 수사지원과, 수사지원본부라고."

앞으로 저 삼면의 벽을 가득 채운 모니터들은 치안상황관리센터, 도로교통공사 등과 연계해 순영에 의해 업그레이드된 인식프로그램 시리즈와 함께 실시간으로 범죄자를 쫓을 것이다.

또한 사무실을 가득 채운 컴퓨터들은 범죄자가 숨기고자 하는 모든 증거와 범죄자의 모든 것을 낱낱이 파헤칠 거다.

"그리고 그 실적들을 바탕으로 각 수사과에 예산을 집행하고, 장비를 대여하겠지."

일종의 컨트롤센터.

"앞으로 여기가 형사수사국의 컨트롤센터가 될 거야."

찌리릿!

"미친……."

온몸을 관통하는 전율에 최재수와 현석은 말을 잃었고, 종혁은 다시 담배를 물었다.

자신이 만들었음에도 감탄만 나오는 광경.

'이걸 드디어 만들었네.'

그동안 여건이 되지 않아서 특수범죄수사대에만 적용시켰던 FBI의 수사 시스템.

그보다 업그레이드된 시스템을 드디어 이 한국에, 한국 경찰의 심장부에 이식을 한 거다.

'진짜 오래 걸렸다.'

회귀를 한 지 어언 16년. 참 오래 걸렸다.

하지만 이건 시작이다.

범죄율 제로를 만들기 위해 아직 가야 할 길이 참 많았다.

그래도…….

"죽이네, 진짜."

"예. 죽이네예."

"죽입니다. 와, 미쳤네."

종혁과 둘은 멍하니 수사지원본부를 바라봤다.

지이잉! 지이잉!

"예, 최종혁입니다. 아…… è così(그렇습니까)?"

오싹!

갑자기 온몸을 엄습하는 살기에 기겁하며 종혁에게서 멀어지는 최재수와 현석.

"예, 알겠습니다. 당연히 그래 주시면 감사하죠. 하하. 아닙니다. 제게 미안하긴요. 예, 예. 부탁드리겠습니다."

종혁이 통화를 종료하자 최재수와 현석이 다급히 입을 연다.

"왜, 왜 그러십니까?"

"이탈리아에 먼 일이 생긴 겁니꺼?"

분명 종혁이 한 말은 이탈리아어였다.

"아, 그 오픈마켓 기업의 박스 말이야."

"예? 예……."

"그게 그동안 검거된 이탈리아의 마약 범죄자들에게서

도 발견됐다네."
쿵!
"자, 잠깐 그럼……?"
"그래. 그 오픈마켓을 통해 마약을 유통시키고 있다는 건 거의 확실해진 거지."
뿌드득!
대체 얼마나 간이 크면 누구나 드나들 수 있는 오픈마켓에서 마약을 유통시키고 있던 걸까.
만약 이것이 확실해진다면 굉장히 심각한 일이었다.
불특정 다수가 무분별하게 마약에 노출될 수도 있기 때문이다.
'어쩌면 그것까지 노렸을 수 있어.'
마약 시장의 확장.
'포르자 디포나의 짓일까?'
이탈리아 최대 마피아 조직인 포르자 디포나.
"흠. 그랬다면 애나가 모를 리가 없었을 텐데……."
이리나가 아니라도 헨리가 언급을 했을 것이다.
그럼에도 아직까지 언급이 없다는 건 그들 역시 이에 대해 모른다는 뜻.
'아니, 혹여 관계가 없다고 해도 완전히 몰랐다고는 볼 수 없어.'
그만큼 포르자 디포나의 영향력은 이탈리아 전역을 아우른다고 봐야 했다.
어떻게 해야 할까, 종혁의 머릿속이 복잡해진다.

"뭐, 다행이라면 이제 이탈리아 경찰들도 수사를 할 거란 점이랄까."

더 늦기 전에, 전 세계가 지금보다 더 마약에 물들기 전에 수사를 할 수 있어서 다행이었다.

"가자. 다시 뒤져 봐야 할 것 같다."

그동안 본청을 비롯한 전국 마약수사대에서 검거한 마약 조직 및 마약 중독자들의 증거물 목록과 현장 사진을 둘러봐야 할 것 같다.

분명 한국에도 유통이 됐을 테니 말이다.

외사국 소속도 아니라서 이탈리아에 가서 돕진 못하더라도 국내 피해 사실과 구입 루트는 알릴 수 있을 것이다.

"예!"

지이잉! 지이잉!

"예, 최종혁…… 예, 청장님. 당연히 잊지 않았습니다. 예, 그럼 내일 새벽 5시에 숍에서 뵙겠습니다."

내일은 현몽준 당선인의 대통령 취임식이 있는 날이었다.

* * *

"이탈리아 경찰들이 움직였다고?"

회사의 최상층 회의실.

현재 이탈리아에서 진행되고 있는 초대형 프로젝트에

제동이 걸릴 소식이었건만, 사장과 고위 임원들은 오히려 입술을 비튼다.

"현재 사태의 심각함을 인식하고 수사팀을 조직하고 있답니다."

"생각보단 빠르게 움직였군. 이유는?"

"그쪽 형사들이 냄새를 맡은 거 아니겠습니까."

아직 이탈리아 경찰 조직에 침투한 사원이나 조력자가 그리 많지 않다 보니 정보의 질이 낮을 수밖에 없었다.

"확실히……."

그럴 수밖에 없다.

그들을 쫓을 단서인 박스들. 흔적을 남기지 말고 치우라 지시를 내렸지만, 그걸 지킬 놈이 몇 명이나 있을까.

언제 들킬지에 문제였을 뿐, 언젠가는 들킬 것이라 생각하고 있었다.

즉, 이미 상정하고 있는 상황이 벌어진 것뿐. 당연히 대비책이 준비되어 있었다.

"플랜 B로 전환하라고 해."

"예!"

이걸로 이탈리아 프로젝트에 관한 업무 지시는 끝.

나머진 이탈리아에서 프로젝트를 진행하고 있는 지부장에게 맡기면 됐다.

"그보다…… 후우. 이번에도 또 최종혁이군."

그들이 동시에 이마를 잡으며 담배를 문다.

형사수사국의 미친개들이 날뛰면서 지방청들도 날뛰

고, 또 지방경찰서까지 날뛰면서 현재 국내에서 진행하고 있던 프로젝트가 무려 6개나 날아가 버렸다.

그중 4개는 장기 프로젝트, 최소 500억 이상의 수익이 예상됐던 프로젝트들이기에 그 손실은 당연히 뼈아플 수밖에 없었다.

"죄송합니다."

"죄송할 게 있나……."

모두 종혁이 죽일 놈일 뿐이다.

그놈의 돈만 아니었어도, 그놈의 실적 경쟁만 아니었어도 들키지 않았을 일.

지난 한 달여 사이 검거율이 이전 달과 비교해 두 배나 치솟았으니 정말 종혁은 죽일 놈이 맞았다.

"각 지부들까지 거슬러 오진 않았지?"

"그런 정황은 발견되지 않았습니다."

"각 지부들에 연락해서 곧바로 예비 프로젝트를 진행하라고 해."

그로 인해 각 지부에 할당된 예산이 또다시 소모되겠지만, 장기적으로 봤을 땐 예산을 묶어 두는 것보다는 나았다.

"예. 알겠습니다."

"그럼……."

"사장님, 취임식이 시작될 시간입니다."

"……일단 취임식부터 보고 회의를 이어 가지."

그들은 곧 스크린을 내려 TV와 연결시켰고, 이내 얼굴을 와락 구겼다.

회사의 주적이자 악적, 종혁이 TV에 비춰지고 있었다.

그들의 입에서 온갖 쌍욕이 튀어나왔다.

* * *

짝짝짝짝짝짝짝!

현몽준 대통령의 취임사에, 앞으로 5년간 대한민국을 어떻게 이끌어 가고 가꿔 갈 것인지에 대한 웅대한 포부에 취임식에 참석한 모든 이들이 기립박수를 치며 환호성을 보낸다.

그렇게 식이 끝나고, 각국에서 찾아온 귀빈들이 연회장소인 영빈관으로 이동을 하자 현몽준은 잠시 대통령 집무실로 향한다.

스으윽!

고요한 집무실의 책상을 쓸어내리는 그의 손.

현몽준의 얼굴에 형언할 수 없는 감정이 서린다.

"……드디어 이 책상에 앉는군."

1988년 정계에 입문해 이 자리에 오기까지 어언 25년이 걸렸다.

25년, 강산이 두 번이나 바뀌고도 남을 시간이다. 실제로 그동안 정권이 몇 번이나 바뀌었던가.

'그놈의 엿 같았던 정치판, 걸핏하면 기업인들만 죽이는 정치인들과 정권이 꼴 보기 싫어서 정치에 입문했던

건데…….'

 민주주의를 위해 피를 흘리는 학생들도 그를 정계로 이끄는 데 크게 한몫했다.

 "축하드립니다, 대통령님!"

 그동안 그를 보좌했던 보좌관, 아니 이제 대통령 비서실의 실장이 된 비서실장의 말에 현몽준의 눈이 흔들린다.

 '축하라……. 그래, 축하받아야지.'

 그동안 자신이 허투루 일해 오지 않았다는 증거, 국민들이 인정한다는 증거니 축하를 받아 마땅했다.

 그렇게 생각하니 이제야 점점 대통령이 됐음이 실감이 나고 있다.

 "어떡할까요, 대통령님. 지금 바로 각국 대통령들과의 전화를 연결시킬까요?"

 "그렇게……."

 똑똑똑!

 "음? 들어와요."

 현몽준의 허락에 문을 열고 들어오던 종혁이 들어오다 멈추며 눈을 데구루루 굴린다.

 "음. 제가 너무 일찍 찾아온 겁니까?"

 "아닙니다, 아니에요!"

 종혁이 왔는데 그깟 전화가 문제일까.

 '처음 대선에 도전했을 시절 그 친구의 비리를 밝혀내지 않았다면 어떻게 됐을까.'

아마 박노형 전 대통령과 후보 단일화를 두고 끝까지 싸우다가 결국 비리 사실이 드러나 진보 쪽에선 더 이상 발을 붙일 수 없게 되었을 거다.

그렇다면 결국 보수 쪽으로 당을 옮겨야 했을 텐데, 그렇게 되면 박쥐라는 인식이 박히게 됐을 터.

그런 이미지를 가진 정치인의 말로가, 지지 세력조차 다 떨어져 나간 정치인의 말로가 어떤지 잘 알고 있는 그로서는 결코 생각하고 싶지 않은 일이었다.

그 외에도 종혁의 간절한 부탁에 바꾸고, 또 새로 입법시킨 법률들과 최근에 일어난 테러까지.

지금의 대통령 현몽준을 만든 것은 종혁이라고 해도 무방했다.

"경찰 예산 때문에 온 거지요?"

움찔!

"그럴 리가요. 당연히 축하를 드리기 위해…… 크흠. 죄송합니다."

"아닙니다. 아니에요."

현몽준이 푸근히 웃으며 고개를 젓는다.

분명 강요에 가까운 일이라고 하더라도, 종혁이 짠 판이라고 하더라도 결과가 증명하고 있다.

막대한 예산이 불러온 검거율의 상승.

"긍정적으로 논의해 보겠습니다. 기대하셔도 될 겁니다, 최 치안감."

"감사합니다, 대통령님!"

"하핫!"

박노형과 박무형의 마음이 이랬을까.

종혁의 입으로 대통령이라는 소리를 들으니, 어떻게 표현할 수 없는 감정이 가슴속에서 뭉글뭉글 피어난다.

"이제 다음엔 어떻게 할 겁니까? 그만하면 형사수사국을 완전히 장악한 것 같고…… 경찰 이미지를 다시 한번 높여 놨으니……."

종혁은 아쉽다는 듯 고개를 저었다.

"저도 휴가를 가고 싶은 마음은 굴뚝같지만, 학회에 참석해야 해서 말입니다."

이번엔 이탈리아다.

우연이라면 우연이었다.

'가서 사건 진행 상황을 알아보면 되겠지.'

"이탈리아라……. 멀리 가는군요."

"저희 형사수사국이 이번에 구축한 시스템을 자랑할 겸 가는 거라서 빠질 수가 없네요……하하."

"대통령님."

더 이상 지체하면 안 된다는 비서실장의 말에 현몽준이 고개를 끄덕이고, 종혁이 절도 있게 차렷 자세를 잡으며 경례를 한다.

현몽준이 끝까지 정도를 지킨다면 언제나 그를 향할 경례.

"다시 한번 대통령이 되신 걸 축하드립니다."

"……감사합니다. 정말 덕분입니다, 최 치안감."

"예? 아니……."
"하하. 좀 있다가 영빈관에서 봅시다. 전화 연결시켜요."
"끙."
띠리링! 띠리링!
앓는 소리를 낸 종혁은 맹렬하게 울리기 시작한 전화벨 소리에 결국 대통령 집무실을 빠져나올 수밖에 없었다.
'그렇게 생각하시는 건가……. 그렇게 생각하지 않으셔도 되는데…….'
"푸후. 그나저나 이제부턴 함부로 연락하기도 힘들겠네."
앞으로 국정 운영에 밤낮이 없어질 현몽준. 부디 저 새까만 머리에 새치가 생기지 않기를 바랄 뿐이다.
그만큼 고민을 한다는 건 이 나라 대한민국의 사정이 그만큼 힘들다는 뜻일 테니 말이다.
"흠. 이탈리아에서 파스타랑 피자 빼고 먹을 만한 게 뭐가 있으려나……."
종혁은 꽤 심각하게 고민하기 시작했다.

* * *

"허어……."
"하……!"
본청 본관 뒤편.

본청 형사수사국의 새 보금자리에 들어온, 이제야 진짜 보금자리라 할 수 있는 신축 건물 안으로 들어온 형사수사국 소속 경찰들이 입을 떡 벌린다.

그들뿐만 아니다.

조오현 경찰청장부터 고위 간부들, 그리고 시간이 남아 구경 온 경찰들도 모두 입을 벌린다.

경찰 관련 건물 특유의 미묘한 어두움은 어디로 간 건지 눈이 부실 듯 새하얀 조명과 분명 본관 건물이 앞에 떡 하니 있는데도 따사로운 햇빛이 쏟아지는 통유리창 벽에 고개를 뒤로 한참 꺾어야 끝이 보이는 천장.

"……최 국장, 저거 카페야?"

"예. 앞으로 형사수사국의 커피와 간식을 책임질 카페입니다."

운영은 교도소에서 바리스타 자격증을 따는 등 완벽히 회개한 재소자와 본청 소속의 의경, 그리고 본청에 봉사 활동을 하러 온 학생들에게 맡길 예정이다.

카페뿐만 아니라 로비 전체를 말이다.

"베이커리와 분식집도 함께 운영할 예정이니 부서 상관없이 언제든, 얼마든 이용해 주시면 됩니다."

"헉?! 진짜야, 최 국장?! 본청 소속이면 아무나 다 되는 거야?"

"경찰이면 아무나 다 됩니다. 24시간 열려 있으니 언제든 오셔서 공무원증만 내미시면 됩니다."

물론 무료는 아니다. 인건비를 제외한 원가에 판매할

생각이다.

"직원들이 제일 많이 마시는 아메리카노로 따지자면……
600원?"

"미친! 편의점 캔커피보다 싸잖아!"

그 말에 기획조정관과 재정담당관의 눈이 번뜩인다.

결코 만만치 않은 액수의 예산이 소비되는 항목인 부식비. 그걸 획기적으로 줄일 수 있으니 그들로서는 당연히 눈이 돌아갈 수밖에 없었다.

반면 예산과 상관없는 이들은 넓고 높은 로비와 중간중간 세워진 나무 화분들을 보며 눈을 빛내거나 눈살을 찌푸린다.

어떤 곳은 나무들에 가려져 아예 그 안쪽이 보이지도 않는 상황.

'의자들도 영…….'

'뭔 의자가 저렇게 제각각이야?'

큐브 형태나 안마의자처럼 뒤로 완전히 눕힐 수 있는 의자 등 단 하나도 같은 형태의 의자가 없다.

"창의로운 공간에서 창의로운 수사 방법이 떠오르는 법이죠. 그러며 업무에 지친 경찰들의 멘탈 치료 및 형사수사국을 찾은 사건 관련인들의 긴장 완화 용도도 겸하기 위해 이렇게 꾸며 봤습니다."

"아!"

"흠. 확실히 이런 곳이라면……."

방향제를 뿌리는 건지 코끝을 은은히 자극하는 향기가

절로 긴장을 완화시키는 기분이다.

 상대적으로 스트레스가 심한 부서의 장들이 눈을 빛낸다.

 "그럼 2층으로 올라가시죠."

 2층은 치안상황관리센터 산하 간편관리신고과와 연계된, 그래서 수시로 튀어 나가야 할 수사부서인 특별수사과와 1층 로비를 관리할 의경들의 숙소고, 3층은 피트니스 센터와 사우나, 숙직실이었다.

 그리고 4층부터가 진짜 사무실.

 "과장님……."

 "끄응. 나 보지 마라. 돈 없다."

 2층에서도 이미 맛을 봤지만, 여전히 눈이 동그래지는 인테리어. 어느 사무실은 모던하고, 어느 사무실은 휴양지에 온 것처럼 시원한 인테리어.

 "심리학자들의 조언을 받아 각 과가 주로 담당하는 사건과 업무의 성격에 맞게 색깔과 인테리어를 했습니다."

 "여기로 내 사무실을 옮겨도 되나?"

 "끙. 그건 좀……. 부하 직원들 숨 막힙니다. 참아 주시죠, 청장님."

 "쯧."

 그렇게 8층까지 쭉 살피고, 대망의 지하로, 수사지원본부로 내려 온 그들은 그 누구라 할 것 없이 동시에 감탄을 하며 욕심을 드러낸다.

 그중 치안상황관리센터의 수장이자 치안상황관리관인

정용진 경무관과 정보국의 국장이 가장 눈을 빛냈다.
"이거…… 이래 놓고도 범인을 못 잡으면 국민들을 볼 면목이 없겠군."
"그래서 이곳은 최대한 숨길 생각입니다. 정보국처럼 말입니다."
그래서 수사지원본부로 내려오려면 별도의 보안 시스템을 거치도록 설계를 해 놓았다.
그건 경찰청장도 마찬가지였다.
"형사수사국장과 수사지원본부장의 승인이 없으면 혹여 청장님이라고 해도 불시에 들어오실 수 없습니다."
"……차라리 그게 낫겠군."
이 공간이 밖으로 새어 나간다면, 종혁의 사비를 들여 만든 것임에도 혈세를 낭비하고 있다며 말이 나올 거다.
혹시 모를 상황을 위해서라도 본청 경찰들조차 그 존재를 모를 만큼 숨겨진, 정보국처럼 숨겨야 했다.
"돈 많이 들었지? 수고했어."
이 건물을 짓는데 들어간 예산 중 종혁이 부담한 액수가 무려 70퍼센트다.
수고했다는 말 한마디로 끝낼 수 없는데, 너무 어마어마하다 보니 그 말밖에 떠오르지 않은 조오현이었다.
반면 다른 치안감들과 경무관들은 눈을 빛냈다.
'최 국장님이 진급을 한다면…….'
'어차피 최고위 간부라고 해도 내규상 한 부서에 오래 있지 못하니까…….'

두 눈에 귀여운 욕심들이 들어차는 그들의 모습을 모른 척 일견한 종혁은 조오현에게 고개를 숙였다.

"아닙니다."

이럴 때 쓰기 위해서 번 돈이다. 이 정도는 아무것도 아니었다.

"그래……. 그럼 이 시간 이후부터는 어떻게 할 생각이지? 바로 형사수사국을 가동할 생각인가?"

"저야 당연히 그러고 싶은 마음이 굴뚝같지만……."

종혁은 조오현의 어깨 너머를 가리켰고, 고개를 돌린 조오현이 본 건 황급히 고개를 돌리는 형사들의 모습이었다.

"쯧. 그래. 오늘 오전은 이사하는 데 쓰고, 나머지부터는 최 국장 재량껏 알아서 해."

"충성."

"우아아아아아아!"

"조오현! 조오현!"

"크흠. 그럼 우린 이제 가 보지."

"살펴 가십시오! 충성!"

"전체 차렷! 청장님을 향하여 경례!"

"충성-!"

종혁은 걸음이 살짝 빨라진 조오현을 바라보다 소속 형사들을 봤다.

"다들 들었습니까?"

"예!"

"그럼…… 문 걸어 닫아요. 지금부터 시상식을 시작하겠습니다."

쿵!

본래라면 축하주를 거나하게 마시며 해야 할 시상식이지만, 술에 취하면 돈을 흘릴 수도 있다.

"그편이 술을 더 즐길 수 있겠죠?"

후다닥!

대답 대신 로비로 뛰어가 문을 잠그다 못해 셔터까지 내리는 그들.

종혁은 던진 장난감을 물고 와 칭찬과 간식을 바라는 강아지들처럼 자신을 바라보는 형사들을 향해 두툼한 지갑들을 빼 들었다.

"오오오!"

"3등부터 시작하겠습니다! 3등!"

"두구두구두구!"

"특별범죄수사과!"

"우와아아아아!"

"우우우우!"

"특별! 특별!"

종혁은 주세요 하고 손을 내미는 과장을 향해 10억짜리 수표 3장을 올려 주었고, 과장이 챔피언 벨트를 들 듯 양손으로 높이 쳐들자 다시 환호성과 야유가 터졌다.

"2등!"

"두구두구두구!"

"광역수사대!"

"와아아아아!"

"우우우!"

"감사합니다! 충성을 다하겠습니다! 충성! 이 자식들아! 제수씨와 가족에게 드릴 선물 목록은 다 뽑아 왔지?!"

"예-!"

'크크크.'

"자, 그럼 대망의 1등!"

"꿀꺽!"

2등이 50억이다. 그렇다면 1등은 70억.

모든 형사들의 눈이 종혁의 입으로 향했고, 종혁은 피식 웃으며 입을 열었다.

"이건 이견이 없겠네요. 1등, 특수범죄수사대. 오 총경님, 나오세요."

"우아아아악!"

"우우우우! 사기다!"

이미 인식프로그램 시리즈와 순철을 비롯한 수사지원팀이 따로 있었던 특수범죄수사대.

형사들은 인정할 수 없다며 발을 동동 굴렀고, 오택수는 콧대를 높이 쳐들며 종혁에게서 70억을 받아 들었다.

"우와아아아!"

"특수! 특수!"

"쳇. 다음엔 무조건 이긴다."

"그래. 이젠 우리들도 조건은 똑같아."

순위에 들지 못한 과들은 다음번을 기약하며 전의를 다졌다.

그 순간이었다.

"그리고…… 4등!"

"응?"

놀라 종혁을 바라보는 경찰들.

종혁은 씩 웃었다.

"순위에 들지 못한 모든 과!"

"……예?"

"음. 뭐 돈 받기 싫으면 관두시고요."

"아, 아닙니다!"

"뭐해요, 과장님!"

우르르!

종혁은 다급히 자신의 앞으로 몰려온 그들에게 15억씩 넘겨주었다.

"컥!"

"으허억?!"

"다들 지난 한 달 반 동안 수고했습니다. 앞으로도 잘해 봅시다."

"우아아아악!"

"최종혁! 최종혁!"

종혁은 눈빛이 모두 똑같아진 형사들을 보며 시간을 확인했다.

"현재 시각 오전 10시 15분! 정확히 13시 45분까지 이사를 마치고 다시 로비에 모이는 겁니다! 한 사람이라도 늦는 부서는 오늘 회식비 50퍼센트 부담!"
 "억?!"
 "악! 국장님!"
 "알아들었으면…… 뛰어!"
 "에이, 씨! 달려!"
 "막내들 뭐해! 얼른 튀어가서 손수레부터 빌려 와!"
 "예, 예!"
 종혁은 뛰어가는 그들을 보며 흐뭇하게 웃다가 멀뚱히 서 있는 최재수와 현석을 바라봤다.
 "어쭈? 니들은 가져올 거 없나 보다?"
 "구, 국장님은요?"
 "난 어제 다 옮겨 놨지."
 "……에라이!"
 "배신자!"
 피식 웃은 종혁은 몸을 돌렸다. 이 건물에 있는 흡연실의 1호 고객이 되기 위해서 말이다.

 * * *

 "으하하하하!"
 "마셔!"
 "적셔!"

수백 명의 경찰이 모여들면서 비명을 지르는 본청 근처의 연회 전문 식당.

아직 해가 지지 않았음에도 얼굴들이 새빨간 직원들을 바라보던 종혁이 슬그머니 몸을 일으켜 식당을 빠져나간다.

찰칵!

"음?"

"뭐해? 팔 떨어져."

"하하."

퉁명스러운 표정을 짓는 오택수의 모습에 종혁이 미소를 지으며 문 담배를 라이터 불에 가져간다.

치이익!

"후우우!"

기분 좋게 마셔서 그런지 나른해지는 몸.

담뱃불을 붙인 오택수가 초탈한 표정을 짓는 종혁을 못마땅한 눈으로 바라본다.

"내일 학회 아니야?"

"오. 제 스케줄도 체크하십니까?"

"씁!"

"하하."

웃음을 흘린 종혁이 식당 안을 바라본다.

"오늘 시상식이잖아요."

그래서 남아 있었던 거다.

"계좌로 이체해도 되고, 돌아와서 줘도 되지만……."

오늘은 형사수사국의 역사에 남을 날이다. 시상식 같은 건 미루지 않고 해치워 버려야 말이 나오지 않았다.

"그리고 이렇게 손수 줘야 앞으로 누가 자신들의 보스인지 더 실감하죠. 보세요."

종혁이 가리키는 식당 안. 종혁을 찾아 두리번거리는 경찰들.

이래서 남았던 거다. 형사수사국을 완전히 장악하기 위해서, 저들을 완전히 한 식구로 만들기 위해서, 내 새끼로 만들기 위해서.

그 말에 오택수가 낯빛을 굳힌다.

"……그래, 넌 그런 놈이었지."

"그래서 싫어요?"

"그럴 리가."

입술을 비튼 오택수가 이젠 묵은 추억이 된 2004년을 떠올린다.

아무나 물어뜯는 미친개라 결국 파출소로 좌천이 됐던 그.

그래서 결국 경찰 생활에, 제아무리 몸과 영혼을 바쳐 피해자를 구하려고 해도 피의자를 제대로 처벌 못하는 좆같은 현실에 사명감을 잃어 가던 그.

종혁은 그랬던 자신을 구해 주었다.

꺼져 가던 사명감의 불씨에 장작을 넣고, 기름을 끼얹었다.

'만약 그때 그대로 파출소에 남아 있었으면 어떻게 됐

을까?'

 이놈의 거지 같은 성격에 계속 다른 직원들과 마찰을 일으키다 결국 어디 시골로 전근을 가거나 퇴직을 했을 거다.

 "그리고 퇴직금으로 치킨집이나 차렸겠죠. 그리고 3년 안에 망했을 거고요. 그놈의 성질머리로 자영업은 무슨. 치킨집은 아무나 차리나."

 "……내가 사람 생각 함부로 읽지 말라고 했지, 이 자식아."

 "그럼 표정 간수나 잘하시든가요."

 "……쯧."

 "큭큭."

 고개를 휙 돌리는 오택수를 보며 웃음을 흘린 종혁은 갑자기 낯빛을 굳혔다.

 "이놈들이 너무 조용합니다."

 "회사? 확실히……."

 종혁에 의해 대선 개입까지 물 건너가다 못해 소중한 인력을 수십 명이나 잃은 놈들이다.

 돈을 위해서라면 테러 단체에도 스며드는 놈들.

 "지난 한 달 반 동안의 실적 경쟁에서 놈들이 진행하는 것이라 생각되는 사건 몇 개를 발견하긴 했는데……."

 확실치는 않다. 그래도 놈들의 냄새가 나는 사건이 몇 개 있었다.

 "그런데 피해 규모가 지부급 프로젝트 수준이었어요."

프로젝트가 성공했을 때를 따진다고 해도 영업팀 두 개 정도가 올릴 매출 수준.

종혁 자신에 의해 손실된 직원들의 숫자를 생각하면 지부급 수준이 맞았다.

"분명 거액이 필요할 텐데 말이에요."

"……돈 쓰는 버릇을 들이면 아껴 살기 힘들지."

"빙고."

일반적인 기업이라면 어찌어찌 그럴 수 있다.

하지만 머리 위에 어르신이란 존재를 두고 있는 회사다.

"회사는 아낄 수 있어도……."

"개인은 힘들지. 그것도 이미 돈맛을 본 놈이라면 더더욱."

"예. 분명 회사는 이 어르신의 욕구를 충족시켜 주기 위해 무리를 할 수밖에 없어요."

그런 생각에 SVR과 CIA, 그리고 친분이 있는 이들에게 싹 연락을 돌려 봤는데도 회사의 흔적을 찾을 수 없다.

"그럼 가능성은 두 개네. 그 어르신이란 놈이 곧 뒤질 상황이라 돈 욕심이 사라졌거나……."

"아무도 모르는 곳에서 초대형 프로젝트를 진행하고 있거나."

조희구에 버금가는, 아니 그 이상 가는 프로젝트를.

쿵!

"후우우."

'역시 이야기를 해 보길 잘했네.'

방금까지만 해도 긴가민가했던 가설에 확신을 가질 수 있게 됐으니 말이다.

"일단 국내는 아니야."

"예. 그렇게 훑었는데도 없다면 국내는 아닙니다."

경찰이 미쳐 날뛰면서 검찰도 질세라 눈에 불을 켰다.

약간 과장을 하자면, 대한민국 북방 한계선에서 제주도까지 모두 훑었다고 해도 과언이 아니다.

'그렇다면 답은 하나.'

해외다. 세계 어딘가에서 그 나라 국민들의 피와 땀을 빨아 먹고 있는 것이다.

그동안 손실된 금액과 인력을 생각하면 최소 조희구 프로젝트의 2배 이상의 규모는 될 터.

"빌어먹을. 그냥 외사국에 있을 걸 그랬나."

"어쩌겠냐. 일이 이렇게 되어 버린 것을. 일단 혹시 모르니까 과장과 대장들 꼬드겨서 다시 한번 국내 쪽은 싹 훑어볼게."

오늘 종혁이 쳐 놓은 약발이라면 1년 내내 훑게 한다고 해도 불만을 가지지 않을 것이다. 그렇게 뺑뺑이를 칠수록 후에 얻을 과실이, 보상이 커질 거란 걸 다들 알게 됐으니 말이다.

그러다 뭐라도 하나 걸리면 곧바로 진급.

목줄 풀린 미친개들은 스테로이드를 맞은 것처럼 한계를 무시하며 냄새를 맡고 다닐 거다.

"부탁드리겠습니다."
"잘 다녀오기나 해."
화장실이 급해진 오택수는 먼저 안으로 들어갔고, 종혁은 하늘을 보며 담배를 다시 물었다.
그렇게 얼마나 흘렀을까.
"에휴. 들어가자."
여기서 생각해 봤자 답이 나올 리가 없는 상황.
종혁은 핸드폰을 꺼내 들며 다시 식당 안으로 들어갔다.
그때였다.
"응? 이건 또 뭐야?"

검찰총장 후보 아들 병역 비리?
검찰총장 후보의 딸, 성적 조작 정황 발견!

"아니……."
검찰총장 후보라면, 전에 봤던 그 사람이다.
놈들을 잡는 데 도움을 주기로 한 그.
"대체 자식 교육을 어떻게 했길래……."
종혁은 한숨을 푹 내쉬었다.
뭔가 어그러지는 기분이었다.

* * *

부우웅! 빵빵!

이탈리아의 수도 로마, 비교적 현대적인 감성의 건물들이 줄지어 늘어선 어느 거리의 건물 앞.

빨리 앞으로 가자는 듯 경적을 울려 대는 차량들과 그 사이를 요리조리 빠져나가는 오토바이들을 바라보던 한 사십대 이탈리아 신사가 진하게 차오른 수염들 사이로 담배 연기를 뿜어내며 주위를 지나는 여성들을 향해 우수에 찬 눈빛으로 윙크를 한다.

그에 고혹적인 미소로 화답하며 지나가는 여성들.

만족스럽게 웃은 중년인이 손목에 찬 시계를 본다.

"흠. 오늘은 안 오려는 건가……."

아무래도 그런 것 같다.

-곧 포럼이 시작되오니…….

건물 안에서 들려오는 안내 방송.

간이 재떨이에 채 다 피우지 못한 담배를 끈 중년인이 돌아서는 순간이었다.

끼이익!

그의 귀를 자극하는 타이어가 밀리는 소리.

뒤를 돌아본 중년인은 차에서 내려 이쪽을 향해 헐레벌떡 달려오는 동양인 세 사람을, 공항에서 곧바로 날아온 것인지 캐리어를 짐짝처럼 든 채 달려오는 세 사람을 발견하곤 환하게 웃는다.

"몇 분 남았어?!"

"3분 남았심더!"

"아, 그래? 그럼 빠르게 담배 한 대……."

"Choi-!"

"응?"

자신을 부르는 듯한 소리에 고개를 돌린 종혁.

중년인이 종혁에게 다가가 손을 내민다.

"반갑습니다. 이탈리아 경찰청의 가브리엘 가르코입니다."

"아!"

오픈마켓 마약 유통 사건을을 담당하는 형사였다.

종혁은 방긋 웃으며 손을 맞잡았다.

"반갑습니다. 험악한 마약 사건의 담당자가 이토록 멋진 분일 줄은 몰랐군요. 대한민국 경찰청의 최종혁 치안감입니다."

그렇게 본인을 소개한 종혁은 살짝 놀란 상태였다.

'카라비니에리에게 사건을 뺏기지 않은 건가?'

한국으로 치면 군경찰로 표현할 수 있지만, 실상 그 업무의 대다수는 민간 경찰의 업무를 수행하는 이탈리아 국가 헌병대 카라비니에리(Carabinieri).

이탈리아 국가 경찰들의 이미지가 부정부패와 무능함의 온상처럼 인식되는지라 이탈리아 국민들도 카라비니에리를 더 선호하는 편이었고, 대중 매체에서도 이탈리아 경찰로 표현되는 이들 대부분 이 카라비니에리라고 봐도 무방할 만큼 그 영향력과 권한이 대단한 기관이었다.

'뭐 다 견찰들만 있는 건 아니겠지.'

그렇기에 이렇게 사건을 뺏기지 않은 것일 터.

생각을 빠르게 정리한 종혁이 눈을 가늘게 뜬다.

"그런데……."

사건 담당자가 이 자리에 왔다는 건 사건에 가시적인 성과가 있다는 의미.

"흠. 일단 안으로 들어가실까요? 곧 포럼이 시작합니다."

"……예. 그러시죠."

왠지 빼는 듯한 모습에 종혁은 낯빛을 굳히며 건물 안으로 들어갔다.

"늦어."

"하하. 어젯밤에 비행기를 타서요."

케이스 발표가 시작된 국제범죄학 포럼.

조심히 본인의 자리를 찾아 앉은 종혁이 옆에 앉은 캘리 그레이스를 보며 어색하게 웃는다.

"그보다 LA 지국장 영전을 축하드립니다. 보스."

올 초 인사이동 때 FBI 본부를 벗어나 LA 지국의 지국장이 된 캘리 그레이스.

드디어 FBI라는 범세계적 수사기관의 수장이 되기 위한 본격적인 레이스에 참가한 것이다.

마치 당연한 일이었다는 듯 코웃음을 친 그녀가 이내 어이없다는 듯 종혁을 본다.

"왜요? 내가 너무 잘나 보여요?"

"후, 그때 어떻게든 눌러 앉혔어야 했는데……."

"하하."

"치안감 진급을 축하해. 치안감이 3번째 계급이지?"

위에서부터 세 번째. 미국 나이로 고작 31살에 경찰 조직의 최고위 간부가 된 거다. 어쩌면 종혁이 자신보다 더 일찍 한 나라 수사기관의 장이 될지도 몰랐다.

캘리 그레이스의 질문에 고개를 끄덕인 종혁이 그녀의 옆에 앉은 뤼옹 드 몽 교수와 해리 가드너 교수를 향해 눈인사를 한다.

멤버 중 한 명인 안드레 교수는 아쉽게도 안식년에 접어들었기에 이번 포럼에 참가하지 못한 상황.

톡톡!

어깨를 두드리는 손길에 고개를 돌린 종혁이 활짝 웃는다.

"고든 교수님."

이탈리아 범죄학계의 거물이자 한구레와 반깜의 마약 제조 공장에서 발견한 오픈마켓 기업의 박스 조사를 부탁했던 고든 그라비나 교수.

칠십대의 나이임에도 탄탄한 몸과 부드럽고 매끄럽게 몸을 감싼 이탈리아 스타일의 정장, 마치 중후한 노신사처럼 보이는 그의 모습에 종혁은 속으로 혀를 내둘렀다.

'진짜 이탈리아는 이탈리아다.'

패션과 멋, 그리고 바람의 나라 이탈리아.

그렇게 국제범죄학 포럼이 시작됐다.

＊　＊　＊

-그러면 2시간 30분의 휴식 후 포럼을 이어 가도록 하겠습니다. 이번 포럼과 연계된 식당은…….

웅성웅성!

점심시간이 되자 종혁도 몸을 일으킨다.

'어디 간 거야?'

분명 함께 포럼 회장에 들어왔던 가브리엘 가르코가 보이질 않는다.

"이번 발표 주제가 꽤 의미심장하더군, 최."

"아."

종혁이 눈을 빛내는 뤼옹 드 몽 교수를 본다.

"제목이…… 몰락한 독재자의 유산이었던가?"

뤼옹 드 몽 교수뿐만 아니라 해리 가드너와 캘리 그레이스, 고든 그라비나 교수도 눈을 빛낸다.

"이번에 한국에서 발생한 사건에 대한 소식은 들었네. 선우연…… 게이트라고 했던가?"

"아마 여기 있는 분들께는 꽤 흥미로운 주제일 겁니다."

어디 이 멤버뿐일까. 이번 포럼에 참가한 모든 사람들에게 흥미로운 주제일 거다.

과거 군사정권 독재자가 남긴 유산들이 현대에 끼친 영향과 그 비자금 조성 방식, 인맥 유지 방법 등을 다룰 테니 말이다.

특히나 과거 독재자의 독재에 온 국민이 도탄에 빠졌던

나라라면, 현재도 진행형인 나라라면 꽤 들을 만할 거다.

"UN에서 특히 관심 있어 하겠군."

아마 종혁이 발표를 하는 날, 그쪽에서 사람이 찾아오지 않을까 싶다.

뤼옹 드 몽 교수의 말에 고개를 끄덕인 사람들은 다시 종혁을 응시했다.

"그래서 그건 무슨 의미였지?"

얼마 전 갑자기 자신들 나라에 어떤 세력이 나타나 돈을 쓸어 담고 있지는 않냐 등을 물었던 종혁.

그들은 의아해하면서도 그런 상황들을 말해 줬고, 종혁은 별다른 사정 설명 없이 알았다며 전화를 끊어 버렸다.

"설마 그들인가?"

움찔!

종혁이 뤼옹 드 몽 교수를 바라본다.

"여기 가드너 교수에게 은근히 언급했던 그 정체 모를 단체."

움찔!

종혁은 해리 가드너 교수를 봤고, 해리 가드너 교수는 어깨를 으쓱였다.

"끙."

언젠가 영국에서 사건을 해결한 후 은근슬쩍 언급했던 회사.

놈들이 전 세계를 대상으로 움직인다는 것을 알게 됐기에 혹시나 놈들의 꼬리를 잡을 수 있을까 은근슬쩍 언급을 했었다.

그게 아무래도 뤼옹 드 몽 교수에게까지 흘러 들어간 것 같다.

"정체불명의 단체?"

종혁은 눈을 빛내는 그들의 모습에 한숨을 내쉬었다.

'확실히 이젠 말할 때가 되긴 했지?'

놈들이 어디에 숨어서 그 나라 국민들의 피와 땀을 빨아먹고 있을지 모른다.

이들의 적극적인 협력이 필요했다.

"일단 자리를 옮기죠. 고든 교수님, 혹시 근처에 조용히 식사를 할 만한……."

"여기 계셨군요, 최."

"아, 가브리엘 씨."

종혁은 흐름을 끊는 가브리엘에 눈살을 찌푸렸다가 이내 고개를 저었다.

얼마나 많은 피해자가, 그것도 자신의 생각대로라면 아무것도 모른 채 마약을 접한 억울한 피해자가 얼마나 있을지 모를 사건.

이 사건 역시 중요한 사건이다.

"지금부터 식사를 하러 갈 생각인데, 같이 가시겠습니까?"

"오! 미인이 있는 곳이라면 어디든 가야죠!"

당당하고 고고한 암사자, 캘리 그레이스를 보며 눈을 빛내는 가브리엘의 모습에 종혁은 한숨을 내쉬었다.

'이야기만 듣고 보내야겠네.'

멋을 잘 아는 멋쟁이들이지만, 이런 가벼운 모습 때문에 썩 신뢰가 가지 않는 이탈리아인들.

그들은 근처의 식당으로 자리를 옮겼다.

"이탈리아에 오셨다면 가장 먼저 파스타를 먹어 봐야 합니다."

알리오 에 올레오, 카르보나라 등 전 세계인이 아는 파스타부터 시작해 참 많은 파스타 요리가 있는 이탈리아.

"파스타를 내놓지 못하는 식당은 살아남을 자격이 없다고 할 만큼 우리 이탈리아인들에게 파스타는 자부심이라고 할 수 있죠. 그러니 파스타가 어떠십니까, 세뇨리따."

그들 외에도 사람들이 제법 많이 자리한 식당.

자리에 앉자마자 캘리 그레이스를 뚫어져라 쳐다보며 말을 쏟아 내는 가브리엘의 모습에 질려 하며 고개를 저었지만, 고든 교수는 맞장구를 쳤다.

"뭘 좀 아는군! 아, 피사대에서 범죄학을 가르치고 있는 고든 그라비나 교수일세."

"오! 반갑습니다, 교수님. 이탈리아 경찰청의 가브리엘 가르코입니다."

고개를 저은 사람들은 자신들의 대화가 끝날 때까지 기다리려는 건지 한쪽에 서서 이쪽을 바라보고 있는 종업원을 향해 손을 들었다.

"가장 자신 있는 메뉴와 고기 요리를 사람 숫자대로 가져다주세요. 그리고 와인은…… 혹시 솔데라 2002 있을까요?"

"오! 맘마미아……."

메뉴판을 쳐다도 보지 않은 채 주문하는 종혁의 모습에, 마치 돈 많은 부자의 허세라 생각되어 못마땅했던 종업원이 와인의 이름을 듣자 깜짝 놀라며 종혁을 다시 바라본다.

급격한 기후 변화로 인해 포도 재배의 흉작, 거의 재앙이었던 2002년. 당시 그 재앙 속에서도 아름답게 피어난 보석을 이탈리아인도 아닌 동양인이 원한다는 데 감동을 받지 않을 수 없었다.

종업원은 방금 전 모습을 사과하듯 정중히 인사를 했다.

"물론입니다, 씨뇨레. 더 필요하신 것은 없으십니까?"

"모든 건 쉐프와 소믈리에에게 맡기겠습니다. 함께 마실 다른 와인들까지 말이죠."

"……곧 가져다 드리겠습니다."

종업원은 마치 이 소식을, 이탈리아를 확실하게 이해하는 손님이 왔다는 걸 주방에 알리려는 듯 빠르게 주방으로 향했고, 고든 교수는 종혁을 보며 흡족히 웃었다.

"솔데라 2002 빈티지를 알고 있을지 몰랐네, 최."

"이탈리아 와인을 좋아해서요."

그 말에 고든 교수는 더 흡족해했고, 종혁은 이제 말이 다 끝났냐는 듯 가브리엘을 바라봤다.

'아, 이 양반은 솔데라 2002를 모르네.'

이탈리아로 〈207〉

"크흠. 최가 제공하신 정보를 토대로 조사하여 잠펠리노에게 협조를 얻어 놈들의 사업체를 급습할 수 있었습니다. 이 부분에 대해선 정말 감사하다는 말씀부터 드리고 싶군요."

이탈리아의 오픈마켓 기업이자 한구레와 반캄에서 발견된 박스의 주인인 오픈마켓 잠펠리노.

여럿 오픈마켓 기업을 인수하는 동시에, 최근 전 세계로 사업 영역을 확장하기 시작한 이탈리아의 자랑인 기업이라고 할 수 있었다.

'말이 기네.'

종혁은 사족을 많이 붙이는 그의 모습에 결과를 예측할 수밖에 없었다.

"실패했군요."

"……예. 미안합니다. 하지만, 완전히 실패한 게 아닙니다!"

가브리엘이 얼른 급습한 현장의 사진을 테이블 위에 늘어놓는다.

"호오?"

마치 황급히 도망을 간 듯 철제 테이블 위에 널려 있는 마약들, 그리고 창고에 가득 쌓여 있는 마약 원료들.

한화로 1200억은 될 법한 양이었다.

"거기다 제조에 참여했던 놈들도 다수 확보할 수 있었습니다."

그저 기술자들이 하라면 하라는 대로 마약 제조를 돕

고, 포장을 하는 이들이라 별 쓸모가 없는 이들.
 전문 기술자들과 조직원들은 전부 놓쳤지만, 이들을 추궁하다 보면 분명 놈들을 쫓을 단서를 알아낼 수 있을 거다.
 종혁은 고개를 끄덕이며 입을 열었다.
 "잠펠리노 측에서 정보가 유출된 겁니까?"
 "그 부분은 현재 조사 중에 있습니다."
 만난 사람은 몇 명 되지 않으니 금방 확인을 할 수 있을 거다.
 '잘도 확인할 수 있겠다.'
 무려 국제적으로 마약을 판매하는 마약 조직과 얽혀 있다.
 잠펠리노에서 근무하는 직원 전체를 조사하지 않는 이상 정보를 유출한 범인을 찾을 순 없을 거다.
 '아니, 잠펠리노에서 정보가 유출된 게 아닐 수도 있지.'
 가브리엘의 수사팀에서 정보가 유출됐을 수도 있다.
 '쯧. 놓쳤네.'
 이제 다시 언제 잡을지 모를 이들.
 '카라비니에리에게 맡겼어야 했나…….'
 그래도 같은 경찰이라고 너무 믿었던 것 같다.
 물론 가브리엘의 잘못이 아닐 테지만, 조심히 움직였다면 잡았을지 모를 놈들을 놓쳤다고 하니 기분이 나쁠 수밖에 없었다.
 톡톡!

"무슨 일이야?"

"아."

종혁은 사정을 설명했고, 캘리 그레이스들은 눈을 가늘게 떴다.

"이탈리아에서 일본까지 배달을 한 놈들이라고?"

"흠. 그러면 유럽에서도 영업을 했겠군."

왜 말을 하지 않았냐는 듯 질책 어린 시선에 종혁은 어깨를 으쓱였다.

"미국은 이미 DEA에 알려 놨고, 다른 곳들도 아는 경찰들에게 연락드려 놨습니다."

미국의 마약 전문 수사기관인 DEA.

캘리 그레이스야 워낙 예민한 시기라 차마 말을 하지 못했고, 다른 교수들 역시도 매일같이 일어나는 범죄에 대해 궁리하고 또 경찰 수사에 협조하는 것만으로도 바쁘기에 그냥 세계 여기저기를 돌아다니며 친분을 맺은 형사들에게 말해 놓았다.

"그렇게 말한 것치고는……."

얼마 전 연락해 여러 가지를 물었던 종혁. 말이 앞뒤가 맞지 않았다.

"하하. 죄송합니다."

"그래서 성과는?"

"없었죠."

아쉽게도 없었다.

"……잠펠리노라고 했지?"

"예. 이런 로고가 박힌 박스를 쓰는 오픈마켓 기업입니다."

종혁은 사진들 사이에서 하나의 사진을 집어 그들에게 보여 줬고, 그들은 갑자기 미간을 좁혔다.

"음?"

"흐으음."

"왜 그러세요?"

"아니, 어딘가에서 본 것 같은 기분이 들어서 말이야."

"나도."

모두 하나같이 기억력이 비상한 이들.

한참을 고민하던 그들은 이내 손가락을 튕겼다.

"맞아. 최근에 검거된 LA 마약 조직의 아지트에서 이걸 본 것 같아."

"흠. 나는 슬럼가에서 굴러다니는 걸 본 것 같군."

소량의 마약을 판매하고 그 마약을 사기 위한 놈들이 모이는 파리 슬럼가의 어느 거리. 일제 단속의 증거물들 사이에서 본 것 같다.

그런 그들의 말에 종혁은 가브리엘을 노려봤다.

국제적이어도 정말 국제적인 놈들. 가브리엘은 그런 놈들을 놓친 거다.

"으흠."

'에라이.'

종혁은 한숨을 내쉬었다.

* * *

"하하. 전 이만 가 보겠습니다. 회장에서 다시 뵙죠, 세뇨리따."

눈치가 보여서인지 가브리엘은 식사가 끝나자마자 몸을 일으켜 도망치듯 사라졌고, 종혁과 교수들은 와인잔을 만지작거리며 심각한 표정을 지었다.

"범세계적인 국제 마약 조직을 놓치다니……."

"같은 이탈리아인으로서 할 말이 없습니다. 미안합니다, 모두들."

"교수님께서 사과하실 일이 아닙니다."

종혁의 말에 고개를 끄덕인 사람들이 이내 미간을 좁힌다.

"일단…… 놈들은 결코 사업을 접지 않을 거야."

맞는 말이다. 이미 전 세계에 마약을 유통시킨 놈들이다. 그 고객 명단이 있는 한 어떻게든 다시 마약 유통을 재개하려고 들 거다.

문제는 그 방법.

"생각이 있다면 잠펠리노를 다시 이용하진 않을 테죠."

이제부터 잠펠리노 역시 계약한 회사들의 물건을 철두철미하게 검수할 터.

"밀수려나……."

"아니, 그건 너무 위험과 비용 부담이 큽니다."

"그렇다면 어떤 방법이 있지? 유럽이야 육로로 이동시

키면 된다지만……."

 육로가 이어지지 않은 나라들, 일본이나 미국 등으로 가기 위해선 바닷길이나 하늘길을 이용할 수밖에 없다.

 둘 모두 위험성이 크다.

 "그 전에 이놈들은 어디서 원료를 얻는 거지?"

 "따로 농장을 조성했거나 동남아 등에서 들여오겠죠."

 "으음."

 범죄학계의 권위자들이 모여 머리를 모으고 있음에도 딱히 답이 나오지 않는 상황.

 "……후. 일단 이 이야기는 정보가 더 나오면 이어 가도록 하지."

 아니, 놈들이 어디에 있었는지, 어떤 기업으로 위장하고 있었는지 등 기본적인 정보도 듣지 못했다. 지금은 이러쿵저러쿵 이야기를 나눠 봤자 괜히 머리만 아플 뿐이었다.

 그렇기에 그들은 입을 다물며 종혁을 바라봤다.

 아까 하다가 만 이야기를 하자는 뤼옹 드 몽의 시선.

 움찔!

 낯빛을 굳힌 종혁은 한숨을 내쉬며 와인을 입가로 가져갔다.

 "한국에 회사라는 범죄 단체가 있습니다."

 그렇게 시작된 이야기에 테이블에 앉은 모든 이들의 낯빛이 딱딱하게 굳었다.

"맙소사."

"말도 안 돼……."

믿을 수 없고, 믿고 싶지도 않은 허무맹랑한 이야기.

차라리 테러 단체나 마피아라면 어떻게든 이해라도 할 수 있다.

하지만 오직 돈을 목적으로만 움직이는 은막의 단체가 세계 곳곳에서 암약하고 있었다는 걸, 그럼에도 아무것도 모르고 있었다는 사실을 그들로서는 믿고 싶지 않았다.

그러나 믿지 않을 수가 없다. 이 말을 한 게 종혁이기 때문이다.

"지금쯤 세계 어느 나라에서 수작을 부리고 있을지 모르는 놈들입니다. 여러분의 도움이 필요합니다."

"……허허."

종혁이 몸을 일으켜 정중히 허리를 숙이자 그들이 헛웃음을 터트린다.

하지만 그것도 잠시.

뿌드득!

"그놈들이 내 조국에서도 수작을 부렸다는 말이지?"

"……돕지. 아니, 내가 도울 수 있게끔 허락해 주겠나?"

저마다의 눈에 켜지는 분노의 불꽃들.

종혁은 한 치의 의심 없이 믿어 주고, 또 도우려는 그들의 모습에 이를 악물었다.

"감사…… 합니다."

"그동안 외롭게 해서 미안합니다, 최."

"후. 일단 자리를 옮기지. 더 이상 술을 마시면 안 되겠어."

이후 발표될 케이스를 듣고 싶은 마음이 사라졌다. 일단 시원한 뭔가를 마시며 머리를 식히고 싶었다.

그렇게 식당을 빠져나오니 그들을 감싸는 싸늘한 겨울의 공기.

종혁은 앞장서는 그들의 모습에 담배를 물며 뒤따랐다.

그 순간이었다.

부우웅!

때마침 옆의 도로 위를 스쳐 지나가는 한 대의 택시.

그리고 그 뒷좌석에 앉은 어느 동양인 여성.

'응?'

종혁은 다급히 고개를 돌려 택시를 바라봤다.

"……."

분명 아는, 그것도 굉장히 낯익은 얼굴이었다.

종혁은 핸드폰을 들었다.

"접니다. 방금 제 앞을 스쳐 지나간 택시 추적할 수 있겠습니까? 예, 택시 번호는 FZ 726 WP. 다시 말합니다. 택시 번호는 FZ 726 WP, 흰색 폭스바겐 파사트입니다. 예, 부탁드리겠습니다."

"최?"

종혁이 걸음을 멈추고 이쪽을 바라보는 이들을 향해 손을 들어 올리곤 다시 누군가에게 전화를 걸었다.

"나예요, 나탈리아."
-식사는 맛있게 했나요, 최?
"예. 맛있게 했습니다. 나탈리아는요?"
-제 스타일 알잖아요.
샐러드와 스프, 호밀빵, 그리고 약간의 견과류. 별다른 일이 없다면 저녁을 적게 먹는 편이었다.
-나이가 들수록 먹는 걸 신경 써야 합…… 무슨 일인가요.
이제야 추적에 대한 보고를 받은 건지 목소리가 낮아지는 그녀에 종혁이 입을 연다.
"지금 대전 후원단체의 그 여대생, 현 위치 파악됩니까?"
-김누리를 말하는 건가요? 잠시만요…….
김누리. 회귀 전, 2011년 여대생 피살 사건의 피해자.
당시 놈들 회사로 추정되는 어느 회사의 비정규직 아르바이트생이자 여대생이었던 김누리는 집으로 귀가를 하던 중 돌연 둔기에 뒤통수를 얻어맞고 숨을 거두고 만다.
그런데 회귀 후, 분명 죽었어야 할 김누리가 무슨 일인지 놈들의 프로젝트 중 하나로 보이는 대전의 후원단체에 직원으로 입사.
원래라면 죽었어야 할 일시에도 죽지 않은 그녀.
-……빠득!
이가 갈리는 소리와 거친 숨소리에 대답을 들은 느낌이 든 종혁이 속으로 혀를 찬다.

―후우. 미안해요, 최. 3일 전부터 확인되지 않고 있다고 해요.

그중 토요일과 일요일이 끼어 있다지만 잡아 놓은 물고기라고 너무 오랫동안 그물 안에 가둬 뒀다고 대전에 파견된 요원들이 방심을 한 것 같다.

후원단체의 인원을 모두 감시하기엔 인력이 모자라는 등 이유야 많이 있겠지만, 그 어떤 이유가 있다 하더라도 이번 일은 변명을 할 수가 없는 실수였다.

―김누리가 지금 이탈리아에 있는 건가요?

"비슷한 인상착의를 지닌 여성을 발견하긴 했습니다만……."

워낙 빠르게 스쳐 지나가서 확신을 내릴 수가 없다. 그래서 나탈리아에게 연락을 했던 것이다.

―공교롭네요.

"예. 공교롭습니다."

놈들 회사가 해외에서 초대형 프로젝트를 진행하고 있을 거라 생각하는 와중에 눈앞을 스쳐 지나간 꼬리.

그리고 꼬리를 자르고 사라진 범세계적인 마약 조직.

왜인지 둘 사이에 관계가 있을 것 같다는 예감이 드는 순간이었다.

―……뭐?! 일을 어떻게 하는 거야!

평소의 그녀답지 않은 분노에 깜짝 놀란 종혁이 핸드폰을 바라본다.

―후우우. 미안해요, 최. 놓쳤다고 해요.

이탈리아로 〈217〉

따라붙는 게 너무 늦었다.
"끙. 그렇습니까."
-정말…… 정말 미안해요.
"아닙니다. 그럴 수 있죠."
-아니요. 이건 변명할 자격조차 없는 실책이에요.

작전에 실패한 군인은 몰라도 경계에 실패한 군인은 용서받을 수 없는 법. 냉전 시대였다면 총살형에 처해져도 항변조차 못할 일이었다.

그녀의 목소리는 북풍보다 더 서늘해졌고, 종혁은 곧 횡액을 당할 SVR 요원들을 향해 속으로 묵념을 했다.

-김누리의 위치는 계속 찾아볼게요. 전 세계를 뒤져서라도!
"……부탁드리겠습니다."

통화를 종료한 종혁은 호기심 반, 그리고 경직됨 반의 표정을 짓는 캘리 그레이스와 교수들을 향해 입을 열었다.

"지금 짐작하시고 있는 그대로입니다. SVR과 CIA 역시도 놈들 회사를 쫓고 있는 중입니다. 아주 오래전부터 저와 함께."

쿵!

"그래서 미국과 러시아가 최, 자네를……. 후. 정말 할 이야기가 많겠군."

종혁은 무겁게 고개를 끄덕였다.

'우연이 아니라면, 내가 잘못 본 게 아니라면 정말……

좋겠네.'

 정말 그랬으면 좋겠다.
 만약 자신의 생각이 맞다면, 정말로 이 이탈리아에서 놈들이 마약으로 암약하고 있다면 이번에야말로 놈들의 심장을 뽑을 수 있는 기회일 테니.
 종혁은 이를 악물었다.

 한편 그 시각, 달리는 택시 안.
 "김누리 대리입니다, 과장님."
 긴 생머리에 고양이 눈을 닮은 그녀의 입에서 낭랑한 목소리가 흘러나오자 택시기사가 백미러로 힐끗 바라본다.
 ─어, 그래. 로마에 도착한 거야? 그럼 이쪽으로 오지 말고 바로…….
 "방금 확인했습니다."
 아주 운이 좋게도 곧바로 확인할 수 있었다.
 택시를 타고 스쳐 지나가면서 봤던 종혁, 그리고 종혁과 친한 세계 범죄학계의 거물들.
 ─……아, 그래?
 "네. 예상대로 국제범죄학 포럼에 참가한 것임을 확인했습니다. 최재수와 강현석도 확인했습니다."
 ─알았어. 일단 철수하고, 숙소 잡고서 다음 명령을 기다려.
 "음. 과장님, 지원팀을 붙이는 게 낫지 않을까요? 그러면 무슨 말을 하는지도 모두……."

―김 대리.
"예, 과장님."
―대리 단 지 얼마나 됐지?
"네? 한 달 됐습니다."
―그래서 그러네.
"예?"
―듣던 것처럼 싸가지가 없다고.
쿵!
"죄, 죄송합니다!"
―본래였다면 벌써 연수원에서 사상 검증을 받았어도 시원치 않을 년이 어디서 상사의 말에……. 후우. 잘하자. 응?
"……예. 죄송합니다."
―쯧.

김누리는 전화가 끊긴 핸드폰을 바라보다 이를 악물었다.

"본래였다면 연수원에 갈 인간은 당신이지. 아니, 은퇴를 당했어도 시원치 않을 인간이 바로 당신이잖아, 박 과장."

만년 과장. 회사에서 한 직책에 오래 있다는 것은 그 자체만으로 무능의 상징이다.

그런 사원은 본디 사원들에게 악영향을 끼치기 전에 은퇴를 시키거나 안가 관리인으로 보내는 것이 회사의 방침.

그러나 종혁에 의해 상당수의 사원을 잃게 되며 저런 인간까지도 아직까지 제 명줄을 지키다 못해 이 초대형 프로젝에 참가하게 된 것이었다.

여기서 더 우스운 건 저런 인간이 바로 본사 소속이라는 것이다. 그것도 종혁이 본사를 급습했을 때 휴가를 나가 있느라 횡액을 피해 간 인간.

정말 명줄과 운빨 하나는 기가 막힌 인간이었다.

'쯧. 나도 연수원에 갈 뻔했던 건 마찬가지지만…….'

정확히는 회사의 기밀을 누출할 뻔해서 은퇴를 당할 위기에 처했던 그녀.

그러나 다행히 실수를 하기 전에 수습을 했고, 대전 지부에서 진행하는 프로젝트에 지원을 나갔다가 아예 그쪽 소속이 되어 버렸다.

그러다 지금 이렇게 이탈리아에서 진행되는 초대형 프로젝트에 참가하게 된 것이다.

'갑자기 인원이 더 필요하게 됐다라…….'

그렇지 않아도 입사 동기까지 불려 갔던 이탈리아 프로젝트.

그런데 한참 열심히 일을 하고 있는 자신까지 갑작스럽게 부른 거다. 그것도 연수원에 들러 얼굴을 고치지 않은 채 말이다.

'뭐 물론 후원 사기 프로젝트를 진행하는 와중이었으니 굳이 얼굴을 고치지 않아도 상관없지만…….'

종혁이 자꾸 전국을 뒤집는 바람에 앞으로 3년은 족히

더 진행해야 마무리가 될 것으로 추정되는 후원 사기 프로젝트.

이번 일이 마무리가 되면 다시 그 프로젝트를 진행해야 하기에 얼굴은 그대로인 편이 나았다.

'그나저나 박 과장의 예민한 반응까지 생각한다면……역시 프로젝트에 문제가 생긴 거 맞지?'

진행하던 프로젝트를 마무리 짓지도 못했는데 이번 프로젝트를 지원할 것을 명령받은 그녀.

아무리 회사의 인력이 부족해졌다지만, 너무 급박하게 일이 처리된 기분을 지울 수 없었다.

"확실한 건 프로젝트 개요를 들어 봐야 알겠지만……."

기회다. 인사고과를 듬뿍 얻을 수 있는 기회.

그녀의 입가에 고혹적인 미소가 번진다.

'만약 이번 일이 잘 풀린다면 서른 전에 과장을 다는 것도……'

"Where are you from?"

마치 버터를 바른 듯 느끼한 음성에 택시기사를 바라본 그녀는 창밖을 바라봤다.

'건물들이 많이 낡았네.'

이탈리아를 찾은 이들은 고풍스럽다고 하지만, 그녀가 보기엔 참 낡은 건물들만 가득한 로마.

'바티칸이 로마에 있었지? 여기서 머나?'

독실한 천주교인인 김누리는 시간이 되면 꼭 바티칸에 갈 거라고 다짐했다.

영어가 통하지 않자 여러 나라의 언어로 말을 거는 택시기사를 무시하며 말이다.

* * *

　"후우."
　털썩!
　늦은 저녁이 돼서야 호텔에 들어올 수 있게 된 종혁이 침대에 걸터앉아 눈빛을 가라앉힌다.
　"안 씻으십니꺼?"
　"……아, 그래. 씻어야지."
　김누리로 추정되는 인물을 본 탓인지 머릿속이 복잡하다.
　종혁은 화장실로 들어가 샤워기를 틀었다.
　쏴아아아!
　미지근한 물이 쏟아지자 약간은 맑아지는 머리.
　'일단 다들 협조해 주겠다고는 했는데…….'
　특히 워싱턴 폭발 테러 사태로 FBI까지 비상이 걸렸던지라 캘리 그레이스가 전 세계 퍼져 있는 FBI를 모두 동원해서라도 놈들을 쫓겠다 열변을 토했다.
　뤼옹 드 몽과 해리 교수, 고든 교수도 협력 의사를 적극적으로 어필했다.
　"여기에 인터폴까지 움직여 주면 금상첨화인데……."
　이미 놈들 회사에 대해 인식을 하고 있는 인터폴의 사

무총장 도널드 럼블. 인터폴의 정보력까지 움직일 수 있다면 놈들을 찾는 게 더 수월해질 거다.

"아니지."

생각해 보니 도널드 럼블은 이미 따로 놈들 회사를 쫓고 있을 거다. 종혁 자신을 스카우트하기 위해서 말이다.

'뭐 내가 치안감이 되면서 조금 실망했을 수 있지만…….'

짧게 대화를 나눠 본 것뿐이지만, 도널드 럼블이라면 아마 훨씬 이후를 노리고 있을지도 모른다.

이를테면 종혁 자신이 경찰청장에서 퇴임한 이후를.

할 일이 사라진 그때를.

도널드 럼블이라면 충분히 그러고도 남을 사람이었다.

"모레 연락을 해 보면 되겠군."

오늘과 내일은 SVR과 CIA에게 기회를 주는 거다.

고개를 끄덕인 종혁은 다시 침대에 걸터앉으며 눈빛을 가라앉혔다.

"만약 내가 본 사람이 정말 김누리가 맞다고 치면…… 단순히 여행을 온 걸까, 아니면 지원을 온 걸까. 그것도 아니면…… 날 감시하러 온 걸까."

치익! 딱!

"감시하러 온 거 아이겠습니꺼."

종혁이 캔맥주를 내미는 현석과 그 옆에 서 있는 최재수를 본다.

"그렇게 생각하는 이유는?"

"내가 그 얼라들이라믄 행님 근처에 얼씬도 하지 않을

것 같아서 그럽니더."

"저도 그렇게 생각해요. 만약 제가 회사라면, 국장님 동선을 모두 파악하고 근처에 코빼기도 보이지 않을 겁니다."

이미 수없이 종혁과 얽히고, 수없이 당해 온 회사.

그로 인해 회사가 손실한 인력이 몇 명인가.

또 종혁을 보호하는 SVR과 CIA 요원이 몇 명인가.

놈들 회사에게 종혁은 그저 재앙, 근처에 있기만 해도 휩쓸려 버리고 마는 재앙이다.

"저번에 본사 작전팀도 많이 날려 버렸잖아요."

초대형 프로젝트를 진행하고 있을 가능성이 높은 현 상황에서 종혁을 감시할 지원팀을 배정할 여유 따윈 없을 거다.

"그래서 김누리를 보냈다?"

"겨우 한 명만 보냈을까요."

아마 여러 지부에서 한두 명씩 차출해 하나의 팀을 이뤄 종혁을 감시케 할 거다.

"흠. 그렇다면 말이 되긴 하는데……."

종혁은 미간을 찌푸렸다.

말이 되기에 다시 머릿속이 복잡해지는 기분이었다.

"그런데요."

"근데예."

동시에 말을 꺼내다 놀란 최재수와 현석이 서로를 보며 먼저 말하라고 손짓을 한다.

"재수부터."

"이놈들이 멀리서 감시한다고 해서 만족할까요?"

일단 해외에서 초대형 프로젝트가 진행되고 있는 게 거의 확실시되고 있다.

"국장님이란 인물이 어디로 튈지 모르는 인물이다 보니……."

큰 사건을 해결하면 어디든 기분 내키는 대로, 세계 어느 나라건 훌쩍 떠났던 종혁. 이번에 형사수사국을 장악한 것 역시 큰 사건이라면 큰 사건이다.

"다음 행선지가 어딘지 알아보려고 할 거다?"

"예, 저도 그렇게 생각합니다."

"흐으음. 그렇게 생각한단 말이지……."

이것도 확실히 일리가 있다.

"으으음."

지이잉! 지이잉!

"음?"

갑자기 울리는 핸드폰 발신자를 확인한 종혁은 의아해하며 전화를 받았다.

"예, 최종혁입니다."

-접니다.

"어?"

종혁의 눈이 부릅떠진다.

김 대리, 아니 김경후. 놈들 회사에게 버림을 받았던 인물이자 놈들 회사가 진행한 바이칼 호수 인양 사기 프로젝트를 막기 위해 아진 소코로비쉬라는 인양 업체의 사장 바실리 마카로프로 위장했던 그.

순영의 러시아 탈출 작전 때부터 아진 소코로비쉬를 정리하고, 회사의 해외 지부를 제거하고 다니는 정체불명의 놈들과 접촉하기 위해 떠났던 그였다.

'그런 김경후가 전화했다는 건?'

-놈들과 접촉했습니다.

쿵!

"지금 어디야?"

-이탈리아입니다.

쿠웅!

"……잠펠리노?"

-저 정말 노력했습니다.

"하! 하하하!"

맞았다.

회사가 진행하는 초대형 프로젝트의 아이템은 마약이 맞았다.

그것도 잠펠리노라는 오픈마켓 기업의 그림자 속에 숨어 전 세계를 대상으로 마약을 판매하려 했던 것이다.

'그래! 마약이라면 조희구 프로젝트의 2배, 3배 이상의 수익을 낼 수 있지!'

그 근본은 멕시코지만, 콜롬비아의 마약왕이 됐던 에스코바르. 미국을 마약으로 물들였던 에스코바르의 개인 재산만 추정 11조가 넘었다.

매출만 따지면 그 몇십 배.

마약은 이토록 돈이 되는 물건이었다.

'그렇다면……'

가브리엘의 팀이 급습해 확보한 마약 제조 시설. 분명 그것으로 끝이 아닐 것이다.

이 마약 유통이 정말 놈들 회사의 초대형 프로젝트라면, 마약 제조 시설이 그것으로 끝일 리가 없었다.

분명 이런 상황을 대비하여 미리 준비해 둔 곳이 있을 터.

"이제 그만 끝을 보자."

요동치던 머릿속이 파도 한 점 없는 투명한 바다처럼 고요히 가라앉았다.

* * *

"환영해요!"

"와아!"

짝짝짝짝짝!

회사에 복수를 하기 위해 모인 이들이 최성현과 함께 나타난 김경후를 향해, 무슨 일인지 얼굴 여기저기에 피 딱지가 내려앉아 있는 그를 향해 박수를 친다.

그런 이들을 보며 살벌한 눈빛을 보내는 김경후.

"환영 인사가…… 꽤 격렬하네?"

처음 접촉을 하고 이들에게 안내된 순간 몸에 꽂혔던

마취총. 이후 어두운 밀실에서 고문을 당하고, 끝내 자백제까지 투여됐던 그다.

그러고 난 후에야 이렇게 이들을 다시 만날 수 있게 됐다.

김경후의 몸에서 살의가 스멀스멀 올라오자 최성현과 그들은 난처한 표정을 지었다.

결국 최성현은 사과를 할 수밖에 없었다.

"다시 한번 미안합니다. 하지만 당신이 회사에서 보낸 스파이일 수도 있기에 어쩔 수 없었습니다."

자신들이 직접 찾아가 스카우트를 하는 것이라면 몰라도, 저쪽에서 먼저 접근을 해 오는데 누가 의심하지 않을 수 있을까.

실제로 회사는 그런 시도를 했었고, 그때마다 격파를 하다 못해 함정까지 모두 깨부순 그들이다.

모두 조현상 전무의 전해 준 정보 덕분이다.

그런데 김경후는 그런 조현상도 몰랐던 인물. 당연히 검증을 해야만 했다.

"분이 풀리지 않는다면…… 치십시오. 분이 풀릴 때까지."

쩍!

"대장!"

최성현은 다급히 일어나는 이들을 향해 손을 내밀었고, 김경후를 바라봤다.

어느새 눈빛이 차가워진 김경후는 후속타를 최성현의

심장에 때려 박고 있었다.

뻐억!

"컥?!"

순간 틀어막히는 숨통.

"이 악물어. 내 분노는 좀 아플 테니까."

김경후의 팔꿈치가 최성현의 정수리를 내리찍었다.

* * *

"와하하!"

"마셔!"

"캬! 좋다!"

이탈리아 밀라노의 어느 아파트.

옥상에 모인 이들이 술잔을 기울이며 웃음을 터트리고, 최성현은 김경후에게 맞은 부위를 문지르며 얼굴을 찡그린다.

"아야야. 역시 과장 진급을 앞두셨던 분답게 손이 꽤 매서우시군요."

"당신이 대장이 아니었으면 반 죽여 놨을 겁니다."

"아, 그땐 저도 반격했을 테니 괜찮습니다. 그리고……."

오싹!

어느새 입을 다문 채 김경후를 보며 끔찍한 살의를 보내오는 사람들.

그에 똑같이 살의를 머금은 김경후의 입이 양옆으로 찢

어진다.

 하지만 그것도 잠시. 이내 항복이라는 듯 양팔을 위로 올린 김경후가 테이블 위에 수표를 내려놓는다.

 "사과의 선물, 천만 달러입니다."

 쿵!

 김경후는 몸을 일으켜 그들을 향해 허리를 숙였다.

 "반갑습니다. 러시아 다단계 투자 사기 프로젝트에서 은퇴를 당한 뒤 적성을 살려 평범하게 살려고 했던 김경후입니다. 하지만 아무리 생각해도 화가 가라앉지 않더군요. 앞으로 잘 부탁드립니다."

 "질문이요!"

 "우리 같은 개새끼들의 적성이 뭐겠습니까."

 "아!"

 의미심장한 미소에 감탄을 터트리는 그들.

 "자!"

 짜악!

 최성현이 박수를 치자 김경후와 사람들의 시선이 모이고, 김경후가 테이블 위에 이탈리아의 지도를 올려놓는다.

 "모두 우리가 왜 이 이탈리아에 왔는지 궁금하지?"

 "······정말 여기가 마지막이야, 대장?"

 한국을 급히 빠져나온 이후 다시 해외 지부를 없애고 다닌 그들.

 "정말 여기를 끝으로 해외 지부는 더 이상 없는 거야?"

 "아니, 그건 아니야."

아직도 해외 지부들은 남아 있다.

"하지만 여기야. 회사가 사활과 명운을 건 초대형 프로젝트를 진행하고 있는 곳이."

쿵!

경악하며 일어나는 동료들의 모습에 최성현이 눈빛을 가라앉힌다.

이 이탈리아다. 이 이탈리아에서 회사가 사활과 명운을 걸고서 전 세계를 상대로 마약을 유통하고 있는 거다.

"미친! 마약은 회사의 스타일이 아니잖아!"

김경후도 깜짝 놀라 최성현을 노려본다.

회사가 마약을 유통하지 않는 이유는 단순했다. 마약에 피해를 입은 모든 나라에서 눈을 뒤집고 쫓기 때문이다.

무슨 프로젝트를 진행하든 회사의 노출을 꺼리는, 은밀함을 중요시하는 회사에게 그런 추적은 피해야 할 일.

그래서 그동안 마약을 유통하지 않은 것이다.

"그만큼 궁지에 몰린 거지. 최종혁에게."

움찔!

"확실히 최종혁이라면……."

"본사도 반토막 내, 사원들도 뭉텅뭉텅 잘라먹어, 대선 개입도 어그러트려…… 손해가 대체 얼마야?"

굴지의 대기업이라도, 혹여 삼전그룹이라도 부도를 내지 않고는 버티지 못할 천문학적인 손해. 인력 손실까지 감안하면 그만한 피해를 입었다고 봐야 했다.

그렇기에 그들은 회사가 스타일에도 맞지 않는 테마의

프로젝트를 진행하는 것을 이해함과 동시에 몸이 달아오를 수밖에 없었다.

'그럼 이 프로젝트에 매달리는 사원들만 모두 제거해 버리면……?'

장담할 수 있다.

회사는 주저앉다 못해 다신 일어서지 못할 거다.

"그리고 해외 지부들과 국내 지부들마저 모두 없애 버리면……."

"굳이 그럴 필요 있겠어? 어차피 그때쯤 되면 각자도생하게 될 텐데?"

"그러니까 그 목줄 풀린 개새끼들을 가만 놔두자고? 미쳤냐?"

본사란 컨트롤 센터가 막대한 타격을 입고 제 기능을 제대로 못하게 되는 순간, 딴마음을 먹을 이들이 나온다. 그들마저 없애야 복수가 완벽히 끝난다고 봐야 했다.

'그렇게 된다면…….'

짝짝!

"집중!"

모든 복수를 완료하고 난 이후의 삶. 그 행복하고 따뜻한 삶을 머릿속으로 그려가던 이들이 최성현을 본다.

"아무튼 당장 며칠 전까지 회사는 잠펠리노라는 오픈마켓 기업을 통해……."

"질문!"

"소셜커머스 알지? 그게 발전한 형태라고 보면 돼. 아무튼 회사는 잠펠리노라고 여러 오픈마켓 업체들을 합병, 인수하며 단숨에 몸집을 키운 그 기업의 유통망에 기생해 마약을 유통시키고 있었어."

그러다 이탈리아 국가 경찰 특수팀에 의해 공장이 발각되어 황급히 꼬리를 자르고 수면 아래로 숨어 버렸다.

"하지만 다들 알지?"

"알지……."

거긴 애초부터 이런 상황을 대비해 만들어 놓은 디코이였을 게 분명했다.

아니, 완전한 디코이는 아니었을 거다. 정말 그곳에서 마약을 대량으로 제조하고 있었을 테니 말이다.

다만, 경찰이 쳐들어온단 소식에 급히 이거 먹고 떨어지라며 꽤 많은 것을 남기고 다음 제조 공장으로 이동했을 것이 분명한 회사.

"플랜 B를 가동한 거겠지."

"플랜 B의 위치는?"

"아직 거기까진 정보를 전달받지 못했어."

본사의 감시가 너무 치밀하다 보니 조현상도 정보를 제대로 전달할 수가 없었다.

"뭐야. 대선 개입 실패로 감시가 거둬진 거 아니었어?"

그들로서는 아직 정체를 모르는, 고위 임원으로 추정되는 본사의 조력자 조현상 전무가 정보를 전달하지 않았음에도 알아서 한국으로 들어가 깽판을 쳤던 자신들이다.

그래서 당연히 감시가 거둬졌을 거라 생각하고 있었다.

"그게 아니었던 것 같아."

이탈리아에 오기 전까지 해외 지부 하나를 더 없앤 것도 있지만, 아주 은밀히 감시를 하고 있는 것 같다는 게 조현상의 말이었다.

"그래도 일단 남부라는 말은 들었어."

"이탈리아 남부라면…… 팔레르모?"

"팔레르모면 시칠리아잖아. 마피아 소굴에 제조 공장을 세우진 않았을걸?"

"나폴리, 바리도 남부에 속해."

"섬에 있는 칼리아리가 가능성 높지 않겠어?"

시칠리아의 팔레르모, 캄파니아의 나폴리, 풀리아의 바리, 사르데냐의 칼리아리.

전부 항구가 있는 도시들이었다.

손쉽게 마약을 유통하기 위해, 여차하면 빠져나가기 쉽게 항구 인근에다가 마약 공장을 세웠을 가능성이 높은 회사.

그들의 눈이 가늘게 떠지자 최성현은 박수를 쳐서 다시 주목시켰다.

"아무튼 내일부터 남쪽 항구 도시들을 훑으면서 움직일 거니까 오늘은 이만 마시고 자자."

"신입생 환영회인데?"

"그건 남쪽에 가서 해도 되잖아. 그리고 환자한테 술 먹이는 거 아니다."

"……오케이!"

술이 반쯤 비워진 잔과 하얀 낯빛으로 어색하게 웃는 김경후를 발견한 사람들은 고개를 끄덕였고, 최성현은 잔을 들었다.

"회사가 이 세상에서 사라지는 그날을 위해."

"……그날을 위해."

채재쟁!

눈빛이 가라앉은 그들은 잔을 부딪쳤다.

"여기서 자면 됩니다."

"아, 감사합니다. 대장?"

"편하게 부르세요. 이제부턴 저도 반말을 할 테니까."

"수평적이라는 거군요. 마음에 드네요. 적당히 눈치 보다가 그러도록 하겠습니다. 어차피 전 굴러온 돌이니까요."

"아침 식사 시간은 7시입니다."

김경후의 어깨를 두드린 최성현이 다시 옥상으로 올라간다.

찰칵! 치이익!

"후우우."

"대장."

"아, 땡큐."

능티다 킴, 김소연이 넘겨주는 커피를 받아 든 최성현이 다시 옥상 난간에 기대 어둠에 물든 밀라노의 하늘을 바라본다.

김소연은 그런 그를 보며 눈빛을 가라앉힌다.

"김경후 그 사람……."

"걱정 마. 안 믿어."

"응?"

"일단 회사에서 보낸 쁘락지가 아닌 건 맞아."

만약 김경후가 회사에서 보낸 자객, 위치 추적기였다면 이미 본사의 작전팀이 달려왔을 거다.

하지만 아니었다.

"그런데?"

"쁘락지를 보낼 인간이 회사만 있는 게 아니거든."

"……최종혁?!"

최성현은 고개를 끄덕였다.

그동안 수많은 사원을 제거한 종혁.

"그런데 정말 그 많은 사원을 다 죽였을까?"

누구도 돌아오지 못했으니 제거를 당한 것이라고 추측할 뿐, 회사도 이 부분은 확실하게 파악하지 못하고 있었다.

하지만 회사나 자신이나 다 죽이진 않았을 것이라 판단하고 있었다.

"최종혁은 그렇게 멍청한 인간이 아니거든."

분명 최성현 자신처럼 사로잡은 사원들을 회유하고 제 편으로 삼았을 거다.

"자백제를 썼잖아."

"훈련을 받았겠지."
"……어떻게 할까?"
김소연의 몸에서 서늘한 기운이 흘러나오자 최성현은 고개를 저었다.
"됐어. 놔둬."
회사가 사활과 명운을 건 초대형 프로젝트다.
"아마 여유 인력까지 박박 긁어모아서 투입시켰겠지."
지부 인력을 끌어오다 못해 본사의 직원들까지, 어쩌면 기획실의 브레인들까지 보냈을 거다.
그렇다면 그 숫자는 최소 150명 이상. 한 명, 한 명이 살인병기인 이들이 150명 이상 모여 있는 거다.
"거기다 여긴 이탈리아야."
한국과 달리 총기 사용이 자유로운 나라. 마피아의 나라.
한국에서의 일을 생각하고 함부로 덤벼들었다간 벌집만 될 뿐이었다. 아니, 벌집만 되면 다행이다.
"RPG가 날아오는 걸 실시간으로 목격할 수도 있어."
"……최종혁의 도움이 필요하구나."
"정확히는 CIA와 SVR이지."
"이해했어……."
혀를 찬 김소연이 담배를 물다 아차 하며 다시 입을 연다.
"그런데 회사가 잠펠리노를 이용했다고 했잖아."
"지분 투자를 했겠지."

어쩌면 잠펠리노가 급격히 사세를 확장하는 데 회사가 도움을 줬을 수도 있다.
"확실한 건 몰라."
조현상도 거기까진 알려 주지 않았다.
"그런가……."
"늦었다. 자."
"응. 대장도 얼른 자."
이 커피만 다 마시고 잔다는 듯 컵을 들어 올리는 걸로 대답을 대신한 최성현은 옥상을 나서는 김소연을 보다 다시 밤하늘을 바라봤다.
"알려 주지 못한 건지, 아니면 알려 주지 않은 건지……."
자신들처럼 회사에 깊은 원망을 가진 것 같지 않은 조현상 전무. 여태껏 충성을 바쳐 온 관성으로 회사에 다니는 그.
그렇기에 지금 갈등을 하고 있을지도 모른다.
그동안 해외 지부들에 대한 정보를 제공해 회사를 더 어렵게 만들게는 했지만, 이 초대형 프로젝트까지 어그러진다면 그동안 청춘과 일생을 모두 바친 회사가 완전히 사라지는 것이니 말이다.
그래서 의도적으로 정보를 제공하지 않는, 마음에 정해 놓은 선 안에서만 정보를 제공하는 것일 수 있다.
"사람이란 동물은 이래서 어려워……."
분명 이해했다 싶어도 잠시 시선을 돌리면 바뀌어 버리는 게 사람.

커피를 단숨에 들이켠 최성현은 담배를 끄며 옥상을 빠져나갔다.

* * *

달그락!
커다란 저택의 2층 테라스에 선 조현상이 위스키가 담긴 잔을 든 채 하늘을 바라본다.
'존속이냐, 몰락이냐…….'
"잘 모르겠군."
원망의 대상이지만, 동시에 일생을 바쳐 충성한 회사.
겨우 한 발자국이다. 최성현에게 한마디만 전하면 회사는 이 세상에서 사라지게 된다.
그런데 그 한 발자국을 내딛기가 어렵다.
'이래서 인간이란…….'
그의 입가에 씁쓸함이 번진다.
드르륵!
"안 자요?"
"아, 여보."
가운을 걸치며 나오는 아내, 몇 번째인지 이젠 기억도 안 나는 아내에 조현상 전무의 얼굴에 걱정이 서린다.
"추운데 왜 나왔어. 자는 거 아니었어?"
"힘들어요?"
움찔!

"그게 무슨 말이야."

"힘들면 이제 그만 쉬어도 돼요. 지금 관둔다고 해도 우리 가족이 어떻게 되는 건 아니잖아요. 애들도 이제 곧 졸업하고, 결혼이야 지들끼리 알아서 하라면 되지?"

"……춥다. 이것만 마시고 들어갈게."

"알았어요. 얼른 들어와요."

드르륵! 탁!

조현상 전무는 불이 꺼진 집 안으로 사라지는 아내를 바라보며 눈빛을 가라앉혔다.

'당신은 사원일까, 아닐까.'

참 처참한 의문이지만, 그 무엇이든 믿을 수 없는 삶이다.

한숨을 내쉰 조현상 전무는 위스키를 단숨에 들이켜곤 집 안으로 들어갔다.

얼른 들어오라고 했는데도 늦장을 부리면 불호령이 떨어질 수 있었다.

* * *

-이탈리아 어디든 이틀 내 배송! 분실 염려는 걱정 마시라! 잠펠리노!

멍하니 TV를 보던 종혁이 넥타이를 매며 생각에 잠긴다.

'그놈도 이탈리아에 있었다니…….'

조희구 사건 때 휘말려 제거당한 중국 지부장의 아들이었음이 확인된 최성현.

역시 그와는 공존할 수 없는 관계였다.

그가 자신에게 원한을 품고 있기 때문만이 아니라, 최성현이 회귀 전 자신과 어머니 고정숙을 살해한 범인일 것으로 강력히 추정되기 때문이다.

만약 정말 그놈이라면, 이 목숨이 다한다고 해도 어떻게든 죽여야 할 놈.

"그 낯짝을 보고 그 목소리를 들으면 확실해지겠지."

결코 잊을 수 없는 그 목소리의 주인인지 아닌지.

빠드드드드득!

똑똑똑!

"국장님. 10분 후에 택시가 도착한다고 합니다."

"……알았어."

순간 들끓었던 분노를 애써 가라앉힌 종혁이 외투를 걸치며 눈을 가늘게 뜬다.

'그렇다면…… 의심받고 있겠군.'

원한을 품고 자신에 대해 철저하게 조사했을, 자신이 어떤 인간인지 잘 알고 있을 최성현이다.

놈의 비상한 머리와 눈치를 생각하면 김경후가 의심을 받고 있을 확률이 높았다.

'그런데도 김경후를 살려 뒀다는 건…….'

"하!"

또다시 자신을 이용하려는 것이다.

분명 이번 프로젝트에 사활을 걸었을 회사. 분명 수많은 사원이 투입되었을 테니, 이번에도 자신의 손을 빌리려는 것이다.
"근데 씨발아. 그걸 알아야지."
'난 절대 두 번은 안 당한다는 걸!'
 눈빛이 서늘해진 종혁은 지갑과 핸드폰을 챙겨 들며 호텔을 나섰다.

* * *

 우르르!
 점심시간이 되자 국제범죄학 포럼의 회장을 나서는 사람들.
"후우."
 뤼옹 드 몽이 관자놀이를 꾹 누른다.
 그뿐만 아니라 캘리 그레이스와 해리 가드너, 고든 교수도 어젯밤 잠을 제대로 자지 못한 것인지 낯빛이 썩 좋지 않다.
 그만큼 충격적이었던 어제의 이야기.
"만약 그들을 발견하면 어떻게 할 생각이야? 곧바로 날아올 거야? 감시하고 있을 텐데?"
 캘리 그레이스의 질문에 사람들의 시선이 종혁에게로 모인다.
 종혁은 입술을 비틀었다.

"글쎄요. 걔들이 알까 모르겠네요. 사라지는 게 제 전문이라서요."

"……하긴 그들에 대해선 최가 더 잘 알겠지."

대하는 방법 역시도 말이다.

그런데 그럼에도 아직까지 뿌리를 뽑지 못한 비밀스러운 조직.

"알 카에다도 이렇게 비밀스럽진 않았을 거야."

그러니 9.11 테러를 저지르고 몇 년 되지 않아 그 수장이 처형당한 것이다.

"아하하."

지이잉! 지이잉!

"응?"

핸드폰을 확인한 종혁이 낯빛을 굳힌다.

"예, 나탈리아."

-확인했어요. 그날 최가 본 인물은 김누리가 맞았어요.

쿵!

"그렇습니까……."

몇 번이나 세계 각국을 경유하며 은밀히 로마에 입국한 김누리.

-그런데 김누리와 함께 움직인 이들이 있어요. 김누리까지 총 세 명. 확인해 보니 이미 감시를 하고 있던 지점들 소속의 사원들이었어요…….

김누리 등을 통해 시야에 두고 있었던 지점 혹은 지부들.

나탈리아는 그들이 사라졌음에도 알아차리지 못했단 걸 다시 한번 사과할 수밖에 없었고, 종혁은 고개를 저었다.

이제부터라도 경각심을 가지면 되는 거다.

'이게 좋은 매가 되어 주겠지.'

이렇게 한번 방심했다는 걸 인식했으니 앞으론 방심하지 않을 터. 그것이면 얼마든지 이해해 줄 수 있었다.

-고마워요. 그리고 앞으론 다신 이런 일이 없도록 할게요.

"믿겠습니다."

통화를 종료한 종혁은 이쪽을 초롱초롱한 눈으로 바라보는 캘리 그레이스들의 모습에 통화 내용에 대해 알려 주기 위해 입을 열었다.

그 순간이었다.

"꺄악!"

움찔!

반사적으로 고개를 돌린 종혁이 몸을 굳힌다.

'……쟤가 왜 저기 있어?'

김누리다. 김누리가 자신의 근처에 있었다.

그래서 종혁은 어이가 없었다.

감히 자신의 앞에 나타난 저년의 행태가, 회사의 자신감이.

'그런데…… 저건 또 뭐하는 시추에이션이지?'

김누리가 웬 남성들의 앞에 엉덩방아를 찍고 있었다. 마치 남성들에게 위협이라도 당했다는 듯 말이다.

이탈리아로 〈245〉

종혁은 눈을 껌뻑였다.

* * *

"뭐, 뭐라고요?"
 이른 아침, 김누리가 핸드폰을 보며 어이없어한다.
 -아직 꿈나라야? 최종혁에게 접근해서 다음 행선지를 알아내라고! 같이 온 두 명과 함께!
 "……과장님, 이건 아니죠. 저희보고 죽으라뇨!"
 -죽긴 왜 죽어! 최종혁이 아무나 죽이는 그런 놈인 줄 알아?!
 노출이라도 됐거나 의심할 만한 정황이라도 있으면 모른다.
 하지만 평범하게 수험을 치르고 대학에 진학해 취직을 한 김누리와 다른 두 명.
 아무런 연결고리도 없는 이 시점에 종혁이 의심할 가능성은 없었다.
 -그리고 누가 계속 붙어 있으래? 다음 행선지만 알아내고 빠지라고!
 "어떻게요!"
 최종혁이 어디 보통 인간인가. 가만히 있어도 회사의 냄새를 맡고 추적해 오다 못해 지부를 박살 내는 놈이다.
 그런 종혁에게 어떻게 접근하고, 또 어떻게 정보를 빼 온단 말인가.

종혁과 얽히는 순간 무조건 은퇴 혹은 죽음.

김누리는 아직 죽고 싶은 마음이 없었다.

"자, 작전 설계도는 주실 거죠?!"

-설계도는 무슨! 대리씩이나 돼 놓고 설계도 하나 그릴 줄 몰라?! 끊어!

"⋯⋯아아악! 씨발-!"

'죽여 버린다! 진짜 만나면 어떻게든 죽여 버린다!'

이를 뿌득뿌득 간 그녀는 핸드폰을 들었다.

"나야, 김누리 대리. 박 과장이 최종혁에게 접근해서 정보를 알아내란다."

-미, 미쳤습니까?!

"몰라. 일단 채팅방 좀 들어와 봐."

종혁은 의심하지 않을지라도 종혁의 곁에 있는 CIA와 SVR이 자신들을 추적할 수도 있다.

지금부터 작전 설계도가 나올 때까지 그 어떤 빌미를 줘선 안 됐다.

김누리를 비롯한 세 명은 채팅방에서 한참을 머리를 맞대고 방법을 고민했으나, 결국 그들이 꺼낼 수 있는 수단은 한정적이었다.

"후. 결국 이 방법밖에 없나?"

-이 방법이 가장 깔끔하죠.

-나도 그렇게 생각해. 어떡할래? A 할래, B 할래?

"⋯⋯하아. 그럼 내가 A 할게."

로마에 혼자 놀러 온 걸로 위장하는 것이 A, 그리고 커플로 여행 온 걸로 위장한 게 B.

 만일 한 팀이 발각되더라도 다른 한 팀이 임무를 수행하는 형태였다.

 -어…… 그렇게 고민도 하지 않고 말씀하시면 제가 좀 서운합니다만.

 "……뭐?"

 -야, 강 사원. 상황 파악 안 되지, 지금?

 -죄, 죄송합니다!

 -이 개새끼가 진짜 죽을라고……. 야, 이 새끼야. 지금 상황 파악 안 돼? 최종혁이 어떤 인간인지 몰라?

 -죄송합니다!

 김누리는 싸우는 둘에 그냥 채팅을 꺼 버리며 화장실로 향했다.

* * *

 휘이잉!

 해가 중천에 걸리자 다소 포근해진 1월의 로마.

 덕분에 몸에 착 달라붙는 셔츠와 청바지, 그리고 코트로 멋을 낸 김누리가 국제범죄학 포럼이 열리는 건물을 바라보며 시간을 확인한다.

 '나올 때까지 대충 10분에서 15분 정도 남았나?'

 그녀는 스마트폰을 들어 인근의 고풍스러운 건물들과 하늘을 배경으로 자신의 모습을 담았다.

종혁에게 접근을 해야 하기에 어제보다 훨씬 더 힘을 준 화장.

그녀의 매력 포인트인 고양이 눈매는 더욱 커져 금방이라도 눈물을 쏟아 낼 듯했고, 은은한 핑크빛으로 물든 입술은 그 어떤 남자라도 시선을 떼지 못할 정도로 촉촉하게 빛나고 있었다.

'최종혁이 이 미모에 넘어오면 좋을 텐데⋯⋯.'

하지만 부질없는 생각이다.

종혁을 회유하기 위해 온갖 수단을 동원했을 미국과 러시아. 그중에는 미녀도 분명 있었을 터였다.

그럼에도 그간 종혁과 연인 관계로 이어졌던 여성은 홍시연 한 명밖에 없었다.

분명 여성과의 관계도 확실한 기준이 있는 것이다.

'저놈들처럼 아무 여자한테나 홀리는 인간이 아니라는 거지.'

김누리는 이쪽을 향해 다가오는 이탈리아 남성 둘의 모습에 모른 척 핸드폰 카메라의 촬영 버튼을 눌렀다.

하지만 신경의 절반은 그들에게 집중하고 있었다. 저들이 종혁에게 자연스럽게 접근할 수 있는 방법이기 때문이다.

찰칵! 찰칵! 찰칵!

"휘익!"

그녀의 귀를 자극하는 캣 콜링.

미간을 찌푸린 그녀는 무시를 하며 방금 찍은 사진을

SNS에 업로드했고, 그사이 다가온 이탈리아 남성들이 미소를 지으며 손을 든다.

"응?"

모른 척 고개를 든 그녀의 모습에, 아래에서 위를 올려다보는 치명적인 고양이 눈에 순간 흔들린 이탈리아 남성들이 미소를 짓는다.

"저쪽에서 계속 지켜봤는데, 너무 아름다워서 눈을 뗄 수가 없더군요. 동양에서 날아온 고양이 천사인 줄 알았어요. 혹시 실례가 안 된다면 전화번호를 물어도 되겠습니까?"

두 남성 중 한 명의 말에 눈을 느릿하게 끔뻑이는 그녀.

'뭐라는 거야?'

급하게 이탈리아에 오느라 이탈리아어 공부하지 못한 김누리는 고개를 모로 기울이며 남심을 더욱 흔들었다.

"죄송해요. 곧 일행이 올 거예요."

그녀의 영어에 이번엔 이탈리아 남성들이 활짝 웃는다.

"관광객? 어느 나라?"

"한국이긴 한데……."

"오! 한국! 북? 남?"

아는 게 나왔다고 더 달라붙는 그들의 모습에 김누리는 설계도대로 한 발 물러서며 뒤를 힐끗 봤다.

'나오고 있다!'

국제범죄학 포럼의 건물에서 사람들이 나오고 있다.

약간은 이른 시간.

"미안해요. 전 관심 없으니까 물러나 주시겠어요?"
"전화번호만 알려 주면 갈게. 우리 괜찮은 놈들이야."
"무서우니까 물러나 주세……."
'최종혁!'
"꺄악!"

그녀는 혼신의 힘을 다해 엉덩방아를 찧었고, 두 남성은 깜짝 놀라 그녀를 향해 손을 뻗었다.

"왜 그래! 괜찮아?!"
"오, 오지 마세요!"
"우리 나쁜 사람 아냐! 미안해!"
"이봐, 거기!"

종혁이 빠르게 다가오며 속으로 어이없다는 듯 웃는다.
'재수와 현석이 말이 맞았네.'

그것도 이렇게 고전적인 수법으로 다가올 줄은 생각도 못했다.

그러나 이것도 김누리가 회사의 사원임을 알고 있기에 수작이라고 생각하는 것이지, 아니었다면 꽤 시간이 흐른 후에야 눈치를 챘을 것이다.

아니면 아예 모르고 넘어갔거나.

종혁은 자신이 다가오자 다급히 양팔을 들며 물러나는 두 남성의 앞에 서며 얼굴을 구겼다.

"대체 뭐하는 놈들이기에 이 대낮에 여자를 겁줘? 니들이 그러고도 이탈리아 남자야?"

종혁의 입에서 다다다 쏟아져 나오는 이탈리아어에 두

남성은 억울하단 표정을 지었다.

"오해야! 우린 그냥 미녀를 지나칠 수 없었던 것뿐이라고!"

"맞아! 우리가 처음 보자마자 데이트를 신청하는 그런 미친놈들인 줄 알아? 그냥 전화번호만 물어봤을 뿐이야! 관광객이니까 로마의 볼거리에 대해 좀 알려 줄까 하고!"

그런데 저렇게 제풀에 넘어진 거다.

"웃기시네. 그걸 핑계로 다시 만나려는 거겠지. 그리고 전화번호를 물어보는 것만으로도 관광객에겐 위협이 될 수 있다는 거 몰라?"

"말도 안 돼! 우리가 얼마나 젠틀한데!"

"그런 말을 할 거면 길거리의 소매치기와 관광지의 강매꾼들을 때려잡고서나 말해."

"끄응. 하. 알겠어. 우린 결코 그런 의도는 아니었다고만 말해 줘. 부탁할게."

"얼른 꺼지기나 해."

김누리를 보며 머뭇거린 그들은 이내 한숨을 쉬며 멀어졌고, 종혁은 자신을 멍하니 올려다보는 그녀를 향해 손을 내밀었다.

"Are you okay?"

"최종혁…… 본부장님?"

"어? 한국분이셨어요?"

"네, 네……."

"아이고, 많이 놀라셨나 보네. 저놈들은 이탈리아를 여행하다 보면 흔히 볼 수 있는 그냥 전화번호나 물어보는 자칭 로맨티스트들이니까 너무 겁먹지 않으셔도 돼요."

바람의 나라라 불릴 만큼 이성에게 다가서고 헤어지는 것이 가볍다 느껴질 정도로 자유로운 이탈리아인들.

그러나 그런 이탈리아인들도 여성은 보호해야 할 존재라고 생각한다.

그렇기에 여성이 단호하게 거부하면 물러설 줄 알았고, 누군가 여성을 집요하게 괴롭히면 주위 남성들 모두가 달려들 정도로 여성에게 진심인 사람들이었다.

"저 사람들도 위협하려는 의도는 아니었다고 사과하더라고요."

"아! 가, 감사합니다!"

"하하. 아닙니다. 당연히 해야 할 일을 했을 뿐입니다."

'이렇게 접근해 달라고 온몸을 바쳐 외쳐 주는데, 당연히 접근해 줘야지.'

"어디 다치신 곳은 없으시죠?"

"네, 그런 것 같아…… 윽?!"

'얼씨구?'

종혁은 발을 절뚝이며 인상을 찌푸리는 그녀의 모습에 깜짝 놀란 표정을 지었다.

"괜찮으세요?"

"괘, 괜찮아요. 발목이 살짝 접질렸나 봐요. 파스 붙이면 금방 괜찮아질 거예요!"

"음…… 혹시 모르니 병원부터 가시죠. 자칫 인대가 다치기라도 한 거면 큰일이니까요."
 "괜찮은데…… 휴. 감사해요."
 그녀는 울상을 짓다가 이내 어쩔 수 없다는 듯 고개를 끄덕였고, 그 모습에 종혁은 잠시 그냥 돌려보낼까 하는 짓궂은 생각을 했다가 이내 몸을 일으켜 일행들을 봤다.
 "잠시 병원에 좀 다녀와야 할 것 같습니다. 먼저들 식사하고 계세요."
 "내가 아는 병원이 있네. 최. 함께 가지."
 눈을 빛내며 나서는 고든 교수의 모습에 속으로 실소를 터트린 종혁은 고개를 끄덕였다.
 "최재수. 택시 잡아."
 "예."
 그들은 그렇게 병원으로 향했다.

* * *

 고든 교수가 아는 병원이라서 그런지 접수부터 진료까지 일사천리였다.
 초음파 촬영 이후 결과를 듣기 위해 진료실 앞에서 기다리는 그들.
 고든 교수는 김누리에게 커피를 건네며 입을 열었다.
 "내 나라에서 안 좋은 추억을 남기게 해서 미안합니다, 레이디. 혹시나 다시 한번 이런 일이 생긴다면 이 번호로……."

스윽!

"여기서 이러시면 곤란합니다, 교수님."

"사랑엔 나이도 국경도 없는 법이라네, 최."

"그 말 사모님께 그대로 전해 드려도 되죠?"

"……자넨 참 낭만이 없어."

"풉!"

웃음을 터트렸다가 놀라는 김누리를 향해 장난이었다는 듯 웃어 준 고든 교수는 이내 종혁을 향해 입을 연다.

"그래서 내일 발표 내용은 끝까지 말해 주지 않을 생각이야?"

그의 어설픈 영어에 어이없다는 표정을 지은 종혁.

"그냥 이탈리아어로 말씀하시죠?"

"그러면 여기 레이디가 외롭지 않나."

"에라이."

고개를 저은 종혁은 하는 수 없다는 듯 입을 열었다.

"그냥 내일을 기다리세요. 그래야 더 재밌을 테니까. 아니면 혹시 자신이 없으신 거예요?"

"……자넨 다 좋은데, 그 입이 문제야. 좋아. 날 도발한 대가를 치르게 해 주지. 그래서 자네가 숨겨야 할, 발표하지 않을 내용들까지 모두 끄집어내 주겠어."

"그런 도전은 언제든 환영입니다."

"쯧. 그러면 포럼이 끝난 이후 스케줄은 어떻게 되나? 처음 이탈리아에 왔는데, 이탈리아의 문화를 즐겨 봐야지."

"저도 그러고 싶은데…… 포럼 이후로 강연이 연달아 잡혀 있어서요."

"강연?"

'강연?!'

김누리도 눈을 빛낸다.

뒤통수가 따가워졌지만, 종혁은 무시하며 입을 열었다.

"제 진급 속도가 이례적이어서 그런지, 한국뿐만 아니라 세계 각국에서 강연을 해 달라고 요청해 와서요. 아마 다다음 달까진 정신없이 바쁘지 않을까 싶습니다. 뭐 그래도 포럼이 끝난 이후 하루 정도는 여유를 낼 수 있으니 너무 실망하지 마시고요."

"흠. 그렇단 말이지……."

"누리 킴?"

"앗 네! 저 진료실에 들어가 볼게요!"

'이렇게 빨리 정보를 얻다니!'

냉큼 진료실로 향하는 김누리의 입이 찢어졌고, 종혁은 그 모습을 서늘한 눈으로 바라봤다.

쿡쿡.

"쉿."

"흠."

종혁의 옆구리를 찌른 고든 교수는 고개를 끄덕이며 핸드폰을 꺼내 들었고, 종혁은 잠시 몸을 일으켰다.

"화장실 좀 다녀올게요."

김누리의 발을 만진 손이 썩어 들어가는 느낌이다.

씻어야 했다.

"감사합니다! 정말 감사합니다!"
"다행히 인대는 다치지 않았다지만, 그래도 무리하진 마세요. 테이핑해 놨다고 너무 믿지 마시고요."
"네! 아, 저…… 사진 좀 부탁드려도 될까요?"
"아, 그럼요."
"가, 감사합니다!"
함께 사진을 찍은 김누리는 다시 감사하다고 인사를 하며 택시를 타고 사라졌고, 종혁은 멀어지는 차를 가만히 응시했다.
스르륵!
"국장님!"
김누리가 진료를 받는 사이 차를 렌탈해 온 최재수와 현석.
그들이 빌려온 승합차에 오르니 현석이 휴대용 금속 탐지기를 내민다.
휘파람을 부는 고든 교수.
종혁은 자신과 고든 교수의 몸을 금속 탐지기로 검사하고는 고개를 끄덕였다.
"이렇게 하면 된 건가?"
"훌륭합니다."
"역시 그 회사란 조직이었나 보군."
"그래서 솔직히 놀랐습니다."

김누리에 대해 언급하지도 않았는데 너무 타이밍 좋게 나서 줘서 그렇다. 시기적절했던 그의 서포트.

"……정말 무섭군."

사전에 놈들에 대해 들었기에 눈치채고 움직일 수 있었지만, 만약 그렇지 않았다면 깜빡 속았을 만큼 자연스러웠던 김누리의 연기.

만약 아무것도 모른 채 고든 교수 자신에게 접근해 왔다면, 무기력하게 당하고 말았을 거다.

그걸 생각하니 일어난 닭살이 가라앉질 않는다.

'겨우 이 정도 가지고 무슨…….'

이건 약과다.

언제 어디서 칼이 몸을 파고들지 모르는 놈들과의 싸움. 약간이라도 방심했다가는 그대로 죽는 거다.

눈빛을 서늘히 가라앉힌 종혁은 최재수를 봤다.

"출발해."

"예."

'밥 먹기 전에 씻어야겠네. 옷도 태워 버리고.'

김누리와 닿았던 모든 걸 없던 걸로 하고 싶었다.

부르릉!

차가 출발했다.

* * *

부우웅! 달리는 택시 안.

"후욱! 훅!"

고개를 숙이며 거친 숨을 몰아쉬던 김누리의 몸에서 식은땀이 흐른다.

"이봐요. 괜찮습니까?"

손을 저은 그녀는 이마에 한가득 맺힌 식은땀을 훔치며 이내 고개를 뒤로 젖힌다.

그런 그녀의 입가에 번지는 만족의 미소.

"응. 이 대리, 나야. 정보…… 얻었어."

-뭐?! 진짜?! 이렇게 빨리?

"운이 좋았어."

정말 운이 좋았다. 그 느끼한 이탈리아 교수가 아니었다면, 자신이 직접 캐냈어야 했을 이번 작전.

"일단 보고하고 다시 연락할게."

-아, 알았어! 그렇게 해!

통화를 종료한 김누리는 과장에게 전화를 걸려다 멈칫했다.

"……아, 씨. 너무 빨리 알아냈으니까 다른 정보도 캐 보라고 하는 거 아니야?"

충분히 그러고도 남을 인간인 과장.

김누리는 갈등을 하다가 이내 과장에게 전화를 걸었다. 이 대리와 강 사원이 과장에게 말을 할 수도 있기 때문이다.

-여보세요.

"예, 과장님."

김누리는 자신이 알아낸 것에 대해 모두 설명했고, 수화기 너머의 과장은 멈칫했다.

-빨리 알아냈네? 거봐. 할 수 있잖아. 요새 애새끼들은 말이야, 해 보지도 않고 지레 겁먹어서 못한다고 말이야. 응?

'미친 새끼야! 그럼 네가 해 보든가!'

종혁의 시선이 닿을 때마다, 종혁의 손이 닿을 때마다 섬뜩한 공포가 찾아들어 미치는 줄 알았다.

그러나 차마 입 밖으로 낼 수 없는 말이었다.

-알았어. 그러면…….

"네? 뭐라고요?"

그녀는 눈을 크게 떴다.

* * *

이탈리아 남부, 어느 빌딩의 사무실.

통화를 종료한 사십대 후반의 동양인 남성이 몸을 일으켜 한 곳으로 향한다.

그런 그를 따라붙는 시선들.

그에 가슴을 쭉 펴며 위풍당당하게 걸은 중년인이 멈춘 곳은 같은 사무실 공간의 한쪽, 따로 만들어진 작은 사무실 안에 있는 오십대 남성 앞이었다.

"부장님."

"어, 그래. 왜?"

"최종혁의 다음 행선지를 알아냈습니다."
멈칫!
증오스러운 이름 최종혁.
검토해야 될 서류가 많은지 고개를 숙인 채 건성으로 대답하던 남성이 고개를 번쩍 들어 중년인을 본다.
"……이렇게 빨리?"
"제가 누굽니까. 흐흐."
"읊어 봐."
"포럼이 끝난 후 하루 휴가를 가지고, 약 두 달간 전 세계를 돌며 강연을 한다고 합니다. 이미 팩트 체크도 끝냈습니다."
"체크? 어떻게?"
"본청에 들어가 있는 직원에게 형사수사국 경찰들 좀 떠보라고 했습니다. 그랬더니 최종혁이 두 달 정도는 거의 자리에 없을 거라고, 한동안 회식은 물 건너갔다며 툴툴댔다고 합니다."
그리고 전 세계에 관련 강연을 진행할 만한 곳을 찾아 연락을 돌려 보니, 정말 몇몇 곳은 최종혁의 강연 스케줄이 잡혀 있었다.
이제 남은 건 종혁이 강연을 할 때 직접 가서 체크를 해 보는 것뿐이었다. 물론 다른 직원이 갈 테지만 말이다.
"……네가 웬일이냐?"
"에이, 말을 또 왜 그렇게 하십니까. 저도 할 땐 합니다."

"그 할 때가 얼마 없으니까 하는 말이지, 새꺄. 하여튼 월급 도둑 새끼."

가끔이라도 이렇게 해 주지 않았다면 벌써 은퇴를 당했을 박 과장.

"그럼 최종혁에게 붙인 애들은?"

"최종혁이 출국하는 것까지 지켜보고 합류하라고 지시해 놨습니다."

"다시 접촉하게 한 건 아니고? 너 그런 짓 잘하잖아."

"최종혁한테요? 어휴. 그것도 상황을 봐 가면서 하는 거죠."

개코도 그런 개코가 없는 종혁.

만약 김누리를 더 접근시켰다면 분명 종혁은 뭔가를 눈치챘을지도 모른다. 부하 직원을 괴롭히는 게 삶의 낙인 박 과장도 목숨이 아까운 줄은 알았다.

"아무튼 괜히 직원들 괴롭히지 말고. 해외 지부들 없애고 다니는 놈들이 어떻게 몸집을 불리는지 기획실에서 추정한 내용은 들어서 알지?"

회사에게 배신감을 느낀 직원들을 꼬드겨 제 편으로 삼는 걸로 추정되는 최성현의 세력.

그리고 본사의 누군가가 그 세력에 정보를 제공하고 있는 걸로 판단되고 있다.

아래 직원들을 쪼아서 좋을 건 없는 상황이었다.

"아니, 제가 뭘 얼마나 쫀다고……."

"됐어, 됐어. 내가 널 모르냐? 나가 봐."

박 과장은 어깨를 움츠린 채 부장실을 빠져나갔고, 부장은 닫히는 문을 보며 한숨을 내쉬며 전화기를 들었다.
"예, 지부장님. 성 부장입니다. 최종혁의 다음 스케줄을 알아냈습니다. 그리고……."
전화를 끊은 부장은 외투를 챙겨 들고 사무실을 나섰다.

* * *

'오늘인가…….'
오늘은 국제범죄학 포럼을 찾은 이유였던 발표를 하는 날.
오랜만에 힘을 제대로 준 종혁이 USB를 챙겨 들며 방을 나선다.
"……오늘 어데 소개팅 갑니꺼."
"소개팅에 이렇게 힘주고 가는 사람이 어디 있냐?"
"그건 맞는데……. 아따 마, 쥑이네."
맨날 정장을 입고 다니는 종혁이지만, 새벽부터 부른 스타일리스트와 헤어디자이너 덕분인지 오늘따라 더 빛이 나는 외모.
삼십대에 접어들며 연륜이란 게 얼굴에 서리기 시작해서 그런지 중후한 멋까지 곁들어지니 왠지 오늘따라 종혁이 낯설게 느껴지는 현석과 최재수다.
'둘의 반응을 보니 나쁘진 않은 것 같네.'
"준비 다 됐으면 이만 가자."

그들은 호텔을 나서 포럼이 열리는 곳으로 향했다.

짝짝짝짝짝짝!

무려 일주일이나 걸린 포럼이 끝나자 포럼에 참석했던 모든 이들이 몸을 일으켜 서로를 향해 그동안 수고했다는 박수를 보낸다.

"하, 이제 나이가 드니 이런 스케줄도 벅차군."

"그러게 말이야. 올 하반기부터는 안식년을 가져야 할까 봐."

"뒤풀이 관광 장소가 어디랬지?"

"오전 공식 일정은 콜로세움이라던데? 저녁은 트레비 분수."

"하루 종일 관광이라니. 늙은이들을 죽일 생각인가."

"콜로세움이라……. 흥미로운 장소이긴 하지. 특히 죽어 간 검투사들의 시체를 어떻게 처리했는지가……."

"확실히 흥미로운 주제긴 해. 당시 로마의 해부학과 의학 발전에 검투사들도 도움을 줬다는 말도 있으니까."

서로 죽이고 죽였던 장소라는 말에 진한 호기심을 드러내는 사람들 사이 종혁에게도 사람들이 모인다.

"최. 어떡할 생각입니까?"

그들 같은 범죄학자들에겐 제법 흥미로운 장소이긴 하지만, 그것을 제외하면 딱히 갈 이유가 없는 건축물인 콜로세움.

물론 한 번쯤 콜로세움의 웅장함을, 2000년 전 지어졌음에도 아직도 그 형태를 유지하고 있는 로마제국의 건축 수준을 몸소 느껴 보는 것도 나쁘지 않지만, 아쉽게도 그들에겐 그런 걸 즐길 정신이 없었다.

해리 가드너 교수의 말에 종혁이 어깨를 으쓱인다.

"전 바티칸에 가 볼 생각입니다."

나탈리아를 통해 확인한 바에 따르면, 매일같이 바티칸에 들르는 것으로 확인된 김누리.

'누구랑도 접촉하는 모습은 없다고 했지만……'

가톨릭의 총본산이라 불리는 성 베드로 대성당이 위치한 바티칸 시국.

설마 그곳에서도 무언가 또 다른 프로젝트를 진행하고 있는 것인가 싶어 얼마나 경악했는지 모른다.

정말 그곳에서 어떤 프로젝트를 진행하고 있는 것인지, 아니면 그저 다른 사원과의 접선 장소로 이용하고 있는 것인지 직접 가서 확인해 봐야 할 듯싶었다.

"흠. 역시 그럴 생각입니까."

"교수님들은 어떡하실 생각입니까?"

"뭐야? 설마 우리를 떼어 놓고 갈 생각을 한 거야?"

"하하……"

이들이 범죄학으로는 따라올 이들이 없다지만, 그것과 연기력은 별개의 문제였다.

우르르 몰려다니면, 김누리가 있는 바티칸을 찾아온다면 자신을 감시하고 있을 놈들이 어떤 낌새를 느낄 터.

현장에서 오래 뛰었던 캘리 그레이스는 둘째 치더라

도, 다른 이들의 모습에서 어색함을 감지할지도 몰랐다.

그래서 데려가지 않으려고 했던 종혁은 이내 마음을 고쳐먹었다.

'아니지. 차라리 우르르 몰려다니는 게 낫겠네.'

만약에, 정말 혹시나 만약에 놈들이 바티칸에서도 무슨 일을 꾸미고 있다면 자신이 등장하는 것만으로도 큰 동요가 일어날 터.

'그러면 무언가 꼬리를 드러낼지도 모르지.'

생각지 못한 상황에 닥치면 사람은 실수를 범하기 마련이었다.

"가시죠."

그들은 가톨릭의 총본산 바티칸으로 향했다.

* * *

'여기가······.'

가톨릭의 총본산 바티칸.

종혁이 성 베드로 대성당까지 길게 뻗은 광장과 그 가운데 우뚝 솟은 오벨리스크를 보며 눈빛을 가라앉힌다.

"한번 와 보고 싶은 곳이긴 했지."

"그렇습니까?"

"응."

결코 자연스러운 현상이 아니었던, 종혁 자신에겐 기적 그 자체였던 회귀.

이후 참 많은 생각을 했었다.

왜 하필 자신이었는지, 신은 자신에게 무얼 바라는지.

매일같이 고민하고 또 생각했었다.

그러나 회귀라는 기적 이후 신은 단 한 번도 그에게 자신의 의지를 보이지 않았다.

-김누리는 현재 박물관에 있어요.

귀를 울리는 나탈리아의 낭랑한 음성.

종혁이 최재수와 현석, 캘리 그레이스 등을 둘러본다.

'이렇게 좋은 사람들을 만날 수 있었던 것도 신의 보살핌이었다면 보살핌이었겠지…….'

이런 생각을 할수록 더 의문이 드는 그.

그러다 결국 나름의 결론을 내릴 수밖에 없었다.

시간이 되돌려진 자신에게 신이 준 소명이 무엇인지에 대하여.

'그래서…….'

"중간 보고를 하려고."

"……예?"

싱긋 웃은 종혁은 교황이 미사를 집전하는 성 베드로 대성당을 보며 심호흡을 깊게 하곤 걸음을 옮겼다.

웅성웅성.

사람들로 가득하지만, 침묵을 강요당하는 성 베드로 대성당.

"음……."

겉으로 본 외관과 비교도 안 될 만큼 웅장하고 화려한

내부에 사람들이 신음을 삼킬 때, 종혁은 성큼성큼 사람들 사이를 가로질러 교황이 직접 미사를 주관하는 곳인 발다키노 근처에, 관광객들이 갈 수 있는 곳까지 가서 무릎을 꿇는다.

'저를 되돌려보낸 분이 당신인지 아닌지는 모르겠지만 그건 상관없을 테죠.'

어떤 신이든, 정말 신이라면 자신이 어느 곳에서 말하든 듣고 있을 테니 말이다.

'어째서 절 되돌려보낸 것일지 참 고민을 많이 했습니다.'

신앙심도 없고, 아무런 힘도 없는 일개 경찰이었던 왜 자신에게 이런 기회를 준 것일까.

자신에게 무얼 바란 것일까.

그러다 내린 결론은 하나였다.

'회사…… 놈들을 없애라는 뜻이었을 거라 결론이 나더군요.'

종혁 자신이 되돌아온 시간이었던 1997년.

그날 이후 지금까지 전 세계에 닥친 환란과 재앙이 몇 개던가.

물론 전생의 기억을 통해 수많은 사건과 사고를 막아 냈지만, 막아 내지 못하고 역사 그대로 벌어진 일들 또한 수없이 많았다.

아니, 막은 것보다 막지 못한 것이 수억 배는 많다고 할 수 있었다.

종혁 개인의 힘으로 세상 모든 재난을 막아 내는 건 불가능했다. 1997년 외환 위기가 그러했고, 2001년 9.11 테러가 그러했다.

그런 커다란 사건을 제하더라도 전 세계에 고통받는 사람들의 수는 셀 수조차 없었다.

각종 범죄에 얽혀 몸과 마음이 죽는 피해자의 수가 몇 명이던가. 기아와 질병으로 인해 사망하는 이들이 몇 명이던가.

그렇기에 종혁은 신이 자신을 과거로 돌려보낸 이유가 세계의 구제 같은 거창한 소임을 위해서는 아닐 것이라고 결론을 내렸다.

그 자신이 없앨 수 있는 가장 커다란 해악, 회사를 없애는 것이 자신의 역할일지도 모른다는 결론과 함께.

'이제 곧입니다.'

놈들을 완벽히 없애버리기 위한 꼬리를 잡았다.

'중간 보고가 많이 늦긴 했지만, 이제 앞으로 한 발자국만 남았습니다. 그러니……'

"지금까지 그래 왔던 것처럼 지켜봐 주십시오."

섬뜩!

종혁의 주위에 있던 사람들이 기겁하며 물러난다.

그러나 종혁은 그 모든 걸 무시하며 계속 말을 잇는다.

"놈들을, 이 땅의 큰 해악인 놈들을 패 죽이고, 찢어발겨 당신께 보내 드릴 테니 지금까지처럼 절 지켜 주십시오. 이상 형사 최종혁. 충성."

"아, 아멘……."

종혁은 옆에서 자신이 내뿜었던 살기에 이를 악문 최재수와 현석의 모습에 피식 웃으며 몸을 일으켰다.

"가자. 보고 끝났다."

"……큭큭. 그러네예. 이것도 중간 보고라면 중간 보고겠네예."

"어떡하실 겁니까?"

김누리가 이 대성당에 들어온 걸 확인했다.

아니, 근처 관광객들과 성당 기둥 사이에 숨어 이쪽을 보고 있는 김누리.

"무시해."

이 바티칸에 있을지 모를 회사의 사원들이 반응을 보였다면, 이곳에 쫙 깔린 CIA와 SVR가 이미 알아차렸을 터.

자신이 불필요하게 이곳에 더 있으면 놈들에게 의구심만 줄 뿐이었다.

종혁은 자신의 살기에 눈빛을 번들거리는 교수들과 함께 성 베드로 대성당을 빠져나갔다.

"미, 미친놈. 무슨 일로 여길 왔나 했더니……."

더 이상 종혁과 얽혔다간 의심을 받을 수도 있기에 바티칸 투어에 열중하며 자연스럽게 관광을 즐기던 김누리.

그녀는 갑작스럽게 종혁이 이곳을 찾자 경악할 수밖에 없었다.

그런데 느닷없이 기도를 하는가 싶더니, 자신들 회사를 향해 선전 포고를 하는 게 아닌가?

기둥 뒤에서 종혁이 하는 말을 모두 듣다 못해 끔찍한 살의마저 느꼈던 김누리는 무릎에 힘이 풀려 주저앉았다.

'그딴 걸 신께서 들어주실 것 같아?!'

신께서 보살펴 주시는 건 오직 자신의 어린 양, 신자도 아닌 종혁이 아니라 신의 어린 양인 자신과 자신이 소속된 회사다.

'그러니 최종혁 넌 결국 실패할 거야!'

그녀는 입술을 깨물며 몸을 일으켰다.

* * *

웅성웅성.

오늘도 들어오고 나가는 사람들로 몸살을 앓는 로마의 레오나르도 다 빈치 국제공항.

종혁과 교수들이 악수를 나눈다.

"하, 이제 언제 또 보는 거지?"

"글쎄요…… 한 반년 후? 저도 형사수사국을 안정시키려면 시간이 좀 걸릴 테니까요."

"저런. 그건 좀 아쉽군요."

해리 가드너 교수의 말에 미소를 지은 종혁이 뚱한 표정의 고든 교수를 본다.

"왜 그러세요?"

"이탈리아의 멋과 맛을 제대로 보여 주지 못해서 그렇

지. 먹어 보지 못한 파스타와 피자와 미녀가 얼마나 많은데……."

"어우. 나중에요, 나중에."

파스타와 피자. 본 고장답게 정말 맛있었지만, 그때마다 김치가 간절히 생각났던 종혁이다.

"그리고 미녀를 만났다간 여자친구에게 죽습니다."

최재수라고 주둥이가 약간 자유분방한 놈 때문에 더더욱 만날 수 없다.

"연애는 자유로운 거라네, 최."

여자를 많이 만나 봐야 훗날 아내의 기분을 빨리 알아차리고 대처를 하며, 그보다 한발 더 나아갈 수 있는 거 아니겠는가.

"연애는 결혼을 위한 연습일 뿐이야."

말도 안 되는 궤변에 고개를 저은 종혁은 뤼옹 드 몽 교수와 다른 이들을 보며 고개를 살짝 숙였다.

그러나 빛나는 종혁의 눈.

"그럼 다들 반년 후쯤 학회에서 봬요."

"……그래. 반년 후에."

종혁과 마찬가지로 눈을 빛내며 다시 한번 악수를 나눈 그들은 등을 돌렸고, 공항을 한번 주욱 둘러본 종혁도 전용기 전용 탑승구를 향해 걸음을 옮겼다.

공항을 가득 채우던 사람들이 어느덧 사라진 복도.

출국 수속을 마치고 길게 뻗은 복도를 지나 공항 건물을 나선 종혁이 미리 대기하고 있는 카트를 타고 전용기에 올라탄다.

"최."

움찔!

"헉?!"

"끄억?!"

 종혁을 부르는 낯익은 여성의 목소리, 나탈리아의 목소리에 고개를 들었던 최재수와 현석이 종혁의 앞에 선 남성에 기겁을 한다.

 마치 거울이 앞에 있는 듯 종혁과 똑같은 외모.

 자세히 뜯어보면 미세한 위화감이 느껴지지만, 그건 자신들의 감이 좋기 때문이다.

 그런데 그게 문제가 아니다. 가짜 최종혁의 뒤에 최재수, 현석과 똑같이 생긴 사람들이 있었다.

 경악한 현석과 최재수를 무시한 종혁은 나탈리아의 뒤에 서 있는, 아이반보다도 더 자신과 똑같이 생긴 사내를 향해 손을 내밀었다.

"반갑습니다, 최종혁입니다. 성함이?"

"충성. 치안감 최종혁."

"……푸하핫!"

 목소리까지도 똑같은, 정말 종혁 자신이라고 해도 믿을 사람.

 최재수와 현석도 마찬가지다.

 나탈리아는 종혁을 보며 고혹적인 미소를 지었다.

"어때요? 두 번째 도플갱어를 본 소감이?"

"최고네요……. 진짜로."

지금쯤 공항에서 자신을 감시하고 있을 김누리, 아니 회사를 속이기 위한 패가 쥐어졌다.

회사의 초대형 프로젝트를 무너트리기 위한 작전이 시작됐다.

* * *

한편 공항 밖 주차장.

김누리가 앉아 있는 렌트카의 문을 열고 두 명의 동료들이 오른다.

"들어가는 거 봤어."

"모두?"

"어. 최종혁은 전용기 탑승 게이트로 향했고, 나머지는 출국 게이트로 향했어."

"수고했어, 이 대리. 그럼 쉬자."

"오케이. 강 사원, 넌 감시."

혹시 모를 일이다. 최종혁이 뭔가를 눈치채고, 다시 돌아 나올 수도 있었다.

"예……!"

한 박자 늦은 대답에 보조석에 탄 이 대리라 불린 여성은 주먹을 쥐었다가 이내 고개를 저으며 의자를 뒤로 젖혔고, 뒷좌석에 탄 김누리 역시 몸을 누이며 핸드폰을 꺼내 든다.

그렇게 얼마의 시간이 흘렀을까.
지이잉!
갑자기 온 문자에 김누리가 몸을 일으킨다.
"비행기들 다 떴단다. 우리도 출발하자."
"오케이! 우리 어디로 가면 됐댔지?"
"일단은 나폴리."
그들을 태운 차가 나폴리를 향해 출발했다.

* * *

부우웅!
고속도로를 달리는 렌트카 안.
"나폴리에 들어섰습니다."
"어우. 벌써? 끄으으!"
기지개를 켠 이 대리가 아직도 자고 있는 김누리를 깨운다.
"왜······."
"도착했어!"
"끄으응. 강 사원, 가까운 편의점에 좀 세워."
"옙!"
마침 근처에 보이는 편의점에 들어가 캔커피와 음료를 사 온 셋이 차를 붙잡고 기지개를 켠다.
"이야. 이탈리아는 휴게소도 좋던데?"
"그러게요. 뭔 샌드위치와 피자를 그렇게 팔던지······."

심지어 샌드위치 종류도 다양했고, 다 맛있었다. 한국 휴게소에서 파는 싸구려 음식들과는 차원이 달랐다.
"역시 이탈리아답더라니까요!"
흥분한 남성의 모습에 김누리와 이 대리가 서로를 바라보며 고개를 젓는다.
"이래서 해외 한 번 안 나온 촌놈하고는……."
"아, 왜 그러십니까."
"닥쳐. 박 과장님한테 연락해야 하니까."
'아오, 씨발.'
옛날이었더라면 이딴 싸가지 없이 말을 한순간 여자, 남자 상관없이 턱을 돌려 버렸을 테지만, 지금은 그랬다간 몸에 구멍이 난다.
강 사원은 고개를 돌리며 구시렁거렸고, 그런 강 사원을 일견한 김누리가 입을 연다.
"예, 과장님. 나폴리에 도착했습니다. 예?! 아, 예. 알겠습니다……. 도착하면 연락하겠습니다……. 아오, 씨발 개새끼!"
뿌드득!
"왜? 또 지랄해?"
"그래! 지랄하더라! 놀라시로 와서 연락하래!"
"놀라? 거긴 또 어딘데?"
"나도 모르죠! 궁금하면 내비를 쳐 보세요, 이 대리님!"
"……이년이 진짜 미쳤나. 이탈리아에 도착해서부터 계속 지랄이네? 야, 이 씨발년아."

"뭐 이 씨발년아."

"하, 이년 봐라? 그래도 같은 대리라고 편하게 대하랬더니 위아래를 구분 못하네?"

"허이구. 그 나이에 대리 단 게 퍽이나 자랑스러우시겠어요. 꼬우면 한판 붙든지."

"그럴래?"

"자, 자! 왜 그러십니까! 왜들 갑자기 싸우고 그러세요!"

이렇게 언성을 높이면 주목을 받게 된다. 그건 결코 좋지 않은 상황.

강 사원이 말리자 주위를 둘러본 둘은 이내 혀를 차며 품속에 집어넣었던 손을 빼냈다.

"……흥!"

둘은 차에 올랐고, 강 사원은 한숨을 내쉬며 운전석에 올랐다.

그렇게 도착한 나폴리 인근의 작은 도시 놀라.

약속된 장소에 도착하자 인상이 흐릿한 동양인 남성이 다가온다.

"뭐야, 얼굴이 왜 씹창이야?"

"너는 누구신데 초면부터 험한……."

퍽!

"켁?!"

신경이 예민한 김누리와 이 대리 대신 나섰던 강 사원이 목을 붙잡고 무너지자, 김누리와 이 대리의 신경이 바짝 솟는다.

이탈리아로 〈277〉

"반갑습니다. 대전 지부의 김누리 대리입니다."
"수원 지부의 이송경 대리입니다."
"어. 그냥 나 대리라고 부르면 돼. 본사 소속이야."
"허으읍! 커헉! 커어억! 가, 강성준 사원입니다."
 겨우 숨통이 트인 강 사원을 무시한 남성이 셋이 타고 온 차를 본다.
"렌트?"
"예. 한 달 렌트를 했고, 나폴리에 세워 두기로 했습니다."
"흠. 잠시만. 예, 김누리 대리와 이송경 대리가 도착했습니다. 정신 빠진 병신도 하나까지 해서요. 예, 알겠습니다."
 통화를 종료한 사내는 강 사원을 향해 손을 까딱였고, 의아해하는 그의 모습에 한숨을 내쉬었다.
"차키 달라고…… 아니다. 그냥 차문 잠그고, 열쇠는 차 밑에 던져 놔. 짐도 그냥 놔두고 오고."
"예!"
 한 대 얻어맞아서 그런지 빠릿빠릿하게 움직인 그들.
 휴대용 금속 탐지기로 그들의 몸을 훑은 남성은 그제야 고개를 끄덕이며 몸을 돌렸다.
"따라와."
 남성은 근처에 세워 둔 차에 올랐고, 그들은 얼른 뒤따랐다.
 부우웅!
"김누리 씨는 어려 보이는데, 몇 살?"

"올해 스물다섯입니다. 입사는 열아홉 살 때 했습니다."
"오, 진급이 빠르네? 제법 레벨 높은 프로젝트에 몇 번 참가했나 봐? 그 옆에는?"
"스물여섯입니다. 열일곱 살에 입사했습니다."
"이송경 씨는 평균이시고…… 난 서른일곱. 대리 9년 차."
"군대 다녀오느라 스물네 살에 입사했고, 지금은 입사 5년 차입니다!"
"입사 5년 차씩이나 된 놈의 눈치가 그렇게 자유분방하다고?"

진짜 병신이다.
남성은 아예 신경을 끊어 버렸다.
"저, 그런데 나 대리님?"
"왜?"
"지금 어디로 가는지 물어도 되겠습니까?"
"안 돼. 푸흐. 농담이고, 당연히 세 사람이 앞으로 일할 곳이지."

그 말에 셋의 눈이 동그랗게 떠진다.
'이런 작은 도시에서 프로젝트를 진행하고 있다고?'
여길 봐도, 저길 봐도 온통 이탈리아인들뿐인 작은 도시 놀라. 100명이 넘는 동양인들이 돌아다닌다면 분명 눈에 띌 수밖에 없다.
'그런데 왜…….'
그들의 합리적인 의심 속에서도 차는 계속 이동했고, 그렇게 그들이 도착한 곳은 작은 도시 놀라에서도 외곽에 위치한 어느 산업 단지의 한 공장이었다.

 들어가는 대문부터 카드키로 열어야 하는 작은 공장.

 공장 건물 출입구에 마치 경비원처럼 앉아 있는 이탈리아 남성 둘을 본 셋은 미간을 찌푸렸다.

 '설마?'

 "내려."

 공터에 차를 세운 남성이 셋을 이끌고 이탈리아인들에게 다가가자 그들이 문을 열어젖힌다.

 그러자 셋의 눈에 확 들어오는 공장 내부의 모습.

 방진 마스크와 고글을 쓴 채 돌아다니는 사람들과 그들의 손에 들린 깨진 유리 조각처럼 생긴 것들과 찐득한 설탕물처럼 생긴 것들.

 "제2공장의 원료 정제 공장에 온 걸 환영해."

 셋의 얼굴이 구겨졌다.

* * *

쾅!

공장 2층의 숙소.

침대를 걷어찬 김누리가 씩씩거린다.

"이건 말도 안 돼!"

 이탈리아 프로젝트에 합류한다고 해서 중요한 직책을 맡을 거라고 생각했던 그녀.

 그런데 그들이 배속된 곳은 제2공장도 아니고, 그곳에

보내질 원료를 정제하는 공장이었다.

코카인 원료에서 불순물을 걸러 내고 순도를 높이는 작업을 통해 보다 품질 좋은 원료로 만드는 원료 정제 공장.

그렇게 뽑아낸 원료는 다른 공장으로 옮겨진다고 하는데, 관련 정보까지는 자신들에게 공유되지 않았다.

즉, 그들은 프로젝트에 합류하되 합류하지 못한 상황이나 다름없었다.

"이럴 줄 알았으면 그냥 지점에 붙어 있었지!"

하고 싶은, 그리고 먹고 싶은 모든 걸 할 수 있는 한국.

그런데 여긴 아니다.

공장 바깥으로 나갈 수 있는 시간은 하루에 고작 3시간도 안 되고, 혹여 나간다고 해도 즐길 거리가 딱히 없어 보이는 작은 도시다.

말이라도 통하면 다행이지만, 이탈리아 어는 옹알이하는 어린 아기 수준.

그에 김누리가 투덜거리던 그때였다.

"그래서 본사의 명령에 항명하시겠다고?"

움찔!

김누리의 시선이 문가에 서 있는 이 대리에게로 향한다.

그녀를 보며 비릿한 미소를 짓는 이 대리.

"좋은데? 나 대리님이 들으면 좋겠어?"

"……야, 이 개 같은 년아!"

상부의 명령에 항명하는 것은 곧 은퇴를 하고 싶다고 떼를 쓰는 일.

안 그래도 이 대리가 마음에 들지 않았던 김누리가 눈을 뒤집으며 달려들었다.

한편 김누리들이 로마에서 타고 온 차를 세웠던 장소.
나 대리가 누군가와 통화를 하고 있다.
"그래. 차량과 짐에서 별도의 GPS가 발견되지 않았다고? 알았어. 끊어. 예, 과장님. 꼬리가 영 잡히질 않네요. 당연히 CCTV와 도청기를 싹 깔아 놨죠."
김누리와 이 대리, 강 사원을 감시하기 위한 CCTV와 도청기.
"예, 알겠습니다. 사흘 후까지 인수인계 마치고 복귀하겠습니다. 예. 예."
상사와의 통화를 종료한 나 대리가 담배를 문다.
찰칵! 치이익!
"후우우."
'씨발. 대체 어떤 새끼가 그 새끼들한테 정보를 흘리는 거지?'
본사의 임원 중 한 명임이 분명한데 아직까지도 잡히지 않는 배신자.
그렇기에 분명 새로 픽업한 직원들 가운데 그 배신자가 보낸 끄나풀이 있을 거라고 생각했는데 영 소득이 없다.
신경질적으로 담배를 끈 그는 몸을 돌렸다.
"빌어먹을. 이 나이 먹고 애송이들이나 케어하라니……. 내가 더러워서 진급을 하든 해야지, 원."

인근의 펍으로 향하는 그는 몰랐다. 지켜보는 시선이 있다는 것을 말이다.

* * *

"에휴. 진짜."
움찔!
"쯧."
눈탱이가 밤탱이가 되고, 여기저기 붕대를 감은 김누리와 이 대리의 모습에 혀를 찬 나 대리.
"혹시나 해서 하는 말인데, 만약 너희 중 누가 죽으면 남은 놈들은 은퇴할 줄 알아. 알았어?"
"예, 예!"
"진짜 이딴 애새끼들을 데리고 뭔 일을 하라는 건지……."
고개를 저은 나 대리가 공장 공터에 세워져 있는 탑차처럼 생긴 3톤 트럭에 올라탔고, 강 사원은 서로 이를 드러내는 김누리와 이 대리를 보며 안절부절못했다.

그들이 그러건 말건 무시하며 공장을 빠져나온 나 대리는 놀라를 벗어나 남쪽으로 향하기 시작했다.

한편 그 뒤를 쫓는 한 대의 3톤 트럭의 짐칸 안.
"김누리의 차를 가지고 간 놈이 나폴리에서 움직이지 않고 있어요."
나탈리아가 건넨 한 장의 사진을 본 종혁이 고개를 끄

덕인다.

 김누리의 차를 가지고 놀라 외곽의 외진 곳으로 빠지더니 차량과 김누리들의 짐을 샅샅이 검사한 놈.

 "지원부 소속인가 보네요."

 영업부의 원활한 프로젝트 진행을 위해 거의 모든 업무 전반을 서포트하는 지원부.

 "흠. 우리를 찾는 걸까요?"

 "최성현들을 몰래 지원하는 본사의 누군가를 찾는 것일 수도 있죠."

 뭐든 신중을 기하는 거다. 저쪽의 방심을 바라는 이쪽의 입장에선 골치 아픈 상황이 아닐 수 없다.

 그나마 다행이라면 놈의 전화번호를 확보했다는 것이다.

 "후. CCTV를 확인할 수 있다면 더 좋았을 텐데……."

 "어쩌겠어요. 여긴 한국이 아닌걸요."

 한국과 비교하면 거의 없다시피 한 CCTV.

 "놈이 머무는 숙소 인근의 CCTV를 모두 실시간 감시할 수 있도록 교체할 거니까 일단은 이 정도로 만족하도록 해요."

 고개를 끄덕인 종혁이 어젯밤 김누리들이 들어간 공장을 찍은 열화상 사진을 살핀다.

 "열여섯 명……."

 예측한 것보다 한없이 적은 숫자.

 "입구에 이탈리아인들이 있는 걸 보면 모두 회사 소속은 아닌 것 같아요."

"약쟁이들이나 빚쟁이들이 대다수겠죠. 그 경비를 서고 있는 놈들의 신원 조회는 됐습니까?"

드럼통 난로 앞에서 덜덜 떨며 공장의 출입구를 경비원처럼 지키고 있던 두 명의 이탈리아인.

종혁의 물음에 나탈리아는 고개를 저었다.

"놈들도 회사 소속은 아니에요."

폭력, 준강도 전과가 있는 것으로 확인된 두 놈. 이놈들도 그냥 돈을 받고 고용된 놈들에 불과해 보였다.

"그렇다면……."

이곳엔 언제든 꼬리를 자를 수 있는 놈들만 배치해 뒀다는 이야기.

그렇다면 김누리들을 공장으로 데리고 갔던, 저놈이 향하는 곳을 쫓아야만 놈들 회사에 대한 단서를 얻을 수 있을 터였다.

종혁과 나탈리아는 초고화질 블랙박스를 통해 실시간으로 전달되는 영상을 가만히 응시했다.

* * *

나 대리를 태운 3톤 트럭이 속도를 줄인 건 이탈리아 남동부에 위치한 항구 도시 바리가 시야에 들어온 순간이었다.

이탈리아 반도와 발칸 반도를 잇는, 이탈리아 동해안에서 가장 활발한 항구 도시 바리.

"인구 32만여 명 중 바리대학교와 바리공과대학의 학생만 무려 7만여 명에 달하는 교육 도시이기도 해요."

"휘유. 이탈리아의 과학은 다 여기에서 발전되겠군요."

"거의 그렇다고 봐야죠."

-타깃이 차선을 변경합니다.

종혁과 나탈리아가 다시 실시간 영상을 응시한다.

3차선의 좁은 도로, 우회전을 하려는지 약 8대의 차량 앞에서 깜빡이를 켜는 3톤 트럭.

-타깃이 우회전합니다. 어떡할까요?

자신들 차량 앞으로 무려 8대의 차량이 있다. 지금 누구라도 내려서 도보로라도 따라붙지 못한다면 놓친다고 봐야 했다.

그에 나탈리아가 입을 여는 순간이었다.

오싹!

"내리지 마세요!"

"내리지 마!"

동시에 외친 종혁과 나탈리아가 앞에 있는 8대의 차량들을 노려본다.

빵빵! 빵빵빠아앙!

분명 우회전을 할 수 있음에도 우회전을 하지 않고 기다리고 있는 선두의 차량.

불길함이 온몸을 엄습한다.

"선두 차량 마킹하고, 우린 그냥 항구 쪽으로 빠져! 그리고 CCTV 접속하고, 5번 차는 우회전 차선에 붙어! 2

번, 3번 차는 반대로 돌아가!"
 ─예!
 "예!"
 부르릉!
 느낌이 좋지 않을 땐 하지 마라.
 그들은 2차선으로 대가리를 집어넣었던 차량을 다시 원래대로 되돌려 그냥 직진으로 나아갔고, 이내 3톤 트럭이 사라진 사거리를 지나쳤다.
 ─타깃 놓쳤습니다. 선두 차량 움직입니다.
 "그, 근방에 CCTV가 없습니다!"
 있긴 있다. 그런데 죄다 먹통이다.
 "직경 100미터가 공백 지대입니다!"
 이제야 우회전하는 선두 차량과 다급히 바리의 교통통제센터에 접속한 요원들의 말에 침묵에 빠진 짐칸 안.
 ─3번 차! 발견하지 못했습니다!
 ─2번 차! 안 보입니다!
 "······하! 이 새끼들 봐라?"
 제대로 당했다.
 원래부터 없는 것인지, 없앤 것인지 모르겠지만 놈들이 작정하고 만든 거다.
 종혁은 뜨거워지는 머리를 쓸어 올렸다.
 "어떡할까요, 최?"
 "일단 이 근처겠죠?"
 "그렇다고 봐야겠죠."

아니라면 이런 식으로 혹시 모를 미행 차량을 따돌릴 리다 못해 공백 지대 안으로 사라질 리가 없다.

 분명 저 공백 지대 안에 놈들이 있는 거다.

 그것도 온갖 감시망을 펼쳐 놓은 채.

 "방법은…… 하나뿐이겠네요."

 형사의 가장 기본이 되는 수사 방식이, 이런 상황에선 정말 확실한 방식이 하나 있다.

 "발로 뛰는 거."

 "그건……."

 "하지만 좀 다르게 뜁시다."

 종혁은 의아해하는 나탈리아를 일견하며 공백 지대를 바라봤다.

 '저 안에 다 몰려 있을까, 아닐까?'

 종혁의 눈이 번들거리기 시작했다.

* * *

 바리의 어느 외진 골목, Pizzaria i macini의 주인 50대 후반의 장년인 마시모 지로티가 점심시간이 됐음에도 30퍼센트조차 차지 않은 홀을 보며 한숨을 내쉰다.

 "잠깐 담배 좀 피우고 올게."

 "점심시간인데 어딜 간다는 거예요?"

 "손님 오면 바로 들어올 거야."

 눈썹이 하늘로 솟는 아내를 향해 애써 웃어 주며 가게

를 나선 마시모.

 찰칵! 치이익!

 "후우."

 가게를 보는 그의 눈이 아픔으로 젖는다.

 '5년 전만 해도 이 정도까진 아니었는데…….'

 벌써 3대째 이어 오는 가업이자 예전엔 바리의 끝에서도 찾아올 만큼, 트라니나 몰페타, 코라토 등 주변 도시들에서도 사람들이 찾아올 정도로 맛이 뛰어났던 가게인 Pizzaria i macini.

 맛은 아직도 변치 않았다. 이건 자신할 수 있다.

 문제는 어느 순간부터 점점 이 바리에 늘어가기 시작한 음식점들이다.

 바리의 주 소비층인 공대 학생들과 관광객들이 그런 음식점들을 찾기 시작하면서 손님이 급감하더니 이젠 단골들만 찾는 그런 식당이 되어 버렸다.

 "할아버지가 어린 손자의 손을 잡고 찾아오던 모습들이 아직도 눈에 선명한데……."

 할아버지의 손을 잡고, 아버지의 손을 잡고 찾아와 결국 단골이 된 이들.

 아버지는 그 모습을 멍하니 바라보는 자신의 머리를 쓰다듬으며 이렇게 말했다.

 -돈을 남길 생각하지 말고, 사람을 남길 생각해라.

그 말을 아직도 잊지 않고 그대로 이어 가고 있다. 아직도 자신의 식당은 다른 곳보다 싸다고 할 수 있다.

그런데 담배를 다 피우는 사이에도 손님이 들어오질 않는다.

"가게를 접어야 하려나……."

아니면 몸이 더 이상 움직이지 않을 때까지 저 30퍼센트도 채우지 못한 단골들만 보며, 마지막 한 명이 남을 때까지 가게를 열든지.

뭐든 그에게 있어선 슬프고 괴로운 일이었다.

뚜벅뚜벅!

'손님이다!'

걸음마를 막 뗀 순간부터 지금까지 Pizzaria i macini에서 살아온 그다. 이쪽으로 오는 사람의 걸음걸이만 봐도 저 사람이 손님인지 아닌지를 알 수 있는 경지에 올라 있었다.

얼른 담배 냄새를 지운 그는 자신에게 다가온 남성을, 덩치가 굉장히 큰 백인 남성을 환하게 맞이했다.

"어서 오세요!"

"음. 여기가 Pizzaria i macini가 맞습니까?"

"그럼요! Pizzaria i macini에 오신 걸 환영합니다! 자, 어서 안으로 들어가시죠!"

사내를 빈자리로 안내해 직접 메뉴판을 가져다준 그.

그러나 사내는 메뉴판을 보지도 않고 마시모 지로티를 본다.

"제가 여기 처음 와서 그런데 사장님께서 추천하는 요리가 있습니까?"

"당연히 다 추천하지만…… 일단 손님들이 가장 많이 찾는 요리는 이것들이죠."

"그럼 다 주세요."

"예? 어…… 저희 가게는 다른 곳보다 양이 좀 많은데 괜찮으십니까?"

"괜찮습니다. 다 먹을 수 있습니다. 이 요리들에 어울릴 만한 와인도 부탁드리겠습니다."

"……예! 잠시만 기다려 주세요?"

얼굴이 확 밝아진 그는 얼른 주방으로 달려갔다.

"맙소사."

"저, 정말 다 먹었어요……."

와인으로 입가심을 하는 사내의 모습에 마시모 지로티와 그의 아내, 그리고 식당 안에 있던 손님들이 혀를 내두른다.

"로마에서 대식가가 왔구나……."

마시모 지로티의 눈에 눈물이 글썽거린다.

요리사에게 있어 가장 큰 기쁨은 음식이 남지 않은 접시인데, 저 로마 사투리를 쓰는 남성은 무려 여섯 가지 요리와 두 병의 와인을 모두 비워 버렸다.

오랜만에 그의 가슴에 큰 충족감이 찾아들었다.

"뭐해요!"

"아!"

아차한 마시모 지로티가 물기가 묻은 손을 앞치마에 닦으며 사내에게 다가간다.

"음식은 어떠셨습니까?"

"역시 소문대로 훌륭했습니다."

다른 식당의 음식은 먹지 못할 만큼 말이다.

"오오! 하하하!"

"그래서 한 가지 제안을 드리고 싶은데……."

"……가게를 팔 생각 따윈 없습니다."

순간 낯빛이 굳은 마시모 지로티의 모습에 사내가 다급히 손을 젓는다.

"아, 인사가 늦었습니다. 반갑습니다. 이번에 바리에서 새롭게 사업을 시작한, 음식 배달 서비스 회사 Consegnia의 영업부장 알베르토 베니니입니다."

쿵!

"음식…… 배달?"

알베르토 베니니는 싱긋 웃었다.

"이 혼자 먹기 아까운 음식을, 그러나 거리가 너무 멀어 오기가 힘든 곳에 위치한 음식점의 음식을 집 앞까지 배달해 주는 그런 서비스를 제공하는 회사입니다."

"호?"

순식간에 그의 얼굴에서 사라진 불쾌함.

눈을 데구루루 굴린 그가 슬그머니 알베르토 베니니의 앞에 앉는다.

"바리에서 3대째 내려오는 Pizzaria i macini의 사장, 마시모 지로티요."

"반갑습니다."

"흠. 배달이라……. 최근에 생긴 식당들이 그런 걸 하고 있다는 소리는 들었소만……."

그러나 그건 맛에 자신이 없는, 역사가 없는 음식점들이 어떻게든 매출을 올리기 위한 잔머리다.

자고로 이탈리아 음식은 따뜻할 때 먹어야 가장 최상의 맛을 느낄 수 있다고 생각하는 그로서는 딱히 끌리지 않는 말이었다.

물론 배달은 자신도 하고 있다.

그러나 그것은 거동이 불편해 오기가 힘든 단골들을 위한 서비스일 뿐, 그는 이탈리아인들에게 식어 버린 파스타를 제공하는 악마는 되고 싶지 않았다.

알베르토 베니니는 그런 그의 말에 박수를 쳤다.

"훌륭하십니다."

역시 음식에 대한 이탈리아인의 자부심은 대단했다.

"그럼에도 이렇게 제 이야기에 귀를 기울여 주시는 건 결국 매출 때문이시겠죠."

"……부정하지 않겠소."

자존심이 상하지만, 현실은 현실이다.

요리사의 자부심과 떨어진 매출을 동시에 타개할 방법이 있다면 얼마든지 들어 줄 용의가 있었다.

"하지만 그렇지 못한다면 들어 줄 생각조차 없소."

"당연한 말씀이십니다."

"음?"

마치 방법이 있다는 듯한 모습에 그가 미간을 좁히자, 알베르토 베니니는 옆에 놓은 서류 가방에서 은색의 무언가를 꺼내 테이블 위에 올려놓는다.

"만약 만든 지 40분이 지나도 방금 막 나온 것처럼 따끈따끈하게 받아 볼 수 있는 보온팩이 있다면 어떡하시겠습니까?"

쿵!

"저희와 계약하시겠습니까?"

알베르토 베니니의 미소는 마치 악마의 그것과 같았다.

* * *

해가 저문 밤, 바리의 어느 5층 건물 안.

따르릉! 따르릉!

"예! 배달 수수료는 건당 2유로입니다! 거리가 멀면 그만큼의 수수료가 더 붙고요!"

"네, Consegnia입니다! 아! 그러신가요! 방문한 저희 사원이 설명해 드린 대로 사장님의 가게에서 부담하는 수수료는……."

방금 막 Pizzaria i macini 외 4개의 식당과 계약을 마치고 복귀한 알베르토 베니니는 7시가 됐음에도 전화기를 붙들고 있는 수십 명의 사람을 사이를 지나쳐 본인의 사무실로 향한다.

 털썩!

 "하아."

 똑똑!

 "예, 들어오세요."

 "부장님."

 "아, 잘 왔어요. 이거 Pizzaria i macini 외 4개 식당과의 계약서입니다."

 "수, 수고하셨습니다!"

 허리를 넙죽 숙이며 양손으로 받아드는 사십대 남성이 존경 어린 눈으로 알베르토 베니니를 본다.

 나이는 자신보다 어리지만 이 Consegnia의 창립 멤버 중 한 명이자, 한 번 나갔다 하면 최소 5개 식당과 계약을 맺고 돌아오는 영업의 달인인 그.

 이렇게 그가 솔선수범을 하니 다른 사원들도 미친 듯 일을 할 수밖에 없었고, 그 결과 Consegnia가 창립된 지 고작 2주 만에 250여 개의 식당과 계약을 맺게 된 것이다.

 이제 남은 건 웹 사이트와 배달 전용 어플, 배달 연동 프로그램의 최종 테스트 성공만 기다리는 것뿐.

 '만약 그것들이 완성된다면……?'

 Consegnia는 순식간에 바리를 집어삼키다 못해 시장의 흐름을 뒤바꾸게 될 거다.

 '아니! 내년이 지나기 전에 이탈리아 전체를 집어삼킬 거야!'

그는 꼭 그렇게 만들겠다고 다짐했다.
"그럼 쉬십시오!"
"예. 마리오 과장님도 적당히 하시다 퇴근하세요. 야근 수당 계산하려면 골치 아픕니다."
"하하하."
"전 잠시 전무님 좀 만나 뵙고 오겠습니다."
"옙!"
사십대 남성이 나가자 몸을 일으킨 알베르토 베니니는 4층의 한 사무실 문을 열고 들어간다.
그러자 그를 가장 먼저 반기는 뿌연 담배 연기와 알싸한 담배 냄새.
안에 앉아 있던 차가운 인상의 사십대 흑인 여성이 그를 보며 고혹적인 미소를 짓는다.
"최."
알베르토 베니니, 아니 종혁은 나탈리아를 보며 미소를 지었다.
"식사 배달 왔습니다."
눈을 빛낸 그녀가 기지개를 켜며 일어서 앞에 놓인 소파에 앉는다. 그리고 소파 옆 미니냉장고에서 보드카를 꺼내는 그녀.
"으으음."
따뜻하면서도 매콤한 해산물 국물에 차갑고 뜨거운 보드카가 목구멍을 넘어가자 그녀의 표정이 나른하게 풀린다.

이제야 살 것 같은 기분.

하지만 그것도 잠시. 나탈리아는 샌드위치를 한입 크게 베어 무는 종혁을 어이없다는 듯 바라본다.

"왜요?"

"곁에서 계속 지켜봤지만, 이게 정말 가능했구나 싶어서요."

고작 한 달이다. 종혁은 한 달 사이에 한국의 배달 서비스 기업에게 프로그램을 구매하는 것부터 시작해, 음식점에 납품할 포장 용기와 배달원의 고용까지 모두 끝마쳤다.

돈의 힘이란 정말 대단했다.

지역 방송으로 홍보까지 열심히 하고 있으니 웹 사이트와 어플을 오픈하는 순간 바리 전역에서 주문이 물밀듯 밀려들 거다.

그에 감탄을 하던 나탈리아는 문득 작은 의문을 드러냈다.

"그런데 배달 수수료는 계속 유지할 생각이라고요?"

"예. 다른 건 몰라도 수수료만큼은 절대 건드리지 않을 생각입니다."

훗날 대한민국에서도 문제가 되는 배달료.

배달 서비스 시장은 처음에는 다소 합리적인 배달료로 큰 불만 없이 이용되었으나, 배달이 전 국민의 삶의 일부분으로 자리 잡게 된 순간 급격히 배달료를 인상하는 만행을 저지른다.

이탈리아로 〈297〉

그리고 그 부담은 온전히 업주와 소비자가 짊어지게 되었다.

그러나 이미 그들의 서비스에 익숙해져 버린 사람들은 울며 겨자 먹기로 배달 대행 서비스를 이용할 수밖에 없었다.

"수수료 동결. 그것은 이 사업을 성공으로 이끌 기둥 중 하나가 될 겁니다."

그 어떤 경제 위기가 들이닥쳐도, 활황이 들이닥쳐도 동결된 수수료. 그것이 곧 기업에 대한 믿음과 신뢰가 될 거다.

"정당한 노동에 대한 대가나 팁, 자릿세 정도로 생각하면 이탈리아 시민들도 받아들이기 편할 테고요."

팁 문화가 없지만 일본처럼 자릿세 문화는 있는 이탈리아.

"아……."

'최는 그 먼 미래까지 생각한 건가…….'

나탈리아는 피식 웃었다.

"역시 당신은 사업을 했어야 됐어요."

그랬다면 세계는 거대한 공룡 기업의 그림자 속에서 살아가게 됐을 거다.

"그건 좀……."

농담이라는 듯 얕게 웃은 그녀가 이내 곧 낯빛을 굳히며 앞에 놓인 노트북을 켠다.

"놈들의 것으로 추정되는 건물을 발견했어요."

쿵!

언제까지고 종혁에게 의지를 할 수 없기에 정말 무식하게 움직인 그들.

"단서는……."

"트럭."

"빙고."

놀라에서 나 대리가 타고 온 트럭.

그리고 다시 놀라로 복귀한 트럭.

"그게 다시 움직인 겁니까?"

나탈리아는 고개를 저었다.

"그건 아니에요."

"그럼?"

"방금 말했잖아요. 정말 무식하게 움직였다고."

처음 놈들이 잘랐던 꼬리보다 몇 배는 작았던 놀라의 공장.

그래서 나탈리아는 혹시 이들이 공장을 여러 개로 분산시킨 건 아닌가 하는 의심을 하게 됐다.

"그래서 먼 곳에서 그 공백 지대 안으로 들어가는 모든 트럭을 추적했어요."

그러다 발견하게 됐다. 트럭들이 자주 오고 나가는 하나의 건물을 말이다.

"그리고 CIA와 공조해 그 트럭들이 다시 돌아간 곳들을 모두 추적해 본 결과……."

타닥!

종혁이 노트북 위에 띄워지는 사진을 보며 헛웃음을 터트린다.

하나같이 놀라의 작은 공장 같은 공장들.

"CCTV를 비롯한 보안 체계가 철저해서 안을 들여다보진 못했어요."

너무도 공교롭다.

"이 트럭들이 들린 건물이 어딥니까?"

"여기예요."

타닥!

나탈리아가 붉은 점이 찍힌 한 블록의 청사진과 건물의 1층이나 옥상 등을 찍은 사진을 노트북 화면에 띄운다.

"바리의 건물들이 죄다 낮아서 건물 사진은 이것들밖에 없지만……."

"이 정도면 충분합니다."

어딘지 알게 됐다는 것이 중요했다. 아니었다면 공백 지대 안에 있는 모든 건물을 모두 뒤져 봐야 했을 테니 말이다.

지난 한 달 동안 SVR과 CIA가 정말 큰일을 해낸 거다.

'어쩐지 내 경호 요원들까지 잘 안 보이더라니…….'

나머지는 저 건물 안으로 들어갈 배달부가 모두 해결해 줄 터.

그렇게 그들이 가져온 결과물인 사진을 뚫어져라 살피던 종혁은 무언가를 발견하곤 헛웃음을 터트렸다.

"화학 연구소? 지금 내가 보는 게 맞습니까?"

"예, 맞아요. 이놈들, 연구소로 위장하고 있는 중이에요."
쿵!

교육의 도시 바리. 그만큼 연구실과 연구소가 많은 바리.

놈들은 카멜레온처럼 그 누구도 의심하지 않을 장소를 만들어 놓고 프로젝트를 진행하고 있었던 것이다.

"하, 이 개새끼들……."

진짜 머리 하나는 기깔나게 돌아가는 놈들이다.

종혁은 이를 갈았다.

* * *

음식 배달 전문 기업 Consegnia 드디어 오픈!

바리에 숨어 있는 300여 개의 식당들과 계약한 Consegnia!

결코 맛없는 곳은 없다! 3대째 식당도 Consegnia와 계약!

너무 멀어 쉽게 가지 못했습니까? 이젠 집에서 먹어 보세요!

음식이 식었다? 전액 환불! Consegnia!

파티의 질이 달라진다!

Consegnia! 오픈 10일 만에 주문 수 15만 건 돌파!

이탈리아인들에겐 썩 익숙하지 않은 배달의 열풍이 항구 도시 바리를 휩쓰는 순간이었다.

그건 회사가 차린 필마로 화학 연구소 역시 마찬가지였다.

"선임 연구원님, 저녁 시간입니다."

"아, 벌써? 으그그!"

"벌써는요. 이미 늦었어요."

저녁 8시, 구겨진 하얀 가운을 입은 사십대 남성이 다크서클이 짙게 뒤덮은 눈가를 비비며 연구실을 나선다.

"저녁은 뭐 먹을까?"

"피자 먹을까요?"

"그놈의 빌어먹을 피자. 점심에도 먹었잖아."

"아니면 샌드위치도 괜찮고요."

뭐든 빨리 먹고 잠시라도 쉬고 싶은 생각뿐인 그들.

띵!

도착한 엘리베이터의 문이 열리자 안으로 들어서던 그들은 먼저 타 있는 동양인 여성을 발견하곤 몸을 움찟 굳힌다.

하지만 그것도 잠시. 그들의 입이 저절로 열린다.

"4섹터 연구원이시죠?"

지하층 전체와 1층과 2층의 동쪽을 모두 쓰는 4섹터. 이 연구소에서 동양인이라면 대부분 4섹터 소속이라고 봐야 했다.

'뭘 연구하는지는 잘 모르겠지만 말이야.'

원료 같은 건 굉장히 많이 들어가는 것 같은데, 보안이 어찌나 철저한지 4섹터 소속의 연구원과 고위 임원이 아니면 아예 발을 들일 수조차 없다.

"반갑습니다. 1섹터의 라울 보바 선임 연구원입니다. 4섹터에 이런 미인이 계신 줄 알았다면 자주 찾아갈 걸 그랬습니다. 그런데 4섹터 연구원께서 이쪽엔 왜……."

"수, 수석 연구원님 좀 만나 뵙고 오는 길이라서요……."

"아아, 그렇습니까?"

'공부만 하던 범생이인가 보군.'

그런 생각이 들자 선임 연구원은 곧바로 관심을 끊어버렸다. 그가 원하는 타입의 여성은 화술이 자유롭고 섹시한 여성이기 때문이다.

띵!

"그럼 식사 맛있게 하세요."

"네, 연구원님도요."

엘리베이터에서 내린 여성은 얼른 4섹터로 향했고, 그 모습을 일견한 선임 연구원은 건물을 나서려다 로비에 옹기종기 모여 있는 이십대 젊은 남녀를 발견하곤 의아해했다.

"뭐야. 아직 퇴근 안 한 거야?"

"앗! 아, 안녕하십니까!"

"저흰 배달을 시켜서요!"

"배달? 아, 거기?"

"네!"

"왜 배달을 시켜? 우리 같은 연구원들에게 바깥 공기 맡는 기회가 흔한 줄 알아?"

"저희도 그건 아는데, 시간이……."

해야 할 일이 밀려 있어 퇴근조차 하지 못하는, 식당으로 밥 먹으러 갈 시간조차 없는 인턴들.

"그래서 배달 받아서 얼른 먹고 커피도 마시려고요!"

"커피? 커피도 배달이 돼?"

"네! Cucina E Caffè에서 시켰어요!"

Cucina E Caffè란 말에 선임 연구원이 놀란다. 이곳 바리에서도 커피 맛이 좋기로 유명한 카페의 이름이기 때문이다.

"흠. 그렇단 말이지……. 알았어. 수고해."

"네! 식사 맛있게 하세요!"

낭랑한 대답에 좋을 때다 하고 돌아선 선임 연구원이 눈을 빛낸다.

"다음엔 나도 시켜 먹어 봐야겠네."

"저도 그럴까 봐요. 식당으로 가는 시간을 줄일 수 있잖…… 아, 저들이 그건가 보네요."

"어후. 배달시키는 사람이 많네……."

막 건물 안으로 들어선 십여 명의 배달부가 프런트로 향한다. 그리고 저마다 찾아온 사람들의 이름을 말하는 그들.

그중 한 명이 자신의 차례가 되자 앞으로 나선다.

"지하 2층 보안팀이란 곳에서 음식을 주문했는데요."

심드렁한 배달부의 눈 속 깊은 곳에서 빛이 반짝였다.

* * *

"뚫었습니다!"

라는 말을 들은 지도 벌써 일주일째.

Consegnia의 전무실에 앉은 종혁이 그동안 모인 정보를 보며 눈을 가늘게 뜬다.

"진짜 철저하게 준비했네."

그동안 조사한 바에 따르면 필마로 연구원들은 정말 화학 관련 전공자들로 구성되어 있었고, 심지어 대다수는 박사 학위까지 지니고 있었다.

"동양인 연구원들이 있는 4섹터라······."

그리고 지난 일주일 동안 배달부로 위장한 요원들을 통해 알게 된, 다른 섹터의 연구원들은 접근이 불가한, 지하층 전체와 지상 1, 2층의 절반을 쓰고 있다는 4섹터의 존재.

4섹터의 연구 물품은 오로지 건물 동쪽의 출입구를 통해서만 반출입되고, 다른 섹터의 물품들은 다른 통로를 이용한다고 한다.

"지하층이 총 몇 층이라고 했죠?"

"2층이요."

즉, 놈들은 무려 4개 층, 아니 너비로만 따지면 총 3개 층을 쓰고 있다는 소리였다.

연구소의 부지가 제법 큰 점을 감안하면 상당한 규모인 셈.

"이 정도 공간이면 족히 400명은 들어가겠죠?"

"일단 하루에 4섹터로 들어가는 식료품의 양이 대략 200인분이긴 한데……."

인근의 도매상에서 약 200인분의 식품을 계약해 납입을 받는 4섹터.

"하지만 어디까지가 놈들 소속인지는……."

현재 인력의 여유가 없을 놈들 회사.

아무나 데려다 가르쳐 시켜도 될 일에 전부 사원을 투입하진 않았을 가능성이 높았다.

이곳에 있는 사원의 수가 적을수록 다른 공장의 존재도 염두에 둬야만 했기에 종혁의 고민은 깊어질 수밖에 없었다.

지이잉! 지이잉!

"무슨 일이야. ……뭐?!"

순간 환해지는 나탈리아의 얼굴.

그녀는 다급히 종혁을 바라봤다.

"지하 보안팀에서 음식을 주문했대요!"

'됐어!'

종혁은 주먹을 불끈 쥐었다.

* * *

SVR 요원이 전화기를 귀에 가져다 댄 채 이쪽을 힐끔 보는 프런트 직원의 모습에, 동양인 여성의 모습에 미간을 살짝 찌푸린다.

'느낌이 이상한데?'

뒷목의 솜털이 약간 솟는 느낌.

"네, 프런트입니다. 배달부가 도착했는데요. 네? 하아. 알겠습니다."

전화를 끊은 프런트 직원이 요원에게 임시통행증을 내민다.

"저쪽 검색대로 가시면 돼요."

"아, 예. 알겠습니다. 저 그런데 이름이 어떻게 돼요? 아, 말하지 마세요. 내가 맞춰 볼게요."

"개수작 부리지 말고 그냥 가세요."

"……내 이름은 카를로 부치니예요. 나중에 봐요."

윙크를 한 요원은 키를 돌리며 보안검색대로 향한다.

프런트를 등지자마자 살짝 가라앉는 그의 눈빛.

'운이 좋네.'

무슨 일인지 모르겠지만, 크게 기대하지 않았던 지하로 내려갈 수 있을 듯하다.

그러나 겉으로 드러난 그의 표정은 여전히 심드렁했다.

"정지."

보안검색대 앞, 경비원처럼 유니폼을 입은 미묘하게 동남아 혼혈처럼 보이는 남성이 앞을 가로막자 요원이 임시통행증을 내민다.

"배달입니다. 저쪽에서 여기로 가래요."

그 말에 프런트를 바라봤다가 이내 한숨을 내쉬는 그.

"가슴에 그건 뭐지?"

조끼에 꽂혀 있는 카메라 같은 것을 가리키며 낯빛을 굳히는 경비원의 모습에 요원은 어깨를 으쓱였다.

"휴대용 블랙박스인데요?"

"뭐?"

"내가 오토바이를 몰다 사고가 났을 때 잘잘못을 가리고, 또 배달받은 사람이 나중에 자기는 배달받지 않았다고 했을 때를 대비해 착용하고 다니라고 한 겁니다. 거슬리면 본사에 항의하세요."

"……됐고. 그것과 핸드폰, 금속은 모두 여기다 올려놔."

"네, 네. 알겠습니다."

벨트까지 풀어 경비원이 내민 박스 위에 올려 두며 검색대를 향해 발을 내딛는 요원.

'이놈들 엑스레이 검색대까지 갖췄네.'

공항에서나 쓸 법한 엑스레이 검색대. 이럴수록 여기가 정말 중요한 곳이란 생각밖에 안 든다.

그 순간이었다.

삐잉! 삐잉!

"응? 아!"

요원이 다급히 손에 들고 있는 오토바이 키와 몇 개의 키가 꽂힌 일렉트릭 기타 모형의 키링을 내밀자 경비원이 이를 악문다.

"아, 거 사람이 까먹을 수도 있지. 미안합니다. 이것도 얼른 검사하세요."

"……검색 끝. 돌아올 때까지 이건 우리가 맡아 놓을 테니까 가 봐."

"분명 방금 말하지 않았던가요?"

"우리가 책임질 테니까 가 보라고. 엘리베이터 이용하지 말고, 계단을 이용하고."

"예, 예. 아무렴요."

툴툴거리며 계단으로 내려간 요원.

'CCTV가 많은데?'

차락차락차락!

계단에도 CCTV가 사각이 없게 설치되어 있다.

검지로 키를 돌리던 요원이 다시 눈빛을 가라앉힌다.

'느낌이 이상해.'

프런트의 여성을 봤을 때와 다른 느낌.

누군가 자신을 지켜보는 그런 미묘한 섬뜩함.

그는 급격히 계획을 틀어 키링을 손에 꽉 쥐며 아래로 내려갔다.

"정지!"

지하 2층의 입구, 경비복을 입은 사람이 요원을 멈춰 세우자 요원이 봉지를 들어 올린다.

"배달입니다. 지하 2층 보안팀이 어딥니까?"

그렇게 말하며 호기심 가득한 눈으로 입구 안을 둘러보는 그.

"우리한테 온 거야."

"아, 그래요? 이럴 거면 그냥 위에 와서 받아 가지…….
아하하! 여기 있습니다! 그럼 수고하세요!"

요원은 위로 뛰어 올라갔고, 경비는 그런 요원을 차가운 눈으로 응시했다.

"미안, 미안. 갑자기 배가 너무 아파서."

그런 경비의 옆에서 시원한 얼굴로 나타난 한 사내.

"조심 좀 하자. 무조건 한 명은 보안실을 지켜야 하는 거 몰라?"

"미안하다니까. 그보다 아니야?"

"……아닌 것 같아."

뜻 모를 대화를 한 그들은 돌아섰고, 짐을 모두 받아 챙겨 건물을 나선 요원이 핸드폰을 가만히 응시한다.

'누군가 내 핸드폰을 만졌다?'

방금까지 누가 쓴 듯 낯선 온기가 가득 남아 있는 핸드폰.

'……역시 시도를 안 하길 잘했어.'

아무래도 바로 복귀를 해야 할 것 같다.

그는 어플에 접속해 배달 완료 버튼을 두 번 누름과 동시에 띠링, 띠링 울리며 물밀듯 밀려오는 배달 콜 중 가장 맨 위에 고정된 콜의 접수 버튼을 눌렀다.

부아아앙!

한편 그 시각 전무실.

-요원이 배달 완료 버튼 두 번과 핸드폰이 해킹을 당

한 것 같다는 콜을 눌렀습니다.

배달 완료 버튼 두 번은 의심을 받는 것 같으니 잠시 작전에서 빠지겠다는 암호.

"……알았어. 앞으로 그 요원은 작전에서 제외하도록 해. 그 건물로 배달 배정하지 말고."

-예, 알겠습니다.

통화를 종료한 나탈리아가 머리를 쓸어 올린다.

"보안이 철저하네요."

"예. 하도 당하다 보니 놈들도 학습이란 걸 했나 봅니다."

"픕!"

농담이지만 완전히 농담은 아니다.

이 정도로 보안이 철저하다는 건 결국 그만큼 저 화학 연구소가 중요하다는 뜻.

앞으로 배달부로 위장한 요원을 계속 보낸다고 해도 자신들이 원하는 걸 확인할 수 없을 것 같다는 생각이 드는 그들이었다.

"휴. 어쩔 수 없네요. 이렇게 된 이상 다른 방법을 쓰는 수밖에."

"아, 설마?"

찰칵! 치이익!

"네. 안을 볼 수 없다면, 안에 있는 놈들을 불러내야죠."

담배에 불을 붙이는 나탈리아의 눈이 호선을 그리기 시작한 순간이었다.

지이잉! 지이잉!

순간 동시에 울리는 종혁과 나탈리아의 핸드폰.
의아해하며 전화를 받은 그들은 벌떡 일어났다.
"뭐? 놈들의 운송 트럭이 습격을 받았다고?"
"화학 연구소에서 차가 다섯 대나 튀어나왔단 말입니까?"
급한 일이 있는 듯 빠르게 튀어나온 차들. 그런데 그중 한 대의 차에 나 대리가 타고 있다는 보고다.
둘은 다급히 서로를 봤다.
'대체 누가!'
자신들이 하려고 했던 짓을 먼저 해 버린 것일까.
둘의 머릿속에 한 사람이 떠오른다.
'최성현!'
한 달이 훌쩍 넘는 지난 시간 동안 조용했던 최성현이 기어코 필마로 화학 연구소를 발견해 낸 거다.

* * *

"끄으윽!"
바리에서 북서쪽에 위치한 작은 도시 카노사 디 풀리아에서 바리로 향하는 국도 위.
가드레일에 틀어박힌 트럭 안, 한 이탈리아 남성이 온몸을 흔드는 끔찍한 고통에 비명을 지른다.
대체 자신에게 무슨 일이 생긴 걸까.
'분명 잘 가고 있다가 갑자기······.'

뭔가가 트럭의 옆구리를 들이받는다 싶더니 그때부터 기억이 없다.

 그때였다.

 끼긱끼긱! 덜컹!

 "이봐요! 괜찮아요?!"

 "115, 118……."

 "대장! 맞아!"

 "아, 그래?"

 뒤에서 들려오는 외침에 눈빛을 가라앉힌 최성현이 품에서 총을 꺼내 운전수에게 겨눈다.

 "회사의 직원인지 아닌지 모르겠지만, 계속 공장 근처에서 대기하고 있던 걸 보면 너도 한 패거리겠지?"

 놈들의 사탕발림에 넘어가 돈을 대가로 악마에게 영혼을 판 악인, 현지 협력인.

 "그러니 억울해하진 마."

 펑!

 억눌린 총성과 함께 이마에 구멍이 뚫린 운전수.

 총을 거두며 물러난 최성현이 트럭 뒤로 향하자 그의 뒤에 있던 동료들이 운전수를 끄집어냈고, 동료들에 의해 열려 있는 짐칸 안을 본 최성현이 고개를 끄덕인다.

 어찌나 단단하게 고정시켜 놨는지 추돌 사고가 일어났음에도 멀쩡한 1차로 정제된 마약 원료들.

 언뜻 봐도 엄청난 양의 마약을 제조할 수 있는 양이었다.

"역시 헤드헌터가 정답이었어."

무작정 남부를 훑기보다 동양에서 온 헤드헌터로 위장해 이탈리아의 헤드헌터들에게 접근한 그들.

동양인을 우대하는, 근래에 생긴 모든 기업과 사업체의 목록을 받아 낸 그들은 하나하나 체크해 가다가 결국 바리에 있는 필마로 화학 연구소에 대해 알게 됐다.

비밀스러운 4섹터와 많은 수의 동양인 연구원들에 대해서까지.

"12분입니다, 대장."

엉덩이 무거운 경찰과 소방서가 오기까지 약 12분.

"충분해."

김경후의 말에 고개를 끄덕인 최성현은 손을 까딱였고, 트럭 주위에 모여 있던 동료들이, 대체 어디서 공수했는지 모를 지게차와 함께 짐칸 안으로 달려 들어가 원료가 담긴 통들을 팔레트째로 꺼내기 시작한다.

그리고 자신들이 끌고 온 트럭에 욱여넣는 그들.

찰칵! 치이익!

"대장, 회사가 속을까?"

굳이 마약 원료를 훔치듯 가져가는 이유는 하나다.

회사로 하여금 이 사고가 원료를 노린 어떤 마약 조직이나 마피아의 습격처럼 생각하게 만드는 것이다.

김소연의 말에 담배를 입에 문 최성현이 피식 웃는다.

"그럴 수도 있고, 아닐 수도 있고. 다만…… 최종혁 그 놈에겐 도움이 되겠지."

지금쯤 필마로 화학 연구소 주위에서 그 안을 살펴보기 위해 어떤 수작을 부리고 있을 종혁.

이 습격이 종혁으로 하여금 안을 들여다볼 수 있는 틈을 만들어 줄 거다.

물론 이 한 번의 습격으로 모두 알아낼 순 없을 테지만 괜찮다.

"어차피 한 번으로 끝나진 않을 테니까."

원료를 계속 잃다 보면 회사도 이성을 잃을 터.

"대장! 다 적재했어!"

나란히 세워진 두 대의 트럭에 서서 해맑게 웃는 동료들을 본 최성현은 뒤를, 저 멀리 세워진 십여 대의 차들을 힐끔 보곤 고개를 끄덕였다.

"오케이. 출발하자. 지게차와 저 트럭은 태워 버리고."

"옛썰!"

빠르게 트럭과 차량들에 오른 그들은 고속도로를 내달리기 시작했다.

그리고……

꽈아아아앙!

폭발해 버린 지게차와 트럭.

뒤늦게 도착한 경찰과 소방서, 그리고 나 대리가 본 건 새까만 골조만 남아 버린 트럭뿐이었다.

"어떤 새끼들이야-!"

회사가 뒤집혔다.

* * *

이탈리아 남부에 위치한 지부의 지부장실.

"……허!"

창가에 선 노인이 헛웃음을 터트리더니 얼굴을 일그러트린다.

똑똑똑!

"들어가겠습니다."

이쪽이 대답을 하지 않았음에도 들어오는 사람들에 지부장이 들고 있던 컵을 집어던진다.

빠악!

그들을 지나쳐 벽에 맞고 커피와 함께 박살 나는 컵.

부장과 박 과장이 허리를 깊이 숙인다.

"뭐라 드릴 말씀이 없습니다."

"우리 쪽 보안이 이렇게 허접했어?"

"보안은 문제없었습니다."

"그럼 어디서 새어 나간 거야?"

단순히 원료를 도난당한 게 문제가 아니다.

원료를 도난당했다는 건 결국 이쪽의 동선이 모두 읽혔다는 뜻.

이런 짓을 저지른 놈들의 능력이 그만큼 뛰어나거나 필마로 화학 연구소의 보안이 병신이었던 것이다.

"저희 쪽은 문제가 없었습니다."

계속 함정을 파면서까지, 심지어 필마로 화학 연구소에

출입하는 배달부들까지 모두 시험해 봤지만 그 어떤 기미도 보이지 않았다.

"이번에 바리에서 배달 서비스 회사가 하나 세워졌습니다. 대표나 그 이하 임원들을 모두 조사해 봤지만, 특이 사항은 없었습니다."

한국의 배달 서비스 시스템에 감명을 받고 Consegnia를 세웠다는 Consegnia의 대표와 공동 창립자 임원들.

심지어 한국의 배달 서비스 회사에서 프로그램까지 사왔다고 한다.

"……최종혁은?"

"현재 영국에서 강연을 하고 있는 걸 확인했습니다."

몇 번 강연을 듣는 학생이나 강연을 돕는 스태프인 척 접촉을 해 봤지만, 종혁이 맞았다.

"아무래도 본사에서 정보가 새어 나간 게 아닌가 싶습니다."

해외 지부를 없애고 다니다 못해 얼마 전 한국에서 본사를 물 먹인 놈들. 그놈들이 이탈리아에 들어온 것 같다.

그렇게 말하는 순간이었다.

툭툭!

부장이 옆구리를 찌르는 박 과장을 죽일 듯 노려보자 박 과장이 급히 고개를 숙인다.

그에 헛웃음을 터트리는 지부장.

"죄송합니다."

"아니야. 박 과장이 할 말이 있어 보이는데 어디 해 봐."

"그게…… 마약이 모두 도난당한 걸 보면 마약 조직이 아닐까 싶어서 말입니다."

'야, 이 미친 새끼야.'

결국 말하고 만 박 과장의 모습에 살의마저 내뿜는 부장.

지부장의 미소가 짙어진다.

"계속 이야기해 봐."

"단순히 저희에게 타격을 주려는 목적이었다면 차라리 원료는 내버려두는 편이 더 효과적이었을 것 같아서 이런 생각을 했습니다. 죄송합니다!"

"……흠."

일리가 있다.

만약 불타 버린 트럭 안에서 마약이 발견됐다면, 그 트럭의 목적지인 필마로 화학 연구소에 압수수색이 들어왔을 테니 말이다.

그랬다면 큰 타격을 입었을 거다.

지부장이 반응을 보이자 박 과장이 신이 나 입을 연다.

"아무래도 이 정체불명의 세력이 계속 운송 트럭들을 노릴 것 같은데, 차라리 그들에게……."

"그만."

빠악!

지부장의 음성이 딱딱해지자 부장이 박 과장의 관자놀이를 후려친다.

그에 휘청이더니 입을 꽉 다물고 허리를 깊게 숙이는

박 과장. 방금 전 입을 놀리던 것과 다르게 그의 낯빛이 검게 죽는다.

지부장은 그런 그를 싸늘하게 노려보다가 부장을 봤다.
"이번 프로젝트에 몇 조 원이 투입됐는지 알지?"
"……예."
정말 바닥까지 박박 긁어모아서 조 단위의 돈이 투입된 게 바로 이번 이탈리아 프로젝트다.

성공만 한다면 3년 안에 투자한 돈을 회수하다 못해 수십 배의 수익을 낼 것 같아서 회사가 사활을 걸고 추진하는 이탈리아 프로젝트.

"잡아. 죽여. 못하면 2차 정제 공장의 담당은 바뀌게 될 거야."

이탈리아 각지에 퍼져 있는 원료 정제 공장들에서 1차로 정제한 원료들을 받아, 2차로 정제해 제2공장으로 보내는 역할인 필마로 화학 연구소.

"열흘 안에 성과를 내겠습니다."
"나가 봐."

고개를 숙이고 지부장실을 나선 부장은 지부장실이 멀어지자 고개를 숙인 채 따르는 박 과장의 발목을 걷어찬다.

"큭!"
쿠웅!

다급히 일어나는 박 과장의 목을 후려치고 귀를 잡아 얼굴을 끌어내려 무릎으로 코를 찍어 버리는 부장.

"야, 이 개새끼야. 내가 함부로 아가리 놀리지 말랬지."
"죄, 죄송합니다!"
"후우……."
정말 죽여 버리고 싶지만, 영 아닌 말은 아니었기에 오늘도 참기로 한 부장은 박 과장의 엉덩이를 걷어찼다.
"튀어가서 시장에 원료가 풀렸는지부터 확인하고, 2차 공장에 있는 애들 불러내!"
이미 한계, 아니 그 이상까지 인력을 끌어왔다.
더 이상 본사의 지원을 바랄 수 없으니 자신들의 선에서 해결해야만 했다.
"예, 예!"
찰칵! 치이익!
"죽인다, 개새끼들……."
어떻게 함정을 파야 걸려들까.
부장의 머리가 빠르게 돌아가기 시작했다.

한편 부장과 박 과장이 빠져나가고 조용해진 지부장실.
띠리링! 띠리링!
갑자기 울리는 핸드폰을 본 지부장이 얼굴을 일그러트린다.
"충분히 수습 가능한 일이니 우리 사업은 문제없을 것이오."
-……무기를 지원해 주지. 더 도움이 필요하면 말하도록.

지부장은 전화가 끊긴 핸드폰을 부서져라 쥐었다.
"빌어먹을."

* * *

한가득 쌓여 있는 마약 원료들.
그것을 바라보며 생각에 잠겨 있는 최성현의 곁으로 김경후가 다가선다.
"어떻게 처리하실 생각이십니까?"
아직 1차 정제밖에 안 끝난 원료라지만, 그래도 상당한 값을 받을 수 있을 정도의 양.
그러나 김경후가 이야기하는 것은 그것이 아니었다.
"이걸 미끼로 놈들을 끌어내는 것도 가능하지 않겠습니까?"
어떻게든 빼앗긴 마약 원료를 되찾기 위해 움직이고 있을 회사.
함정을 파서 원료를 되찾기 위해 투입된 사원들마저 제거한다면, 이탈리아 프로젝트에 궤멸적인 타격을 입힐 수 있을 터였다.
그러한 김경후의 의견에 최성현은 말없이 그를 응시했고, 이내 김경후는 어깨를 으쓱이며 물러났다.
"저 자식, 계속 옆구리를 찌르네."
최종혁의 생각일까.
김경후가 주위에 있기에 차마 그 말을 꺼내지 않은 김

소연이 최성현을 본다.

"뭐, 실제로 그런 생각으로 가져온 거긴 하지만."

김경후에게 공유하지 않았을 뿐, 실제로 그들은 이 마약 원료들을 이용해 함정을 팔 계획을 짜 놓은 상태였다.

"언제쯤 시작할 거야?"

"아직 준비가 더 필요해."

이쪽이 함정을 파고 기다린다면, 회사도 함정을 팔 거다.

함정에 함정에 또 함정을 파서 자신들을 죽이려고 들 회사. 어떻게든 격파한다고 해도 동료 중 최소 절반 이상은 죽을 거다.

"원하는 죽음이야."

혹여 죽는다고 해도, 자신의 죽음이 회사의 멸망으로 이어질 수 있다면 얼마든지 목숨을 내놓을 수 있는 그들.

"알아. 하지만 아직은 아니야."

아직은 결전을 치를 때가 아니다.

필마로 화학 연구소에 있을 직원들이 이탈리아 지부에 소속된 직원의 전부라고 판단할 수 없기 때문이다.

"그러면 앞으로 어떻게 하게? 이제는 공장과 운송 차량의 경호가 배는 늘어날 거야."

현재 자신들과는 비교도 안 될 무장을 한 채 자신들이 급습해 오기만을 기다릴 거다.

어제 최성현이 했던 말을, 습격이 이번 한 번만이 아니라는 말을 지킬 수 없게 되는 것이다.

그 말에 최성현이 담배를 깊게 빨았다.

"그러니 작전을 써야지."

"……작전?"

최성현이 온갖 기기들이 덕지덕지 붙은 핸드폰을 꺼내 든다.

"최종혁? 나다."

쿵!

김소연과 주위 동료들이 식겁하며 최성현을 바라봤다.

* * *

탁!

전화를 끊은 종혁의 입술이 비틀린다.

"무슨 전화예요?"

"최성현입니다."

움찔!

"대단한 놈이네요."

대체 얼마나 간이 크기에 직접 연락을 해 온 것일까.

"뭐라고 하나요?"

"뻔하죠."

공조.

운송 트럭을 급습해 마약을 빼낸 게 자신들이니 협력해서 작전을 펼치자는 전화였다.

더불어 김누리 등이 있는 공장이 마약 원료를 1차 정제

하는 공장이라는 정보도 알려 주었다. 마약의 순도를 보고 말하는 것이니 믿어도 된다고 했다.

"공장들 좀 날려 달랍니다."

"……지금쯤 요새화가 됐을 그곳들을요?"

운반하던 마약 원료를 빼앗긴 탓에 지금쯤 잔뜩 독이 올랐을 공장의 관리자.

같은 실수를 반복하지 않기 위해, 혹여나 또 기습을 해 온다면 되갚아 주기 위해 총기로 무장한 이들을 잔뜩 배치해 뒀을 것이다.

"시간을 주면 놈들이 또 꼬리를 잘라 낼 수도 있으니 잘 고민해 보라고 하더군요."

운송 트럭의 동선이 드러났다는 건 결국 공장들과 필마로 화학 연구소가 드러났다는 뜻밖에 안 되니, 회사는 지금쯤 철수를 준비하고 있을지 몰랐다.

망설이다가는 회사에 괴멸적인 타격을 입힐 수 있는 기회를 허무하게 날릴 수도 있는 거다.

즉, 주어진 선택지가 없는 셈.

"……여기까지 생각하고 움직였던 거군요."

최성현은 그들이 트럭을 급습한 순간, 이미 종혁 자신이 그의 뜻대로 움직일 수밖에 없다는 것까지 계산에 두고 움직였던 것이다.

"영악한 새끼죠."

이쪽의 움직임까지 모두 예상하며 판을 짜는 놈.

나탈리아는 이를 가는 종혁의 모습에 눈을 빛냈다.

"어떻게 할 건가요?"

언제나 이런 상황이 닥치면 생각지도 못한 기상천외한 방법을 생각해 내는 종혁.

그녀의 눈이 즐거움으로 물들어 가자 종혁이 눈빛을 가라앉힌다.

"이번엔 어쩔 수 없이 뜻대로 움직여 주죠. 하지만……결코 놈이 원하는 방식은 아닐 겁니다."

"호?"

종혁은 핸드폰을 들었다.

"예, 보스."

쿵!

종혁이 보스라 부르는 인물은 딱 한 명이다.

FBI의 암사자, LA 지국장 캘리 그레이스.

"DEA를 움직여야겠습니다. 가능하시겠습니까?"

"푸핫!"

전 세계 모든 마약 조직들에게 저승사자이자 사신으로 불리는 마약단속국, DEA(Drug Enforcement Administration).

"놈들에게로 이어지는 끈은 이쪽에서 만들겠습니다."

'어디 개판을 한번 만들어 보자.'

그러면 드러나게 될 거다.

약 20명의 인원이 빠져나간 필마로 화학 연구소에 얼마나 많은 회사의 사원들이 남아 있는지 말이다.

"예, 헨리."

헨리에게 전화를 건 종혁이 흉흉한 미소를 지었다.

* * *

미국 버지니아주 알링턴의 DEA 본부.
뉴욕 마약 시장의 일각이었던 피에트로 패밀리를 소탕함과 동시에 나머지 마약 조직들까지 모두 소탕하다 못해 피에트로 패밀리에 마약을 공급했던 멕시코 카르텔 일망타진의 공로를 인정받아 본부로 영전한 앤드류 깁슨이 국장실의 문을 열고 들어간다.
"무슨 일인데 바쁜 사람을 오라 가라 하는 겁니까?"
"하여튼 싸가지 하고는……."
"하루 이틀인가."
콧방귀를 뀐 앤드류 깁슨이 허락도 없는데 소파에 앉아 다리를 꼬며 담배를 문다.
그런 그의 안하무인 같은 모습에도 그저 고개를 젓기만 한 국장.
이내 담배를 문 국장이 입을 연다.
"잠펠리노 알지?"
움찔!
알고 있다. 근래에 미국뿐만 아니라 은밀히 퍼지고 있는, 이탈리아 오픈마켓 기업인 잠펠리노를 통해 마약을 유통한 정체불명의 마약 조직.
그리고 종혁이 경고했던 조직이다.

"그놈들 이탈리아 경찰이 급습해서 박멸된 거 아니었습니까?"

"놀랍게도 아니더군."

"마피아?"

"그쪽도 아닌 것 같아."

그제야 앤드류 깁슨이 소파에서 등을 떼며 국장을 바라본다.

"이탈리아에서 마피아의 눈을 피해 전 세계에 마약을 유통하는 놈들이라……."

'미친놈들인가?'

그의 눈에 흥미가 서린다.

"그래서요?"

"5개 팀을 주지. 잡아 와."

"노망났습니까?"

대번에 욕이 나올 만큼 어이없는 말을 하는 국장의 모습에 앤드류 깁슨이 무슨 수작이냐며 눈살을 찌푸린다.

DEA가 타국의 마약 조직을 타격하는 데는 몇 가지의 절차가 있다.

일단은 경고, 그리고 계좌 동결, 그런 후에도 계속 마약을 유통할 때만 진압타격팀이 움직인다.

즉, 지금 국장의 말은 그 절차를 모두 무시하고 일단 진압타격부터 하라는 소리였다.

"아, 가족 중 누군가가 잠펠리노의 마약에 의해 죽은 겁니까?"

"정보가 흘러나온 곳이 FBI야."
"……캘리 그레이스?"
왜인지 그 이름부터 떠오른다.
그런데 정답이라는 국장이 고개를 끄덕인다.
"과거의 묵은 빚도 청산할 겸 DEA에 빚을 지겠다는군."
움찔!
"……빌어먹을. 아주 뼛속까지 발라 먹으려 드는구만."
앤드류 깁슨은 그렇게 말하면서도 몸을 일으켰다.
FBI가 DEA에 빚을 진다는데 움직이지 않을 도리가 있을까. 국장 할아버지라도 움직일 수밖에 없었다.
"이탈리아 정부에 말이나 잘해 주십시오."
"부탁하지. 울프 리더."
그 어떤 놈이라도 사냥감으로 포착하는 순간 끝까지 추적해 잔인하게 물어뜯는 늑대 무리의 우두머리.
FBI에 암사자가 있다면, DEA엔 울프 리더가 있었다.
앤드류 깁슨은 너무 오랜만에 듣는 흑역사 같은 콜사인에 중지를 치켜세우며 국장실을 빠져나갔다.

기이이잉!
일주일 후, 이탈리아 나폴리의 국제공항.
검은색의 진압복을 앤드류 깁슨을 비롯한 수십 명의 커다란 케이스나 캐리어를 끌며 입국 게이트를 빠져나오자 다급히 몇 명의 사람들이 다가선다.
"반갑습니다. 카라비니에리 마약수사과의 리베로 디엔

초입니다."

"그만. 더 이상 할 말은 없습니다."

"이탈리아의 일입니다!"

"이미 윗선들끼리 이야기가 끝난 일입니다."

"후우. 최소한 누굴 치려는 건지는 알려 주십시오."

"이탈리아 경찰을 믿으라고?"

빠드득!

앤드류 깁슨은 그럴 줄 알았다는 듯 고개를 끄덕이며 카라비니에리를 지나쳤고, 진압타격팀이 그 뒤를 따랐다.

그렇게 공항을 빠져나온 앤드류 깁슨이 앞에 줄줄이 서 있는 SUV 차량을 발견하곤 멈칫한다.

그런 그를 향해 다가서는 덩치 큰 백인.

"반갑습니다. DEA를 서포트할 CIA의 린치입니다."

움찔!

앤드류 깁슨의 눈이 가늘어지자 백인이 옅게 웃으며 차들을 가리킨다.

"일단 차에 타시죠."

"흠…… 전원 탑승."

"옛썰."

부르릉!

그들을 태우자 곧바로 공항을 빠져나가는 차량들.

마치 미국 할렘처럼 허름하지만, 역사가 스며 있는 건물들이 가득한 창밖을 가만히 응시하던 앤드류 깁슨은 차량들이 숙소로 쓸 호텔의 지하주차장 안에 서자 입을 연다.
"그래서 언제까지 되지도 않는 CIA 흉내를 낼 거지, 최?"
움찔!
경악하며 총에 손을 가져가는 팀원들과 차에서 내리려는 모습 그대로 굳은 종혁.
"……푸하하하핫! 이야, 이거 들킬 줄은 몰랐는데요."
"워낙 임팩트가 있어야지."
얼마 전 통화 한 것도 있지만, 결코 잊을 수 없는 목소리다.
"다 설명해 드릴 테니 일단 내리시죠. 드릴 선물도 있으니까요."
"……."
차에서 내린 앤드류 깁슨이 종혁을 고요한 눈으로 응시한다.
해명을 하지 않으면 한 발자국도 움직이지 않겠다는 그의 모습에 고개를 저은 종혁이 마치 별거 아니라는 듯 툭 말을 던진다.
"별거 아닙니다. 알고 보니 잠펠리노를 통해 미국을 비롯해 전 세계에 마약을 유통한 놈들이 제가 오랫동안 쫓고 있던 놈들이라는 정도? 아, 참고로 이놈들은 워싱턴에서 폭탄 테러를 일으킨 놈들이기도 합니다."
쿵!
"별거 아닌 게 아니잖아……."
몇 년 전 워싱턴을 발칵 뒤집었던 폭탄 테러.

'캘리 그레이스를 움직인 게 이놈이었군!'

종혁은 이를 악무는 그의 모습에 모든 설명이 됐음을 깨닫곤 싱긋 웃었다.

"자, 그러면 선물을 소개할까요? 첫 번째 선물은 이겁니다."

텅텅!

SUV 차량을, 아니 대통령 의전용보다 더 단단한 방탄 차량을 두드리는 종혁.

"그리고 두 번째는……."

따아악! 부르릉!

손가락이 튕겨지자 시동을 켜며 이쪽을 향해 다가오는 승합차 한 대.

종혁은 가까이 다가와 멈춘 승합차의 트렁크를 연다.

그러자 그들의 눈에 펼쳐지는 온갖 화기와 방어구의 향연.

"무기는 가져왔는데?"

미 군수업체들이 개발한 DEA의 화기와 장구류. 케이스와 캐리어에 담긴 것이 바로 그것들이었다.

종혁은 괜한 짓을 했다는 그의 눈빛에 피식 웃었다.

"RPG도 가져오셨습니까?"

"뭐?!"

종혁은 대답 대신 승합차 깊숙한 곳에 있는 알라의 요술봉 RPG와 로켓런처들을 가리켰고, 앤드류 깁슨과 DEA 진압타격팀은 입을 떡 벌렸다.

종혁은 그 모습을 보며 킬킬 웃었다.

* * *

"후우."
늦은 밤 놀라의 원료 정제 공장.
방을 빠져나온 김누리가 계단을 내려와 어둠에 둘러싸인 공장을 가로질러 문을 열어젖힌다.
촤자작!
그 순간 그녀를 향해 겨눠지는 총구들.
양손을 든 그녀는 총을 겨눈 열다섯 명을 심드렁히 바라봤고, 한숨을 내쉰 그들이 총구를 내린다.
"내려올 거라면 내려올 거라고 말을 해야죠!"
"그래요. 미안, 미안. 내가 죽일 년이에요."
건성으로 대답한 그녀는 일 보라는 듯 손을 저었고, 혀를 찬 사람들은 다시 모든 신경을 곤두세운 채 공장을 순찰한다.
그 모습을 힐끔 본 김누리는 이내 곧 공장 건물 옆 인부들 숙소 앞을 지키고 있는 강 사원에게 다가갔다.
"할 만해?"
"죽을 맛이죠."
언제 쳐들어올지 모르는 놈들 때문에 매일 저녁마다 이게 뭔 고생이란 말인가.
"김 대리님은 왜 안 주무시고 나오셨어요? 이따가 새벽에 경계 서셔야 하잖아요."

"몰라. 수면 패턴이 일정하지 않아서 그런지 영 잠이 안 오네."

쪽잠도 잠이라고 여러 번 나눠 자니 정작 자야 할 시간에 잠을 잘 수가 없다.

그렇게 말한 김누리가 코골이 소리가 흘러나오는 인부들 숙소를 본다.

지부에서 파견된 사원들 사이 소총을 든 채 돌아다니는 놈들과 달리, 빚에 팔려 와 마약 원료를 정제하는 인부들.

"팔자 좋네. 확, 씨발."

"패면 안 됩니다."

"나도 알아!"

그래도 짜증이 났던 김누리가 신경질적으로 담배를 꼬나문다.

찰각! 치이익!

"김 대리님."

"왜?"

"저희 괜찮겠죠?"

흠칫!

"⋯⋯괜찮을 거야. 괜찮아야지, 씨발."

'여기에 있는 무기가 얼만데!'

대체 어디서 공수한 것인지 모를 소총들과 수류탄, 그리고 클레이모어 지뢰와 참호들.

혹시라도 놈들이 쳐들어온다면 그들은 이 공장 안에 발

을 내딛는 순간 뭘 해 보지도 못한 채 다진 고기가 되어 버릴 거다.

그들이 침입할 수 있는 모든 루트에 클레이모어 지뢰를 비롯한 트랩을 설치해 뒀으니 말이다.

덕분에 공장 안조차 잘 돌아다닐 수 없게 된 것뿐만 아니라 그나마 있던 자유시간도, 바깥으로 나갈 시간도 없어져 버렸다.

'아무튼 이 개새끼들. 들어오기만 해.'

그땐 자유를 억압당한 이 짜증을 모두 쏟아 내리라 다짐한 김누리는 담배를 끄며 돌아섰다.

"에휴. 수고해라. 난 자러 간다."

"예. 이따가 교대 시간 때 뵙겠습니다."

대답 대신 손을 흔들며 다시 공장 건물 안으로 들어가는 그녀.

숙소의 문을 열려던 그녀가 이내 한숨을 내쉬며 다시 담배를 문다. 막상 들어가려니 답답해서 들어가기가 싫어진 그녀는 창문을 열고 멍하니 밖을 바라봤다.

그 순간이었다.

콰아아아아!

"응?"

마치 비행기가 머리 위를 날 듯 공기가 빠르게 분사되는 소리에 시선을 돌린 김누리는 눈을 껌뻑였다.

어두운 밤하늘을 가르며 이쪽을 향해 빠르게 날아오는 붉은 점들, 아니 붉은 불꽃들.

오싹!

"피, 피해-!"

콰과과과과과광!

막대한 충격과 함께 공장이 화염에 휩싸였다.

* * *

스르르!

늦은 밤, 놀라의 외곽에 라이트를 끈 여섯 대의 SUV 차량이 멈춰 선다.

밤이 너무 늦어서 그런지 가로등 불빛을 제외하면 그 어떤 불빛도 찾을 수 없는 놀라의 외곽.

탁! 탁탁!

차에서 내린 앤드류 깁슨과 진압타격대가 지도 앞에 모여든다.

검은 옷을 입은 채 멀티캠이 부착된 헬멧과 강력한 소총과 다연발 샷건 등으로 완전무장을 한 그들.

마찬가지로 무장한 종혁과 CIA 요원들도 지도 앞에 모여든다. 그리고 종혁이 지도에서 원료 정제 공장의 한 부분을 가리킨다.

"타격 목표에서 이 건물만 **빼면** 될 겁니다."

최성현의 원료 탈취 이후 비상 체제에 들어간 원료 정제 공장들.

김누리가 있는 원료 정제 공장도 마찬가지였는데, 종혁

이 가리키는 건물만 저녁에 사람의 이동이 없었다. 한 번 들어가면 아침 해가 뜰 때까지 나오지 않는 거다.

"그리고 CCTV의 경계가 여기까지입니다. 뭐 이젠 딱히 의미 없겠지만요. 아, 안에 3톤 트럭이 있을 텐데, 그건 꼭 날려 버리십시오."

"흠? 뭐, 알았어. 자, 다들 주목."

스스슥!

말소리 하나 없이 앤드류 깁슨을 보는 진압타격팀들과 CIA 요원들.

그들의 차가운 눈빛에 앤드류 깁슨이 입술을 비튼다.

"전 대원 위치로."

"라져."

타다다다다닥!

마치 유령처럼 발소리만 내며 어둠 속으로 사라지는 진압타격팀. 그들의 등에서 흔들리는 RPG 등 로켓들을 일견한 종혁이 앤드류 깁슨을 본다.

"대원들이 포인트에 자리 잡는 순간 너희는 타격 목표를 향해 천천히 차를 몬다."

대형은 일자 형태. 차문은 모두 열어 놓되, 시속은 굼벵이보다 조금 빠르면 된다.

"궁금증은?"

"없습니다."

"좋아."

철컥!

소총의 약실을 확인하는 등 마지막으로 장비를 점검하는 앤드류 깁슨. 그렇게 약간의 시간이 흐르자 그의 귀에 꽂힌 무전기로 팀원들의 목소리들이 들려온다.

-갱. 포인트에 자리 잡았습니다.

-너티. 위치 확보.

"울프 리더. 수신. CIA 출발."

후다닥! 우우웅!

네 개의 차문을 활짝 연 채 원료 정제 공장을 향해 천천히 나아가는 여섯 대의 방탄 차량.

그 뒤를 느릿하게 따르던 앤드류 깁슨은 선두의 차량이 CCTV의 경계에 가까이 다가가자 마스크를 끌어 올리며 입을 열었다.

"울프 리더 송신. 파티 시작."

-라져.

퍼어엉! 푸화아아아아악!

전장의 악몽이자 시가전의 악몽. 로켓들이 어둠이 가득한 허공에 붉은 선을 그리며 날아가 원료 정제 공장의 담벼락에 틀어박혔다.

꽈과과과과과과광!

거대한 굉음과 막대한 충격파가 놀라를 흔들어 깨웠다.

* * *

"끄아아악!"

"아아아악!"

겨우 몸을 일으킨 김누리가 저 아래 펼쳐진 아비규환의 참상을 멍하니 바라본다.

사방에서 피어나 타오르는 불의 꽃들과 다진 고기처럼 피투성이가 되어 바닥에 널브러진 사람들.

몸을 억지로 일으키며 바깥을 향해 총을 난사하는 사람들.

지옥이다. 저 아래는 지옥이었다.

벌컥!

"무, 무슨 일이야!"

속옷 차림으로 칼과 소총을 들고 뛰어나온 이 대리의 외침에 현실로 돌아온 김누리가 파랗게 질린다.

"저, 적······."

"뭐?!"

"적이라고, 씨발년아-!"

이 대리의 소총을 낚아챈 김누리는 다급히 뛰어 내려갔고, 얼떨떨해하다 정신을 차리고 얼굴을 구긴 이 대리 역시 그 뒤를 쫓는다.

"같이 가, 이년아!"

그렇게 어두운 공장을 가로질러 공장의 문을 열어젖힌 그녀들.

그런 그녀들이 처음으로 목격한 건 공장의 대문이 있던 자리로, 그 박살 난 대문을 짓밟으며 들어오는 검은색 차량들이었다.

철컥!

"으아아아아! 죽어어-!"

꽈과과과과과과과과!

틱틱틱!

탄알을 모두 쏟아 낸 것도 모르는 건지 눈을 뒤집은 채 방아쇠를 당긴 김누리.

그런 그녀의 눈에 열린 창문을 통해 고개를 내민 누군가가 총구를 겨누는 게 보인다.

'뒤져.'

마치 그렇게 말하는 눈이었다.

그게 김누리의 생애 마지막 기억이었다.

꽈아앙!

타닥타닥!

불이 타오르는 소리만 울려 퍼지는 전장.

"……클리어!"

"클리어!"

"엎드려! 엎드리라고, 이 자식들아!"

"악! 쏘지 마세요! 쏘지 마!"

공장 안에서 들리는 소리와 인부 숙소에서 들리는 소리들에 앤드류 깁슨이 무전기를 입에 가져간다.

"다치거나 죽은 병신은?"

-없습니다!

-없어요!

-인부들 포박 완료. 끌고 나갑니다.

"후우우."

그제야 긴장을 푼 앤드류 깁슨이 마스크를 내리며 긴 한숨을 토해 냈고, 종혁은 그런 그에게 담배를 내밀며 혀를 내두른다.

'역시 진짜 프로들은 다르네.'

지금 이 순간에도 대테러 훈련에 열중하고 있을 SWAT와 결이 다른 과감함과 무자비함. 아프가니스탄 피랍 사건 때도 느꼈지만, 이게 실전의 위력인 것 같다.

앤드류 깁슨은 그런 종혁을 보며 어이없다는 듯 웃는다.

'대체 어떤 지옥을 겪었기에 이 참상을 보고도 흔들리지 않는 거지?'

그동안 수많은 카르텔이나 마피아, 갱, 마약 조직들을 소탕하고 다닌 그조차도 언제나 꺼려지는 참상임에도 종혁에게선 그 어떤 흔들림도 보이지 않는다.

"최, 정말 DEA를 생각해 봐."

"……이제 와서요?"

"50대 이후에 할 일은 있어야지."

"하핫. 그때 봐서요. 일단 순번표 뽑고 기다리시면 연락드리겠습니다."

"쯧."

"프흐흐."

웃음을 흘린 종혁이 여기저기 구멍이 뚫린 공장 건물을 빠져나오는 DEA 진압타격팀을 무심결에 봤다가 낯빛을 굳힌다.

그들의 발치에서 굴러다니는 낯익은 얼굴의 시체.

담배를 문 종혁이 김누리에게 다가가 그녀를 가만히 내려다본다.

'역시 너였구나.'

공장에 진입했을 때 쏜 여성이 이년이었던 것 같다.

"……씨발."

'내가 씨발 네년 납골함을 보며 미안하다고, 지켜 주지 못해서 미안하다고 얼마나 울었는지 아냐?'

심지어 매년 김누리의 기일 때마다 납골당을 찾아 애도와 사과를 했었다.

"카악, 퉤!"

'개 같은 년.'

바닥에 침을 뱉은 종혁이 핸드폰을 든다.

"여긴 진압 완료입니다."

-알았어요. 수고했어요.

"그럼 부탁드리겠습니다."

곧 지금보다 더 레벨 높은 비상 체제가 될 필마로 화학 연구소를.

통화를 종료한 종혁은 몸을 돌리다 멈칫했다.

"응?"

양팔이 뒤로 결박된 채 머리와 무릎이 꿇려진 인부들. 그 사이에 낯익은 얼굴이 있다.

"……하, 이 새끼 봐라?"

종혁은 낯익은 얼굴의 겁쟁이, 강 사원에게 다가가 그

대가리를 그대로 걷어찼다.

"크아악!"

"잠깐!"

"이 새끼, 저기 시체들과 같은 놈들입니다."

움찔!

"……호오?"

금방이라도 뒈질 듯한, 시체에 가까운 생존자들과는 비교도 안 될 쌩쌩한 놈.

DEA와 CIA의 눈이 번뜩이는 순간, 대문 밖에서 경찰의 사이렌 소리가 터진다.

그리고 쏟아져 들어오는 경찰들.

"꼼짝 마!"

"손들어!"

"욱! 웨엑!"

어느새 경찰들을 향해 총을 겨눈 CIA와 DEA에 경찰들이 기겁하는 순간이었다.

"그만—!"

종혁은 긴장을 꿰뚫는 외침을 터트리며 안으로 들어오는 완전무장한 사람들과 그 선두에 선 카라비니에리의 리베로 디엔초를 보며 피식 웃었다.

* * *

쾅!

"이 개새끼들-!"

바깥에서 들리는 소리에 지하 2층 보안실에 있는 두 명의 사내가 몸을 움츠렸다가 한숨을 내쉰다.

"박 과장님이지?"

"어."

운송 트럭 습격이 발생한 바로 다음 날 날아와 4섹터를 요새화시킨 박 과장.

그뿐만 아니라 그의 윗선이자 제2공장의 총책임을 맡고 있는 부장까지 날아와 직원들 전부 분주해졌는데, 뜬금없이 튀어나온 DEA 탓에 더욱 정신없는 상황이 되었다.

갑자기 이탈리아로 날아와 놀라의 1차 원료 정제 공장을 날려 버린 DEA. 안 그래도 비상 체제에 들어갔던 4섹터의 보안 레벨은 최고 등급까지 올라가게 되었다.

"이쪽은 언제 옮기려나. 불안해서 견딜 수가 없네."

이미 원료 정제 공장들은 이사를 준비하고 있다고 들었다.

"어쩔 수 없지. 여기에 들어간 돈이 한두 푼이야?"

거기다 갑자기 인력이 우르르 빠져나가면 들통날 위험이 있었다.

"일단 들리는 말로는 플랜 C를 진행하고 있다는데……."

생각하지도 않았던 타이밍이라서 그런지 플랜 C로의 전환이 버벅거리고 있다고 했다.

동료의 그 말을 들은 그는 혀를 찼다.

비상 체제도 하루 이틀이다.

본사 소속의 부장과 박 과장뿐만 아니라 필마로 화학 연구소에 있던 과장과 대리까지 눈에 불을 켜고 돌아다니니, 거의 보름 동안 숨 한 번, 밥 한 숟가락 자유롭게 넘겨 본 적이 없다.

시간이 지날수록 더 히스테리를 부린 그들에 지칠 대로 지쳐 버린 상태였다.

"살 떨려서 일 하겠나……."

이런 상황이 터졌으면 보안실에도 인력이 충원되어야 하는데, 안 그래도 운송 트럭 습격 때 빠져나갔던 인력들이 돌아오질 않고 있다.

거기다 난데없이 DEA까지 나타나면서 안 그래도 부족해진 인력이 더 빠져나간 상황.

4섹터 이곳저곳이 삐걱거리고 있었다.

그래서 그들도 단둘이 24시간 내내 근무를 하고 있는데, 중간중간 번갈아 가며 쪽잠을 자는 형식으로 겨우 버티는 중이었다.

"아, 맞아. 야, 이거 나도 들은 소문인데…… 부장님, 습격 사건 이후 열흘 안에 놈들 못 잡으면 좌천된다나 봐."

"DEA가 급습했는데도?"

"늦춰진 거지."

"진짜? 이걸 운이 좋다고 해야 할지……. 아니, 그런데 회사는 왜 DEA를 가만히 내버려두는 거래?"

"지금 파악한 정보에 따르면 무슨 군대라도 끌고 온 거 같다더라."

그리고 알아본 바에 따르면 DEA가 작전 중 전멸하거나 전멸에 준하는 사태에 이른다면, 그땐 소속 인원이 1만 명이 넘는 DEA 전체가 나선다고 한다.

"씨발. 좆됐네."

DEA가 놀라의 1차 원료 정제 공장으로 만족하고 돌아가기만을 기대해야 할 것 같다.

"에휴. 여기서 이렇게 말해 봐야 뭐하냐. 어차피 우리 말단들은······."

벌컥!

문이 열리며 박 과장이 들어오자 다급히 몸을 일으킨 두 사내.

박 과장은 눈을 가늘게 뜨며 두 사내와 벽면 한쪽을 꽉 채우는, 화면이 4분할된 수십 개의 커다란 모니터를 노려봤다.

4섹터를 비롯한 이 건물 전체뿐만 아니라 바깥까지 감시하는 모니터.

"감시 똑바로 하고 있어?"

"예! 그렇습니다!"

"······잘하자, 씨발 것들아. 그 새끼들 못 잡으면 니들이라고 무사할 것 같아?"

혹시나 DEA가 쳐들어와도 마찬가지다. 그땐 벌집이 될지 모른다.

"알겠습니다!"

"씨발."

쾅!

"……좆같아서 못해 먹겠네, 진짜. 카악, 퉤!"

지난 보름 동안 온갖 꼬투리를 잡아 히스테리를 부리던 박 과장이라서 그런지 얼굴이 일그러지는 그.

"아, 씨. 내가 바닥에 침 뱉지 말랬지!"

"어쩌라고요."

"닦으라고요, 씨발님아…… 억?!"

"아, 또? 이 정도면 진짜 밀가루 알레르기라도 있는 거 아니냐?"

"모, 몰라. 먹을 땐 맛있어. 갔다 온다!"

엉덩이에 힘을 준 사내는 다급히 보안실을 빠져나갔고, 남겨진 사내는 고개를 저으며 모니터를 바라봤다.

지나는 사람들의 얼굴과 몸을 가두듯 녹색과 노란색의 사각형들이 빠르게 이리저리 움직이는 모니터.

"저 인식프로그램이 아니었으면 어림도 없었지."

본사가 경찰에서 은밀히 빼내 온 구버전의 인식프로그램 시리즈.

"신버전이 그렇게 좋다는…… 에라이, 씨발. 잘하라는 새끼가 지는 건물을 나가고 자빠져 있네."

진짜 더러워서 못해 먹겠다.

다시 침을 뱉은 사내는 핸드폰에 시선을 두었다.

어차피 낯선 사람이나 차량이 건물에 접근하면 인식프

로그램 시리즈가 알아서 경고음을 울릴 테니 말이다.

그렇게 지루한 시간이 얼마나 지났을까.

화창했던 햇빛도 수평선 뒤에 숨고, 거리엔 차 한 대 지나지 않는 늦은 밤이 되자 똑같이 핸드폰을 만지작거리던 사내가 입을 연다.

"야."

"왜?"

"배고프지 않냐?"

"사람 새낀가?"

지금 비상 체제라는 걸 잊은 건가.

거기다 오늘만 벌써 다섯 번이나 화장실을 다녀왔음에도 또 밀가루를 처먹으려고 하는 동료의 바보 같은 모습에 경멸 어린 표정을 짓던 사내는 동료가 내미는 핸드폰 화면을 보곤 입을 다문다.

"뭐 어때. 어차피 과장님이랑 대리님도 다 자잖아. 치킨 어때?"

힐끔 필마로 화학 연구소에 남아 있는 과장과 대리들을 찍고 있는 CCTV 화면을 본 그가 헛기침을 한다.

"이 시간에 문 여는 곳이 있네……."

물론 저녁 늦게까지 영업을 하는 식당들이 없는 건 아니지만, 대부분이 술집인 데다 메뉴들도 치즈나 소시지 따위의 술안주뿐인 바리.

술을 안으로 들였다간 시말서 정도로 끝나지 않기에 그동안은 보고도 못 본 척해야 했던 곳들이다.

"한 일주일 전쯤에 새로 등록된 가게인데, 치킨 오븐 구이 평이 죽이더라. 벌써 등록된 리뷰만 150개야. 치킨에 시원한 콜라. 콜?"

"……로비 애들 것까지 시키자. 우리만 처먹으면 분명 꼰지른다."

다들 신경이 예민해 질대로 예민해진 상황이다. 작은 트러블이라도 피해야 했다.

"오케이. 콜."

어차피 잘 쓰지도 못하는 월급, 이럴 때 쓰지 언제 쓰겠는가.

그는 얼른 치킨을 시켰고, 다시 핸드폰을 바라봤다.

"큭큭!"

"뭐가 그렇게 재밌냐?"

"아, 이거 너튜브라는 건데, 존나 골때려."

"너튜브?"

"전 세계 사람이 지 병신짓 하는 걸 올리는 동영상 어플이거든? 너도 한번 봐 볼래?"

"스토어에서 너튜브라고 치면 되냐?"

"그리고 가입하면 돼. 아, 배달 출발했단…… 어…… 야, 나 화장실 좀. 배가 슬슬 아프네."

"……얼른 가."

사내는 슬그머니 일어서는 동료를 한심하다는 듯 바라보다 다운을 모두 받은 너튜브에 집중했다.

* * *

부르릉!

필마로 화학 연구소 앞.

배달 오토바이에서 내린 앳된 외모의 여성이 연구소 건물을 보며 싱긋 웃었다.

'역시 하루 이틀이지?'

피로엔 장사 없는 법이다.

그녀는 하품을 크게 하며 연구소 안으로 들어갔다.

스으응!

4섹터로 향하는 검색대를 제외하곤 불이 거의 꺼진 로비.

SVR의 요원이 들어오다 못해 이쪽을 향해 다가오자 검색대에서 눈가를 매만지던 경비원들이 허리에 찬 총에 손을 가져가며 일어난다.

"수고하십니다! 배달입니다!"

"뭐……?"

'어떤 미친 새끼가?'

"로비 검색대와 지하 2층 보안실로 배달 왔는데요!"

움찔!

"……있어 봐."

요원을 막아섰던 경비원이 물러나며 무전기를 잡는 순간이었다.

지이잉! 지이잉!

갑자기 울리는 핸드폰의 발신자를 확인한 경비원이 얼굴을 구기며 전화를 받는다.
-배 안 고파요, 아저씨들?
"미쳤어? 지금 상황이 어떤 상황인지 몰라?"
-과장님과 대리님들 모두 잔다.
과장과 대리들도 이 비상 체제에 지친 건 마찬가지인지 쪽잠을 자는 시간이 점점 늘어 가는 그들.
"……오케이. 땡큐. 크흠. 하나 이리 주고, 블랙박스랑 핸드폰……."
"금속은 모두 여기다 올리면 되죠?"
요원은 휴대용 금속 탐지기로 몸을 훑는 경비원을 호기심 가득한 눈으로 바라봤다.
"그런데 잘생긴 시큐리짜? 이런 데서 일하면 얼마나 받아요? 일은 편해요? 제복을 입으면 자부심이 막 생겨요?"
경비원이 요원을 가만히 바라본다.
'어린데?'
그냥 앳되어 보이는 정도가 아니라 어리다.
"몇 살이야?"
"충분히 임신할 수 있는 나이니까 고백할 거면 고백하세요. 동양인은 사귀어 본 적 없으니까."
"컥!"
"쿨럭! 쿨럭!"
"……통과. 들어가. 엘리베이터 말고 계단 이용해."

"겁쟁이."

콧방귀를 뀐 요원은 배달 봉지 하나를 들고 계단으로 향했고, 그 짧은 사이 진이 빠진 경비원이 한숨을 내쉰다.

그런 그를 보며 낄낄거리는 동료들.

"왜? 예뻐 보이는데 잘해 보지? 미짜라서 싫은 거야?"

"쟤 손에 굳은살과 흉터 많더라."

"......아."

저렇게 예쁘고 당돌한 소녀의 손에 굳은살과 흉터가 많다는 게 무슨 뜻이겠는가. 회사를 만나기 전 그들과 비슷한 삶을 살고 있단 소리다.

못 먹고 못 입는, 세상이 외면하는 그 지옥 같은 삶을.

"부모가 없는 건가?"

"그러면서 챙겨야 할 입들도 많겠지. 아니면 저 나이에 이 늦은 시간까지 일할 리 없잖아."

"빌어먹을. 한국이나 여기나……."

왜 없이 사는 사람들은 저렇게 힘들어야 하는지 모르겠다.

"이런 상황만 아니라면 추천이라도 해 줄 텐데……."

"가능하겠냐? 됐고. 돈이나 모으자. 더 늦기 전에 퇴근시켜야지."

"오케이."

한편 계단을 내려온 요원은 지하 2층 입구에 서서 두리번거리다, 복도 끝에 보안실이라 적힌 편액을 발견하곤 히죽 웃었다.

"오-."

신기하다는 듯 주변을 두리번거리다 이내 흥미를 잃고 휘파람을 불며 보안실 앞에 선 그녀.

똑똑똑!

"배달입니다!"

안에서 인기척이 들리더니 문이 열리자 그녀의 눈이 동그랗게 떠진다.

"와, 영화랑 똑같구나……. 아, 배달입니다!"

"수고했어."

"저기요, 시큐리짜. 이런 곳에서 일하려면 어떻게 일해요? 시험 보고 와야 해요? 월급은요?"

"……가 봐."

"피이. 알려 주는 게 뭐 어렵다고."

"자, 이건 팁. 가 봐."

"감사합니다! 안녕! 쪽!"

윙크까지 하며 빠르게 지하 2층을 벗어나는 그녀를 바라보던 그는 핸드폰을 들었다.

"배달부 올라간다. 용돈 많이 줘."

-알았어.

"에휴. 진짜 이놈의 가난이 죄지, 죄야."

고개를 저은 그는 이제야 저 멀리 화장실에서 나오는 동료를 향해 크게 외쳤다.

"얼른 튀어와!"

봉지를 흔들자 다급히 달려오는 동료를 본 그는 피식 웃으며 다시 보안실 안으로 들어갔고, 검색대 경비들에게서도 팁을 두둑하게 받은 요원은 오토바이에 올라타며 피식 웃었다.

'개새끼들이 측은지심은 아나 보네.'

"네, 팀장님! 187호 차 퇴근합니다! 오늘 하루도 똑같았죠. 진상은 아침부터 점심 먹기 전에 8명, 점심때 9명, 점심부터 저녁 먹기까지 다 해서 약 40명……? 네. 거의 다 진상이었죠. 제가 좀 예뻐요? 그래도 한 다섯 명 중 한 명은 잘해 주셨죠. 흐흐. 네. 수고하셨습니다!"

* * *

—필마로 화학 연구소로 배달 간 요원의 보고입니다. 한 사무실당 8명에서 9명. 하지만 다섯 사무실에 있는 관리자는 한 명.

대략 40명당 관리자가 한 명만 있다는 뜻이었다.

"알았어. 수고했어."

전화를 끊은 나탈리아가 옆에 앉은 종혁을 본다.

"한 층 절반의 사무실이 다섯 개라는 뜻이네요."

한 층에 총 10개. 3개 층을 쓴다 치면 30개다.

"여기에 경비원들과 각 정제 공장으로 빠져나간 인력을 합하면……."

고작해야 60에서 70여 명 수준이다.

이탈리아로 〈353〉

원래부터 있던 원료 정제 공장을 관리를 담당하는 직원들 숫자까지 합하면 대략 백여 명.
"부족하네요."
"예. 부족합니다."
그들이 예상했던 숫자보다 한참이나 부족했다.
이 말은 즉, 다른 곳에 나머지 놈들이 모여 있단 뜻. 아니, 필마로 화학 연구소 역시 마약이 스쳐 지나가는 장소에 불과하다는 뜻이었다.
그리고 이건 상정했던 상황이기도 했다.
필마로 화학 연구소가 프로젝트를 진행하고 있는 이탈리아 지부의 몸통이 아닐 수도 있다는 가정.
긴 기다림의 끝에 아주 중요한 정보를 알아낸 것이다.
"그러면……."
"예. 다음 단계로 넘어가죠."
종혁은 핸드폰을 들었다.
"접니다, 깁슨 씨."
종혁의 눈이 차갑게 가라앉았다.

* * *

뚜벅뚜벅!
"빌어먹을!"
커다란 케이스와 캐리어를 들고서 호텔의 로비를 가로지르던 앤드류 깁슨이 바닥을 걷어찬다.

그에 또 저런다며 고개를 젓는 진압타격팀.

"어쩌겠습니까, 보스. 단서가 하나도 나오질 않는걸요. 저놈도 아는 게 아무것도 없었잖습니까."

포박된 강 사원을 가리키는 부하의 모습에 앤드류 깁슨의 얼굴이 일그러진다.

"그래서 이게 맞는 거라고?!"

"그러게 로켓런처는 너무했다니까요."

"닥쳐!"

거칠게 화를 내며 호텔을 나선 그들이 발견한 건 미소를 짓고 있는 카라비니에리의 리베로 디엔초였다.

앤드류 깁슨은 리베로 디엔초를 보며 이를 드러냈다.

"기분이 좋으시겠습니다."

"그럴 리가요. 마약 수사에 관해선 세계 최고라는 DEA의 수사 방식에 대해 제대로 배우지 못해 아쉬울 뿐입니다."

다음엔 내가 미국에 갈 테니 이만 닥치고 꺼지라는 말.

그에 앤드류 깁슨이 이를 악물었으나, 리베로 디엔초는 모른 척 주변을 두리번거린다.

"그런데 공항에서 봤던 CIA는 안 보이는군요?"

"……배웅해 주러 온 거면 그냥 닥치고 배웅만 합시다."

"하하하! 차에 오르시죠."

혹여 앤드류 깁슨과 진압타격팀이 다른 곳으로 샐까 우려되어 버스까지 준비해 온 그.

혀를 찬 앤드류 깁슨은 순순히 버스에 올랐고, 그들을

태운 버스는 공항으로 향했다.

"다음에 관광객으로 오신다면 그땐 나폴리가 얼마나 아름다운 도시인지 알려 드리겠습니다."

"……잘 놀고 갑니다."

콧방귀를 뀐 앤드류 깁슨은 출국 게이트 안으로 들어갔고, 한참 동안 출국 게이트를 바라보다 공항 건물을 빠져나온 리베로 디엔초는 담배를 물었다.

"빌어먹을, 미국."

아주 마피아가 따로 없다.

"예, 과장님. 리베로입니다. DEA가 방금 출국했습니다."

-그런 마약 조직이 있는 거 맞아?

"그건 잘 모르겠습니다. 그러나 범상치 않은 놈들인 것은 맞습니다."

공장을 지키던 놈들의 무장 상태가 범상치 않았다. 만약 DEA가 로켓런처부터 갈기고 들어가지 않았다면, 아마 DEA 측에서도 사상자가 발생했을 거다.

거기다 DEA 측에서 동양인들의 시신만 따로 챙겼다. 분명 뭔가가 있긴 있는 거다.

-얼마 전 이탈리아 경찰청 소탕한, 잠펠리노를 통해 전 세계에 마약을 유통하던 마약 조직 때문이라고 했지?

"예."

DEA가 무리해서 이탈리아에 들어온 이유가 바로 이놈들 때문이라 했다.

-알았어. 그 마피아보다 더 무도한 놈들을 케어하느라 수고했어.

"아닙니다. 당연히 해야 할 일을 했을 뿐입니다."

-그런데 DEA에서 수작을 부리는 건 아니겠지? 이를테면 일부러 출국을 한다거나 하는?

"CIA가 마중을 나오지 않은 것을 보면 수작을 부리는 것 같지는 않아 보였습니다. 예. 그럼 복귀하겠습니다."

돌아선 리베로 디엔초는 동료 마약수사과 직원들과 함께 공항을 빠져나갔다.

한편 리베로 디엔초가 담배를 피웠던 장소 인근.

공항 건물에 등을 기대고 있던 박 과장이 약 4시간의 시간이 흐르자 핸드폰을 꺼내 든다.

"예, 부장님. DEA가 출국했습니다."

-그 강 뭐라는 사원이 뭔가를 분 것 같지 않고?

"딱히 그런 것 같지는 않습니다. 뭔가를 분다고 해도 겨우 나 대리나 노출될까요."

어차피 강 사원은 아는 게 없는 놈이었다.

-알았어. 수고했어. 돌아와.

"예. 필마로에서 뵙겠습니다."

통화를 종료한 박 과장이 침을 거세게 뱉는다.

"카악, 퉤! 씨발, 그래도 내가 과장인데……."

지원부의 말단 사원이나 하는 짓거리를 하고 있다.

하지만 정제 공장과 운송 트럭은 어디까지나 그의 소관.

'털 거면 김 과장 구역 걸 털었어야지! 씨발!'

심지어 DEA에게 당한 원료 정제 공장도 그가 담당하는 곳이었다.

즉, 이번 일이 잘못된다면 은퇴를 당할 수 있기에 이런 불합리한 명령이라고 해도 어쩔 수 없이 따를 수밖에 없었다.

"에이, 씨발."

그는 대기하느라 굳은 몸을 풀며 택시 승강장으로 향했다.

그 순간이었다.

지이잉! 지이잉!

"왜? 무슨 일이야? 뭐?!"

-놈들이 마약을 푼 것 같습니다!

"알았어! 끊어! 부, 부장님! 마약이 풀렸답니다!"

그는 다급히 걸음을 옮겼다.

* * *

이탈리아 남부 어느 건물 안, 붉은색 벨벳 등 화려하게 꾸며진 공간.

포마드로 중후하게 넘긴 헤어스타일에 멋스럽게 기른 수염과 이탈리안 클래식의 정장을 입은 누가 봐도 이탈리아 남자인 중년인이 미간을 찌푸린다.

"예? 흠. 예. 알겠습니다. 그 부분은 의뢰인과 상의하고 다시 연락드리겠습니다."

 통화를 종료한 그가 앞에 앉은 최성현을 향해 입을 연다.

 "이쪽은 대상에서 제외하는 게 낫겠습니다."
 "왜 그렇습니까?"
 "값은 다른 곳들보다 후하게 부르고 있지만, 직접 만나는 게 조건이라는군요. 말도 안 되는 일이죠."

 그 말에 순간 최성현이 눈을 빛낸다.
 '회사일까?'
 "흠. 그렇긴 하네요."
 "그렇죠."

 이들이 거래하려는 것은 다름 아닌 마약이다.

 이런 마약 거래에서는 그 무엇보다 신뢰가 가장 중요했다. 거래 상대가 경찰일 수도 있고, 또는 마약이나 돈만 갈취해 가려는 무도한 놈들일 수도 있기 때문이다.

 그렇기에 서로에게 충분한 신뢰가 쌓이기 전까지는 브로커를 통해 거래하는 것이 이 바닥의 암묵적인 룰.

 "그런데 왜 그쪽에서 그런 조건을 내걸었답니까?"

 천연덕스러운 최성현의 질문에 브로커가 왜 굳이 들으려 하냐며 혀를 찬다.

 "시장가의 세 배를 불렀습니다. 사정이 급하다는 사족을 붙이긴 했는데……."

 "세 배! 그거라면 충분히 납득이 가는 조건이군요! 이곳과 거래하죠!"

세 배라는 말에 순간 표정이 바뀐 최성현.

그 모습에 브로커가 미간을 찌푸린다.

'빌어먹을. 처음 보는 놈이라 설마 했는데 정말 애송이였군.'

브로커는 내심 욕지거리를 퍼부으면서도 내색하지 않은 채 입을 열었다.

"다시 생각해 보십시오, 의뢰인. 이런 말도 안 되는 제안에는 질 나쁜 의도가 섞여 있는 경우가 대부분입니다. 이곳 이탈리아 남부가 포르자 디포나의 영역이긴 하지만, 간혹 그런 미친놈들이 흘러 들어오니 방심해서는 안 됩니다."

"아, 그건 상관없습니다. 우리도 그냥 온 게 아니니까요."

'……쯧. 이미 돈에 눈이 돌았군.'

"전 이미 경고했습니다."

"수고하셨습니다. 약속 장소는 저희가 따로 알려 준다고 전달해 주세요."

돈뭉치를 내려놓은 최성현은 브로커의 사무실을 빠져나갔고, 김소연과 동료들이 급히 따라붙는다.

"안 죽여, 대장?"

자신들의 얼굴을 본 것만으로도 죽을 이유가 충분한 브로커.

"시계 봤지?"

한화로 10억이 넘는 리차드 밀 한정판 시계였다.

그럼에도 마치 시계가 채워진 걸 잊었다는 듯 이탈리안 특유의 과한 제스처를 취하며 여기저기 부딪쳤던 브로커.

"그 정도의 부를 쌓을 때까지 브로커 짓을 한 사람이야."

신뢰라는 게 없다면 이미 진즉에 죽었을 거다. 브로커의 말처럼 이곳 남부는 이탈리아 최대 마피아 조직, 포르자 디포나의 영역이니 말이다.

"뭐 대장이 그렇게 생각한다면야…… 회사가 맞겠지?"
"맞을 거야. 이렇게 노골적으로 부르고 있잖아."

브로커가 걱정한 대로 미친놈들이 아니라면 회사가 분명했다. 아니라면 시장가의 세 배를 부르는 미친놈이 있을 리가 없다.

"우리에 대해 알아차리고 부르는 건지, 아니면 우리의 계획처럼 마약 조직이나 강도 조직쯤으로 생각하는 건지는 모르겠지만……."

분명 자신들을 죽이기 위해 사원들을 우르르 이끌고 나타날 거다. 함정에 함정에 함정을 파고서 말이다.

"그걸 아는데 당해 줄 리 있나."
"푸훗."
"크크큭. 그런데 최종혁, 그 자식 정말 미친놈이데?"
움찔!

최성현은 고개를 끄덕였다.
'본인을 드러내지 않기 위해 DEA를 끌어들이다니…….'

정말 미친놈이 아닐 수 없다.

고개를 저은 최성현은 이내 눈빛을 가라앉히며 핸드폰을 들었다.

"판 깔렸다. 준비해."

이탈리아 지부에, 아니 회사 자체에 괴멸적인 타격을 입힐 판이.

"가자."

"응!"

그들은 입술을 비틀며 건물을 빠져나갔다.

　　　　　(회귀 경찰의 리셋 라이프 47권에서 계속)